BAPTISTE ABAUZIT

 **ELLIPSE**

Pour Olivia, ma muse qui m'amuse.

Pour Alexis et Pierre, ancrés dans l'encrier.

Édition : BoD – Books on Demand,
12/14 rond-point des Champs-Élysées, 75008 Paris
Impression : BoD – Books on Demand, Norderstedt, Allemagne

ISBN : 978-2-3222-5387-6

Dépôt légal : juin 2021

1

Robe de soirée

Lorsqu'elle ouvre les yeux, elle voit tout de suite l'homme qui l'observe. Elle cligne plusieurs fois pour ôter sa vision trouble. Elle se trouve dans une petite cabane en bois dont la seule fenêtre, derrière elle, est fermée par des volets. Face à elle, des filets de pêche sont fixés de façon décorative au-dessus d'une table contenant des documents. À gauche, près de l'homme, une porte en bois fermée. Juste à côté de l'entrée, ainsi qu'au plafond, deux lampes-tempête éclairent la pièce d'une lumière vive. À droite, derrière la table et au pied de son lit, un autre couchage en bois comportant un matelas blanc manifestement usé, une couverture à damiers de couleurs et un petit traversin. Le sien ne dispose que d'un oreiller d'un blanc terne ; la température est très agréable. Un léger clapotis se fait entendre derrière elle. La cabane, très calme, sent l'iode : elle doit être près de la mer. Elle remarque aussi une odeur de bière. En revanche, impossible d'avoir une idée du moment de la journée.

— Qu'est-ce que je fais là ?

— Tu ne sais pas ?

L'homme, assez âgé, porte une courte barbe blanche qui laisse voir un cou tatoué de ce qui semble être un serpent, recroquevillé sur lui-même de façon sinusoïdale. Le bleu de ses yeux est clair, contrastant avec celui très sombre de sa casquette et des rayures horizontales de son pull blanc. Le bas de son jean est rentré dans des bottes jaunes boueuses, sableuses. Un vêtement de tempête jaune gouttant ponctuellement de l'eau de pluie est posé sur le dossier de la chaise où il se tient assis, ses puissantes mains croisées, les avant-bras dont il a retroussé les manches posés sur ses cuisses.

— Qui êtes-vous ?

Il esquisse un sourire et tarde à répondre.

— Et toi, qui es-tu ?

Elle regarde fixement les yeux de l'homme, comme si elle y cherchait la réponse. Elle écarquille les yeux puis se relève brusquement pour s'asseoir sur le rebord du lit, paniquée. Elle grimace en sentant des courbatures aux cuisses et des douleurs dorsales. Le sang afflue à son cerveau et lui trouble temporairement la vision. Un acouphène lui parcourt les tympans. Elle ressent un mal de tête et pose sa main droite sur son front en fronçant les sourcils. La douleur est plutôt derrière la tête. Elle pose ses deux mains derrière sa longue crinière noire et ondulée. Du sable en tombe, et colle à ses mains moites. Elle sent une autre douleur à la mâchoire. L'acouphène s'estompe. L'homme se redresse sur sa chaise. Il sourit toujours. Elle bégaie :

— Je… je ne sais pas ?

L'homme se met soudainement à rire fort. Elle regarde ses jambes et ses pieds nus. Elle est vêtue d'une robe de soirée rouge piquetée de petits carrés blancs, qui lui colle au corps et s'arrête à mi-cuisses, et d'une veste en velours marron foncé trop grande pour elle, ouverte sur un chèche gris et noir enroulé autour de son cou. Elle remarque un bracelet tressé de fils de coton de diverses couleurs attaché à son poignet droit, principalement rouge, blanc, violet. L'homme se lève et fait un pas vers elle. Il croise les bras et la regarde de haut, pendant qu'elle se recule péniblement pour s'adosser au mur, les pieds sur le lit.

— Qu'est-ce que vous me voulez ? Où est-ce que je suis ?
— À ton avis ?
Elle panique.
— Je vous dit que je n'en sais rien ! Je vous pose des questions et vous ne répondez pas ! Je ne sais pas ce que je fais ici ! Et je… je ne…
Elle sanglote et semble désemparée.
— Je ne sais pas qui je suis !
L'homme rigole à nouveau, plus fort et plus longtemps que la première fois. Elle a l'air terrifiée, pourtant elle ne se sent pas en danger. Son interlocuteur dégage une impression de sérénité rassurante qui dénote vis-à-vis de la situation. Sa panique provient de cette soudaine amnésie. Elle l'interrompt, haussant la voix :
— Vous allez répondre à mes questions, au lieu de rigoler ?
Cet accès de colère lui provoque une douleur derrière la tête. Elle devine qu'un choc lui a fait perdre la mémoire. Ses larmes troublent ses yeux. L'homme, surpris, se rassied calmement. Il se

penche en arrière et croise les doigts sur son torse. Il parle lentement, d'une voix grave et chantante.

— Tu ne sais pas qui tu es, admettons.

— C'est vous qui m'avez assommée ?

— Ça fait quoi de se retrouver sans ses petits camarades ?

— Quels petits camarades ? Et où est-ce que je suis ?

— Dans une cabane de pêcheur, tu vois bien.

L'incompréhension se lit sur son visage, alors que l'homme a cessé de sourire. Elle prend une inspiration, agacée :

— Vous allez finir par m'expliquer ce qu'il se passe ici, ou vous attendez que je me lève pour vous coller mon poing dans la tronche ?

L'homme ricane. Une douleur au bas-ventre la saisit lorsqu'elle se retourne en se mettant à genoux sur le lit. Elle ouvre la petite fenêtre. Elle regarde l'homme, qui l'observe sans bouger, arborant un sourire satisfait. Elle ouvre les volets en bois. Ceux-ci donnent directement sur la mer, un ou deux mètres plus bas. Le clapotis lui laisse supposer que la cabane repose sur de courts pilotis. Elle respire l'air iodé, sent la petite brise sur son visage. Il fait bon dehors. Le soleil, qu'elle ne voit pas de son point de vue, éclaire l'horizon. Le contraste avec l'ambiance pesante à l'intérieur la tend. Elle tente d'imiter l'assurance de l'homme. Elle avale un sanglot.

— Si vous ne dites rien, je pars.

— Tu ne sais même pas où aller.

— Je ne sais pas non plus ce que je fais là, alors autant le découvrir.

L'homme hoche la tête et montre une moue approbative.

— Bien. Par quoi tu veux commencer ?

Elle soupire, puis réfléchit. Sa voix, teintée de tristesse, devient plus autoritaire.

— Qu'est-ce qui m'a amenée ici ?

La profonde respiration de l'homme contraste avec la sienne, courte et rapide.

— Je ne sais pas si c'est une bonne idée de te le dire, si tu ignores tout.

— Pourquoi, supplie-t-elle, qu'est-ce que je suis ? Qu'est-ce que je représente ? Je suis sensée vous connaître ?

— Non. Pas jusqu'à hier matin, en tout cas.

— Hier matin ? Il s'est passé quoi ? Et là, on est le matin aussi ? J'ai dormi toute une journée ?

— Oui. À cette heure-ci, hier, vous étiez déjà repartis. Sauf toi.

— Vous m'expliquez enfin ce qu'il s'est passé ? s'emporte-t-elle.

— J'ai bien peur de ne pas avoir le choix. Si je te laisse partir comme ça, tu ne feras pas long feu. Si on te garde, ça ne changera rien au problème.

— Mais quel problème ?

Il grommelle, tandis qu'elle tente de ne pas pleurer.

— Les pirates.

Sa réponse la laisse sans voix. Elle regarde partout dans la cabane.

— Les pirates ? Quels pirates ? On est en pleine mer ?

L'homme ricane.

— Non, on est sur la plage.

— Sur la plage... Où ça ?

Il semble perplexe. La frustration de son ignorance continue de la tirailler entre colère et tristesse, entre interrogations

11

résignation. L'attitude de l'homme lui donne envie de fuir, et pourtant elle se sait prisonnière.

— Près de Thymrouge.

Elle marque une pause avant de répondre.

— Je ne connais pas cet endroit.

— Hé bien ! Nous voilà avancés…

Les questions qui fusent dans sa tête se mélangent. Finalement, elle parvient à en sélectionner une :

— Je suis une pirate, moi aussi ?

— Tu l'étais, jusqu'à l'attaque d'hier matin.

— L'attaque ?

— Un classique. Tous les trois ou quatre mois, chez nous.

— Comment ça ?

— Les pirates sillonnent le continent et volent ce qu'ils peuvent. On ne les entend jamais arriver. Quoique cette année, c'était plutôt le matin. Mais un gars du sud nous disait que par chez lui, c'était plutôt la nuit, et une dame du nord nous affirmait qu'ils n'avaient jamais attaqué deux fois à la même période de la journée. Elle relève l'heure, qu'elle dit. Mais c'est pas très fiable, ils ont moins de soleil là-haut. Leurs journées ne sont pas comme les nôtres.

— Je ne comprends pas ce que vous dites… Je veux dire, je comprends, mais… Je ne sais pas…

— Ça ne t'évoque rien ?

— Non… Je ne sais pas de quoi vous parlez, vraiment… Je…

Il reste de marbre. Elle enchaîne :

— Vous savez qui je suis ?

L'homme sourit de nouveau.

— Pas plus que toi. Je t'ai vue une fois, lors d'une attaque. Je m'en souviens. Je t'ai reconnue quand je t'ai revue hier.

Cette information la trouble. Elle serait malveillante. Elle n'a aucune idée de sa présence ici, mais cela n'augure rien de bon. Elle tente de masquer sa peur par la discussion :

— C'était quand la fois précédente ?

— Il y a un peu plus de trois mois. Les deux premières fois je n'y étais pas, je pêchais en mer.

— Qu'est-ce qu'il s'est passé hier matin ?

— Hmm... J'ai pas très envie de le dire. Mais sans doute qu'il le faut.

Il marque un silence. Elle attend qu'il se mette à parler. Il remue sur sa chaise. Elle se perd dans ses pensées.

— Hmm... Bon. Si je ne te dis rien, ça ne va pas résoudre le problème.

Il regarde la lampe du plafond.

— Ici, comme tu l'auras sans doute deviné, on est un village de pêcheurs. Tout ce qu'il y a de plus classique. On vit au bord de la plage, dans cette crique. On cultive un peu, derrière... Rassure-moi, tu sais ce que c'est, un pêcheur ? Une algue ? Un pommier ? Un poireau ? Pas besoin de te faire un dessin ?

— Non, ça je m'en souviens.

— Bien. Curieux. Bref. Un village de pêcheurs. Tout ce qu'il y a de plus tranquille. Taunarga. C'est son nom. C'est ici que tu es.

— D'accord. Et vous, qui êtes-vous ?

— Peu importe. Un pêcheur. Et ces foutus pirates, dit-il en haussant le ton, ils croient quoi ? Qu'ils arriveront un jour à prendre Embilhen ?

— Embilhen ?

— Hmm… Embilhen, c'est la métropole, sur le plateau au centre du continent. Je t'enverrai chez quelqu'un qui t'expliquera. Je n'ai pas envie que tu t'éternises ici, et je pense que je ne suis pas le seul.

— Très bien, poursuivez le récit.

— Ces foutus pirates, donc. Comme d'habitude : ils arrivent à dix ou quinze à un moment où on ne s'y attend pas, et ils vont là où ils savent qu'ils trouveront de la valeur marchande : l'épicier, le forgeron et le pêcheur de perles. Chez nous, il n'y a pas d'herboriste, pas de couturier, pas de bijoutier. Alors ils ont vite fait le tour.

— Et… Et pourquoi ils font ça ?

— Si on s'oppose, on termine avec un carreau dans le thorax. Les deux premières attaques, on n'a rien fait. La troisième, on était préparés à l'éventualité, mais ils nous ont pris par surprise. Hier, un agriculteur qui passait par là en a fracassé deux pendant qu'ils tenaient en joue le forgeron, et il a sonné la corne.

Il sort de sa poche une corne à l'intérieur creux et à la pointe percée, qu'il montre sous tous ses angles avant de la ranger à nouveau.

— Tout le monde s'est retrouvé au centre du village avec l'arme qu'il maîtrise le mieux. On était cinquante adultes, à Taunarga. On a perdu six âmes, mais on a descendu quatre pirates. Et on a pris une pirate vivante. Ainsi, ils savent que s'ils reviennent se venger, on les attendra. On a des postes de guet, maintenant. La seule chose que l'on puisse craindre, c'est qu'ils recrutent plus que d'habitude. Mais le temps qu'ils fassent le tour du continent, on a le temps de voir venir.

Les paroles du pêcheur sont confuses pour elle, comme si elle n'avait rien à voir avec l'histoire qu'il lui raconte. Pourtant, il s'adresse à elle comme s'il parlait d'elle.

— Qu'est-ce qu'il m'est arrivé, précisément ?

Il sourit et se lève calmement. Il pose ses mains sur le bas du dossier de sa chaise, chacune d'un côté, et la lève à hauteur d'une épaule, prêt à l'abattre brutalement. Par réflexe, elle prend peur et se recroqueville sur elle-même, se protégeant le front avec l'avant-bras.

— Tu veux réessayer ?

— Ça va ! J'ai compris…

Il repose la chaise et se rassied. Elle souffle. Il reprend :

— Tu vas devoir partir d'ici rapidement. Si tu restes, tu te feras lyncher.

— Par les villageois ?

— Oui.

— Mais je ne me souviens de rien… Je ne peux pas croire que je sois complice d'une attaque de village…

— C'est bien dommage.

— Pourquoi ?

— Reste là, je reviens.

Il se lève, éteint les lampes, et sort en fermant la porte à clef. Elle le fixe mais ne croise pas son regard. Elle se lève, regarde par la fenêtre, puis autour d'elle. Engourdie, elle se tient debout comme si elle était sur un bateau qui tangue. Elle palpe ses douleurs au bas-ventre. Elle constate qu'elle ne porte pas de sous-vêtements. Un doute l'envahit. A-t-elle été agressée ? Que s'est-il passé ? Elle panique. Est-ce le pêcheur ? Qu'est-il parti faire ? Elle essaie d'ouvrir la porte, mais elle ne s'ouvre pas. Elle la frappe des poings et des pieds, en vain. Elle se rassied finalement sur le lit, essayant vainement de se retenir de pleurer.

Elle entend une clef dans la serrure. Le pêcheur entre. Il est accompagné d'un homme plutôt jeune et athlétique, rasé de près. Ses cheveux noirs forment de petites boucles, sa peau est basanée, et ses yeux noirs louchent très légèrement. Il porte une épaisse veste sans manches en cuir marron clair sur une chemise blanche. Il arbore de larges bracelets en cuir de la même couleur que la veste. Son ample pantalon noir est rentré dans des bottes vert foncé. Un couteau est attaché à l'extérieur de sa botte gauche. Les deux hommes se tiennent debout face à elle. Le plus jeune prend la parole.

— De quoi est-ce que tu te souviens ?

Elle observe le nouvel entrant avant de lui adresser la parole.

— Qui… Qui êtes-vous ?

— Surelason. Ma fonction principale ici, c'est la construction. Je t'ai déjà vue. À chaque attaque. Sauf hier matin, où je n'étais pas au village. Qui es-tu ?

— Je… Je vous dis que je ne sais pas ! C'est lui là, il m'a assommée avec une chaise ! Et j'ai… J'ai tout oublié… Je…

Elle éclate en sanglots. Le pêcheur et Surelason échangent un regard.

— Je pense que tu as raison, dit le second.

— Je pense malgré tout qu'on n'est jamais trop prudent. Ne t'éloigne pas d'elle.

— Bien sûr. Tu lui as parlé de la mission ?

— Non.

En entendant cela, elle se redresse. Elle fixe le pêcheur, les yeux emplis de larmes.

— Quelle mission ?

— Hmm… Au début, on voulait t'envoyer à Embilhen pour que tu dévoiles tous les secrets des pirates à la Maison Mère. Pour l'instant, eux, ça leur passe au-dessus : tant qu'ils ne sont pas touchés, personne n'est touché. Sauf que ce sont les seuls à être assez nombreux et organisés pour stopper les pirates. Avec ta collaboration et le soutien de la métropole, on aurait pu connaître leur éventuel camp de base, leur mode de recrutement, leurs routes préférées, et plein de petits détails pour lutter contre eux et rétablir la paix.

Il s'esclaffe :

— Mais tu ne te souviens de rien ! Alors j'ai eu une autre idée, affirme-t-il en pointant son index sur elle : tu vas les retrouver, et les traquer.

Elle ne cache pas sa surprise. Elle essuie ses yeux larmoyants. Elle va sortir d'ici. Elle ne sait pas pourquoi ni comment, mais elle a le sentiment que le pêcheur vient de lui donner l'autorisation de vivre à nouveau. Elle est née dans cette cabane, et bientôt elle pourra découvrir le monde qu'elle a oublié.

— Pourquoi je m'en préoccuperais ? ose-t-elle.

— Parce que tu n'as pas le choix. Tu es en danger de mort partout. Sur la côte, ton visage est connu. Tout le monde voudra t'abattre. Si tu retournes chez les pirates, tu te feras descendre : ils auront trop peur que tu aies parlé, que tu les aies dénoncés. À ma connaissance, personne n'a capturé un pirate vivant. C'est peut-être arrivé, mais personne n'est au courant. Et il y a assez de mouvements entre les villes pour que ça se sache si c'était le cas. Donc ton seul moyen de continuer à vivre, c'est de faire savoir que c'est toi seule qui a coulé les pirates. Bon courage, merci d'avance.

Elle reste bouche bée. Surelason intervient :

— Il a raison. Mon rôle sera de t'accompagner dans cette quête, pour te renseigner et te dédouaner en cas de besoin, et pour m'assurer que tu ne nous feras pas faux bond. On part avant midi.

Elle se sent bousculée. Tiraillée entre la joie de partir et l'appréhension de se retrouver prisonnière d'un inconnu, elle parvient à s'offusquer en repensant à son état physique :

— Mais… Ça ne vous dérange pas de me séquestrer et de me forcer à travailler pour vous ? Ça ne vous a pas dérangé de me fracasser la tête avant de me violer ?

Emportée par son élan, elle se lève péniblement, et poursuit sans réfléchir :

— Et vous croyez que je vais me laisser faire, maintenant ? Si personne dans cette pièce ne sait qui je suis, alors je n'ai rien à faire là !

Surelason, l'air surpris, la retient de s'échapper. Elle se débat, mais se sent faible, et ses yeux se brouillent. Sans un mot, il la recule en la tenant par les épaules alors qu'elle proteste, et la rassied sur le lit. Le pêcheur prend un air grave :

— Écoute bien, petite. Écoute attentivement. Je t'ai neutralisée parce que tu étais dangereuse. D'accord ? Dangereuse. Je t'ai laissée sur place, parce que tu ne méritais pas mieux. Je suis parti sur le bateau, j'avais des choses à faire. Je suis revenu quelques heures plus tard. À la taverne, pour boire une bière. Dans la salle du fond, j'ai entendu des rires et des insultes. Je suis allé voir. J'ai vu. Je t'ai vue allongée sur une table, nue et inconsciente, pleine de sable et de bière. Autour, cinq types se chamaillaient pour avoir la place entre tes jambes. J'ai gueulé, j'ai foutu une claque à deux d'entre eux. J'aurais tué une pirate avec plaisir, mais jamais je n'aurais profité d'une femme inconsciente, peu importe ce qu'elle représente. Je t'ai dégoté des vêtements chez le tavernier, et je t'ai ramenée ici. Voilà.

Un silence assourdissant s'empare de la pièce. Sonnée par ce résumé, elle sanglote. Surelason répond au pêcheur :

— J'aurais fait pareil à ta place.

— C'est pour ça que tu es le mieux désigné pour l'emmener hors d'ici.

— Merci. Je suis désolé pour ce qui t'es arrivée, jeune femme, mais en même temps, je ne peux pas compatir. Tu nous as attaqués, certains de nos amis ont péri. J'espère que tu comprends.

— Non ! Non je ne comprends pas ! Je ne comprends pas ce qui m'arrive, je ne comprends pas comment vous pouvez rester stoïques face à ce qu'on m'a fait ! Vous me dégoûtez !

— Estime-toi heureuse d'être en vie, assène le pêcheur.

— En vie ? C'est tout ce qui compte ? La dignité, le respect, ça n'existe pas dans ce village dont je ne sais même pas à quoi il ressemble ?

— Il va falloir qu'on s'en aille, dit Surelason. Je vais t'aider à trouver des réponses pendant la mission.

Leur insensibilité la révolte, mais la colère lui fait mal à la tête. Elle prend de longs instants pour respirer et essayer d'encaisser. Les deux hommes l'observent calmement.

— Arrêtez de me regarder comme ça !

— Tu es prête à partir ? lance Surelason.

Elle soupire devant l'impasse de la situation. Une larme à l'œil, elle se lève.

— On dirait qu'il le faut bien, bougonne-t-elle. Je veux savoir. Qui je suis, qu'est-ce qui m'a amenée là. Et je... veux aussi savoir qui sont mes agresseurs à la taverne.

— Tu ne le sauras pas, intervient le pêcheur. Ils seront punis par la honte. Cette histoire ne sortira pas du village. Tu n'as pas à te venger d'eux.

— Quoi ? Bien sûr que si !

— Tu ne les connais pas, tu ne peux rien leur faire. Moi, je les ai vus. Ils seront punis, je te le répète. Tu parlais de dignité et de respect. Voilà comment on va réparer les torts qu'ils ont causé. Mais ceci ne te regarde plus. La vengeance aveugle ne sert à rien. Toi, tu vas retrouver les pirates avec Surelason. Pas de discussion.

— Mais non ! C'est injuste !

— Attaquer notre village aussi, c'était injuste.

— Mais...

Elle ne trouve pas ses mots. Elle a l'impression d'être un pantin. Elle va donc devoir suivre cet homme qu'elle ne connaît pas, sur la demande de cet homme qui l'a assommée. L'anxiété la gagne. Elle se crispe.

— Les vêtements balancés dans le feu hier soir, demande Surelason, c'étaient les siens ?

— Tout à fait.

— On peut partir tout de suite, dans ce cas.

— Vous pouvez.

— Tu n'aurais pas des chaussures pour elle ?

— Et puis quoi encore ? Je l'ai soustraite aux pervers, ça suffit. Je n'aide pas les pirates, et toi non plus. Tu la surveilles, tu vois si elle retrouve la mémoire, et vous neutralisez ses complices. C'est tout.

20

Surelason fait un signe de la tête pour montrer son intention de partir. Après un instant d'hésitation, elle fait signe à l'homme qu'elle est prête à sortir.

○

La rivière à l'orée de la forêt est fraîche mais agréable. Le courant est faible. Elle s'assied sur un rocher. L'eau lui arrive au cou. Elle s'immerge entièrement. Elle se sent enfin légère. Elle s'étire. Elle nage un peu, puis se pose à nouveau sur le rocher, où elle ferme les yeux. Elle se demande qui elle peut bien être. Pourquoi elle va de village en village pour voler. Qui sont ces pirates. Quel est ce continent où elle se trouve. Elle se souvient de beaucoup de choses pourtant : la mer, le ciel, les plantes, les parties du corps, les noms des sentiments, les matières. Tout ce dont elle ne se souvient pas provient de créations mentales : les villes, les noms des lieux, les noms des personnes. Son identité, ses goûts, ses habitudes. Son passé, son avenir. Elle se demande si elle aurait préféré être consciente quand les villageois ont sali son intimité. Elle pense que quitte à ce que ça arrive, c'est peut-être mieux comme ça. Elle réfléchit depuis de longues minutes lorsqu'elle entend la voix de Surelason :

— Je peux approcher ?

— Pourquoi faire ?

— Je t'ai trouvé des chaussures.

— Pose-les avec le reste.

Il approche avec une épée dans son fourreau, qu'il porte à droite, et sur son dos un sac gris en toile épaisse. Il porte en bandoulière un petit sac de la même matière. Il tient dans sa main gauche un sac à dos en cuir marron, usé mais un peu plus grand. Il pose le sac près de la rivière, là où elle a jeté les vêtements qu'elle portait.

— Je ne vais pas t'équiper comme une pirate. Je t'ai ramené le strict minimum.

Il sort du sac la moitié déchirée d'un drap, et lui montre un savon rectangulaire qu'il pose dessus.

— Je te laisse te préparer. Ensuite, tu me rejoins sur le sentier.

Elle attend qu'il soit parti puis attrape le savon se cache entre deux rochers. Elle a de l'eau jusqu'à la taille. Elle se dit que son amnésie a lavé son esprit de la même manière que le savon lave son corps. Un nouveau départ, une nouvelle vie. Sans connaître l'ancienne. Sans savoir si la vie qu'elle va inévitablement se construire est compatible avec celle qu'a déjà bâtie le personnage avec lequel elle regarde le monde. Elle ne sait pas où cela va la mener, mais elle sait qu'elle y arrivera. Avec des handicaps liés à un passé qui lui est pour l'instant étranger. Comme une ellipse qui l'a propulsée directement de la naissance à une certaine période de sa vie. Une ellipse. Voilà ce qu'est l'amnésie. Le temps qu'elle découvre l'histoire précédant l'ellipse, elle en aura créé une nouvelle. Elle voudrait des bases pour débuter. Elle n'a même pas eu l'occasion de se regarder dans un miroir. L'eau est trop agitée. Elle touche son visage, mais il ne lui évoque rien. Elle ne se reconnaîtrait pas si elle se croisait. Elle sent qu'il lui faut repartir de zéro. Qu'il lui faudrait déjà un nom, pour commencer. Qu'elle a trouvé tout de suite.

Elle sort de l'eau et se sèche avec la moitié de drap, puis remet rapidement sa robe rouge. Elle peigne grossièrement ses cheveux avec les doigts, puis sort les chaussures du sac. Ce sont des bottines noires qui tiennent bien la cheville. Elles sont un peu trop grandes, mais Surelason a mis deux grosses chaussettes en coton dépareillées dedans. Elle enfile une jaune, puis une grise. À son grand étonnement, elle trouve également une gourde vide, et une culotte noire en coton. Elle fait un nœud sur le côté pour qu'elle soit à sa taille. Elle a l'impression d'enfiler de la dignité et du respect. Elle inspire fort, et expire lentement en fermant les yeux. Elle se sent enfin propre, à défaut d'avoir le moral. Le sac ne contenant rien d'autre, elle y fourre sa veste en velours et le savon. Elle balance son chèche autour de ses épaules, et attache le drap humide au haut de son sac, qu'elle harnache sur son dos en s'éloignant de la rivière.

— On va à Thymrouge. Tu sais où c'est ?
— Non.
— C'est à une grosse journée de marche d'ici. Vu l'heure qu'il est, on y sera demain midi. On campera là, dans la forêt. J'y suis comme chez moi. Ensuite, dès qu'on en sera sortis, on rejoindra un grand chemin, qui nous emmènera à notre destination en quelques heures. On ira manger chez Ravive-le-feu, un herboriste que je connais bien. Il est calme et patient. Il essaiera de guérir ton amnésie, et s'il n'y arrive pas il t'expliquera les rouages de notre monde que tu pourrais ignorer, et nous donnera les dernières nouvelles.
— Tu n'aurais pas quelque chose à manger ? Je n'ai rien avalé depuis au moins une journée...

Il sort une pomme rouge de son sac en bandoulière. Elle la croque intégralement, à l'unique exception de la queue.
— Tu sais te défendre ?

Elle soupire, et bougonne :

— Si j'ai été une pirate, je suppose que oui. Ça pourrait revenir.

— Ravive-le-feu t'enseignera les bases.

— Qui ça ? C'est quoi ce nom ?

— Il fait partie d'une communauté spirituelle, dans laquelle les adultes peuvent se choisir un nouveau nom en fonction de leur personnalité. Ou d'un événement important de leur passé. Il a choisi celui-ci. Il te dira pourquoi s'il le souhaite. Il peuvent aussi le faire pour une personne qui leur apporte quelque chose de particulier. Par exemple quelqu'un qui les aurait sauvé de la noyade, qui leur auraient enseigné une discipline complexe...

— Comme si l'âge adulte était une nouvelle vie ?

— Exactement.

— Je vois. Je me suis dit la même chose tout à l'heure. Que je débutais une nouvelle vie.

— Oh. Et tu t'es choisie un prénom ?

Elle marque une pause.

— Ellipse.

Il reste silencieux. Elle l'observe avec méfiance. À défaut de savoir qui elle est, elle réalise qu'il serait opportun de connaître la personne à côté d'elle.

— Parle-moi de toi, Surelason.

— Hum, bien. Je suis né dans une ville au nord-ouest du continent. Mes parents sont issus d'une famille assez aisée : mon père gère encore aujourd'hui une partie des marais salants, ma mère est une couturière connue et vend à Embilhen. Je suis le dernier d'une famille de quatre, et ils voulaient que je rejoigne la métropole comme mes frères et sœur. Ce qui aurait été logique, en tant que bâtisseur. Mais je ne me sens bien qu'à proximité de la mer, donc j'ai parcouru le continent à la recherche d'une opportunité, et j'ai atterri à Taunarga. En chemin, j'ai rencontré ma femme, qui gagne sa vie en fabriquant principalement des sacs de toile comme ceux que j'ai sur moi. Elle est issue de la même région que moi et a quitté sa ville pour les mêmes raisons. Que dire de plus… On a une fille qui va avoir quatre ans. On a eu très peur pour elle à la première attaque des pirates. Peut-être que maintenant tu peux le comprendre…

Elle soupire et baisse la tête.

— Tu dis ça comme si j'étais encore des leurs... Mais j'ai tout oublié ! Je repars de zéro. Je n'ai pas l'impression d'être la même personne que celle que vous voyez tous. Plus je vous entends, toi et tout à l'heure le pêcheur, plus je me dis qu'il vaudrait mieux pour moi que je ne sache pas qui je suis… Mais au fond de moi, ça ne me convient pas. Je veux savoir comment j'en suis arrivé là, quelle est mon histoire. Tu saisis ?

Il réfléchit pendant qu'ils traversent une clairière. Des oiseaux chantent. Elle remarque un rouge-gorge.

— Sur cette route, il n'est pas impossible que l'on croise du monde. Mais ce qui est certain, c'est que ce sera le cas une fois qu'on aura atteint le chemin dans la plaine. Il est probable que des gens reconnaissent ton visage, et il n'est pas impossible que certains fassent le lien avec une attaque de pirates qu'ils ont subis.

— Les pirates ne se cachent pas le visage ?

— C'est très rare. Dans tout le continent, masquer son visage est synonyme de honte. Un voleur se cache le visage pour ne pas affronter le regard des autres. Une personne qui a manqué de respect à une autre lui parle masqué pour filtrer ses paroles ; dans ce cas, c'est perçu comme une excuse. Les pirates sont fiers de leur appartenance à un groupe puissant. Si l'un d'eux se masque le visage, on suppose qu'il a commis une erreur peu de temps avant. En-dehors de cela, ces scélérats attaquent la tête haute.

— Tu... Tu veux que je me cache avec mon chèche, c'est ça ?

— Ça serait bien. Comme ça, on est sûrs d'arriver tranquilles jusqu'à chez Ravive-le-feu.

Elle se sent manipulée, et se braque :

— Je ne vois pas pourquoi je devrais avoir honte de quelque chose que je ne me souviens pas avoir commis et que je ne me vois pas commettre.

— Tu trouves normal que tout le village veuille ta mort ?

— Rien ne me dit que c'est vrai, tu m'as fait éviter tout le monde. Le pêcheur et toi avez pu tout inventer pour me faire partir, pour une raison qui me dépasse.

— Tu veux retourner au village, pour vérifier ta popularité ?

— Peu importe, ça ne change rien à ma honte. Ou plutôt, mon absence de honte.

— Je ne te demande pas de te cacher pour la symbolique, mais pour la protection.

— Tu me le demandes aussi pour la symbolique, reconnais-le.

— Je suis chargé de te protéger, parce que tu es la clef qui peut nous permettre de mettre un terme aux activités des pirates.

— Reconnais-le !

— Si tu avances à visage découvert, tu me compliques la tâche. Ce n'est pas une histoire de honte. C'est pour t'éviter de te faire agresser à chaque regard.

— Et si j'étais restée à Taunarga avec la garantie de ne pas me faire agresser, tu aurais voulu que je me cache le visage ?

Il marque une pause avant de répondre.

— Ce n'est pas le sujet, tu…

— Réponds-moi, Surelason !

— …tu risques ta vie si tu ne le fais pas, c'est tout !

Elle s'arrête. Il fait de même un peu plus loin et se retourne. Le ton de Surelason devient froid.

— Je n'ai pas envie de passer pour un pirate, ni de palabrer avec un passant qui voudrait nous égorger pour se venger de ce que tu as fait avec tes collègues.

— Ce ne sont plus mes collègues. Ils m'ont laissée pourrir sur ta plage.

Ils se tiennent droits et se fixent.

— Je ne peux pas trouver illogique que tu te caches le visage avec ton chèche. Effectivement. Hier, tu essayais de nous piller violemment. Mais…

— Ça te mordait la langue de l'avouer ? Je sais très bien ce que tu penses de moi, et tu voulais continuer à…

— Laisse-moi terminer !

— C'est ça, termine.

— Il faut en passer par là pour assurer un maximum de sécurité. Je ne vais pas te plaindre, mais c'est une nécessité.

— De toute façon je ne comprends pas votre délire de mettre un foulard devant son visage quand on a honte.

— Il va falloir t'y faire. Ce monde a beaucoup de subtilités.

Une larme coule sur sa joue.

— Et si on me reconnaît quand même ?

— Eh bien… Il faudra dire que c'est une méprise.

— Ça ne suffira pas.

— La plupart du temps, si.

— Le reste du temps, il va me falloir de quoi me défendre.

— Tu as déjà de quoi te défendre. Tu es en train de parler avec.

●

Peu de monde se trouve à l'auberge, aussi tôt dans la journée. Les quelques personnes présentes semblent de bonne humeur et saluent les visiteurs. L'herboriste vit sobrement au dernier étage, sous les toits du bâtiment. Surelason a précisé à Ellipse qu'il passait ses matinées au sous-sol, dans une petite bibliothèque jouxtant une salle faisant office de taverne. Il y vend les produits qu'il prépare. Il cultive certaines de ses plantes médicinales dans un jardin en bordure de la ville, où il passe la plupart de ses après-midis. Il cueille les autres plantes principalement autour de la ville, et parcourt occasionnellement le continent à pieds pour trouver des espèces qui ne poussent pas près de chez lui.

L'homme a un visage espiègle et des yeux bleus presque fermés. Sa peau est parfaitement lisse, malgré l'âge qu'il est supposé avoir, trahi par sa fine barbiche grise. Il porte une longue robe noire à capuche, une bande dorée parcourant les manches, d'autres cerclant les extrémités du vêtement. Des motifs ornementaux dorés sont brodés au niveau de la poitrine. Ses oreilles sont percées de plusieurs anneaux et son crâne est entièrement chauve. Il fait asseoir ses invités à une table isolée dans un coin de la taverne du sous-sol. Surelason s'assure qu'ils font face au mur, afin que personne ne puisse voir distinctement le visage d'Ellipse. Ravive-le-feu fera face à un côté du comptoir. Il prend leurs commandes, part au comptoir en précisant qu'il viendra lui-même chercher les plats. Il revient

28

habilement avec deux verres de bière dans une main, l'anse d'une théière dans l'autre, et une grande tasse suspendue à un doigt. Il pose les bières face à ses invités et le reste face à lui. Ellipse descend le chèche au niveau de son cou.

— Ceci est plutôt un cas complexe, dit-il à Surelason. Bien sûr, je ne dispose pas officiellement de la qualité de médecin reconnu, néanmoins je puis vous assurer que l'état de santé global de la jeune femme est excellent. Pour autant, il peut paraître... surprenant.

— C'est-à-dire ? demande Ellipse.

— La zone crânienne où vous êtes sensible est vaste, lui répond-il. Quand j'ai effectué quelques palpations de ladite zone, s'adresse-t-il à nouveau à Surelason, j'ai pu ressentir comme... un trou d'énergie... une fuite d'énergie... rien de grave et rien de cassé manifestement, ce qui est tout à fait remarquable si l'objet incriminé est une chaise... mais je ne sais pas, ce n'était pas comme je m'y attendais. Je ne suis pas sûr qu'il s'agisse simplement d'une amnésie passagère. J'ai bien peur que ce soit relativement complexe. Ce sont des choses que l'on sent, vous savez... À force de méditation, on sent l'énergie chez les gens. Chez vous, jeune femme, beaucoup d'énergies entremêlées, une aura sombre. Très sombre.

Le serveur ayant fait signe, l'herboriste se lève. Il apporte trois petits plats en céramique contenant du millet, des haricots verts, de la dulse, des carottes et diverses graines. Ellipse hume le repas comme s'il s'agissait du premier de sa vie. Comme si elle n'avait jamais apprécié ce qu'elle mangeait. Ces couleurs, ces odeurs, cette chaleur. Le bruit des cuillères en bois contre le rebord du contenant. L'atmosphère renfermée de la taverne. Face à Surelason, Ravive-le-feu l'observe alors qu'elle prend une bouchée.

— Cela vous remémore quelque chose, peut-être ?

— Pas du tout. Je n'ai pas mangé de vrai repas chaud depuis que je suis réveillée.

— Elle est restée évanouie une journée entière, précise Surelason.

— Que connaissez-vous de notre beau continent ?

— Heu… Taunarga ? Et la route jusqu'ici.

— Bien sûr, mais là n'était pas ma question. Parlons plutôt théoriquement… Quelles sont vos connaissances ?

— Hum, il y a des plages sur toute la côte ouest. Et au nord-ouest chez Surelason, il y a des plages différentes et une baie. Il y a un plateau au milieu du continent, avec Embilhen dessus. Je crois que c'est tout.

— Je vois…

Il pose sa cuillère pour sortir un petit papier d'une grande poche de sa robe. Il le déplie minutieusement et l'étale sur la table, devant Ellipse.

— Ceci est une carte très schématisée, mais malgré tout assez détaillée, de notre beau continent. Ainsi que vous vous en doutez certainement, les pointes, ce sont les montagnes… Les sapins sont les forêts de conifères, tandis que les cercles sur un petit trait plein sont les espaces boisés principalement par des feuillus… Les tiges symbolisent les marais, les prairies sont les traits horizontaux. Les petits points, c'est le désert. La métropole est au milieu, comme vous l'avez deviné.

— Ça a l'air grand.

— Oui. Et nous sommes ici. Thymrouge.

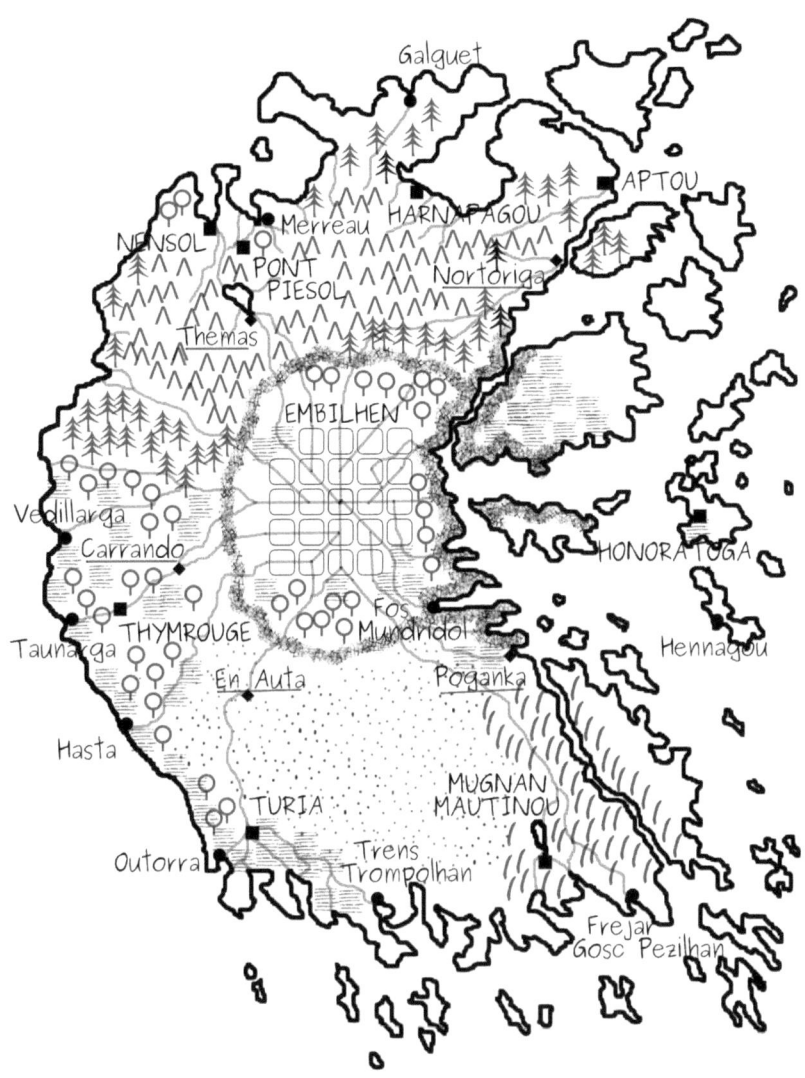

Galguet

Merreau

HARNAFAGOU

APTOU

NENSOL

PONT
PIESOL

Nortoriga

Themas

EMBILHEN

Vedillarga

Carrando

HONORA TOGA

Taunarga

THYMROUGE

FOS
Mundridol

Hennagou

En Auta

Poganka

Hasta

MUGNAN
MAUTINOU

TURIA

Outorra

Trens
Trompolhan

Frejar
Gosc Pezilhan

31

La carte est à peine plus grande qu'un pied, mais les Ellipse est impressionnée par les proportions de la métropole par rapport au reste. Ses quartiers sont bien plus grands que les autres villes entières. Très peu de villes se trouvent au pied du plateau. Au nord, barrant l'accès aux villes côtières, un imposant massif montagneux. À l'est, des falaises tombant directement autour d'îles de plus en plus petites, disséminées dans un immense golfe donnant au reste du continent sa forme de croissant. Au sud, un désert qui s'étend par endroits jusqu'aux marais. Enfin à l'ouest, comme elle a pu le constater, une alternance de pâtures et de forêts. Les grandes villes, à proximité des côtes, sont deux fois moins nombreuses que les quartiers de la métropole. Aucun des noms indiqués ne lui parlent.

— Les carrés dans le plateau, ce sont les quartiers ?

— Tout à fait. J'ai aussi la carte du plateau quelque part, je vous montrerai si cela vous intéresse. Je vais déjà vous dessiner un plan rapidement, pour vous permettre de vous y repérer, si vous devez y passer du temps.

Il sort de sa poche un autre morceau de papier, ainsi qu'un crayon loin d'être neuf. Tandis qu'il griffonne des carrés, l'homme poursuit son laïus :

— Votre accompagnateur a probablement dû vous préciser que le gouvernement, la Maison Mère, vit dans le temple ci-présent, entourant et protégeant la source qui prend naissance au centre du plateau. Cette source, mystérieuse mais salutaire, au débit constant, sort directement des entrailles insondées de la planète… Peu de gens l'ont déjà vue. Les métropolitains ont construit des canaux autour, pour mieux en diriger le flux.

— Comment communiquent entre eux des villages aussi éloignés ? Vous saviez qu'on allait arriver ?

— Certes non, mais mon emplacement géographique varie peu. Les hameaux, quant à eux, communiquent grâce au déplacement fréquent des personnes, constamment à la recherche d'un bien ou d'un service. Certaines en font même leur activité principale, ce sont les messagers. Les uns à cheval, les autres en courant... Il suffit parfois de simplement interpeller une personne qui vous double pour savoir qu'elle va passer un message.

— Et qu'est-ce qu'il y a au-delà du continent ?

Les deux hommes se regardent. Ravive-le-feu réagit :

— Nul ne peut le savoir avec certitude. Seuls d'anciens témoignages demeurent.

— On ne peut pas naviguer loin des côtes ?

— Malheureusement non, reprend Surelason.

— Ou heureusement, coupe Ravive-le-feu. Cela dépend de la philosophie qui vous anime...

— Pourquoi on ne peut pas ?

— Eh bien, réfléchit Surelason. À l'ouest, il n'y a pas de vent. Mais on n'essaie même pas en ramant, à cause des requins... Au nord, le vent est contraire. Il vient de là-haut et souffle jusqu'aux montagnes sans discontinuer. À l'est, le vent est rarement favorable... et quand il l'est, on finit toujours par se retrouver dans une zone où il y a des orages. En plus, il y a des rochers au fur et à mesure qu'on se rapproche du sud. Donc c'est beaucoup trop dangereux... Surtout qu'au sud, c'est complètement suicidaire : en plus des rochers, il y a des tornades, des tourbillons, un vent aléatoire, et quelques requins de la côte ouest qui descendent jusque là-bas.

— Voici les quartiers dans l'ordre, dit soudainement Ravive-le-feu.

Ellipse lit une suite de noms inconnus dans des carrés disposés de la même manière que sur la carte :

Heorian | Pontic | Heregan | Vercillirgan
Maroupian | Repian | Mendolorac | Ledergian | Mauragan
Tomilhan | Oprigian | TEMPLEVUE | Remegan | Mas Batelan
Turgian | Adevolan | Lex Figorac | Adalezian | Pian Cerega
Tarmagian | Tortogian | Blatulhac | Prellan

Pensive, elle termine son repas en examinant le schéma et la carte, tandis que les deux hommes échangent des nouvelles du monde.

Tour à tour, ils lavent leur vaisselle dans le bac commun prévu à cet effet. Puis, sur l'invitation de l'herboriste, ils s'isolent tous deux dans la bibliothèque. Surelason attend dans la taverne.
— Puis-je vous poser une question indiscrète ?
— Posez toujours.
— Pourquoi êtes-vous vêtue d'une robe de soirée ?
— Parce qu'ils ont brûlé mes vêtements le soir de l'attaque.
— C'est ce qu'ils vous ont raconté…
— Je vois très bien où vous voulez en venir. Je me suis posé la question quand je me suis réveillée, et non, elle ne m'évoque rien du tout. Je vous ai déjà dit mille fois que j'étais une vraie amnésique totale. Pas une folle, ni une psychopathe qui a un plan sournois derrière la tête.
— Vous étiez une psychopathe… Avant.

— Alors je suis toujours dangereuse et vous feriez mieux d'arrêter avec vos questions redondantes. Je sens bien que je vous frustre parce que vous ne comprenez pas comment je peux être aussi amnésique tout en me portant aussi bien. Je n'ai pas les idées claires, j'ai juste une lucidité naturelle qui n'a rien à voir avec mon passé.

— J'ai bien conscience que vous êtes potentiellement dangereuse. J'ai bien peur que vos deux personnalités entrent en conflit une fois que vous aurez recollé les morceaux.

— Ça m'est égal. Je veux savoir qui je suis et ce qui m'a amené à me réveiller dans une cabane de pêcheur à Taunarga. C'est ma seule raison de vivre.

— Et arrêter les pirates, m'a-t-on dit.

— Accessoirement.

— Quand vous retrouverez vos démons, ne luttez pas contre eux. Comprenez-les. Ainsi, votre expérience actuelle vous permettra de changer en toute sérénité…

Elle reste pensive.

— Ma chère Robe-de-soirée, je dois vous avouer ce que j'en pense réellement. Surelason est un garçon intelligent, mais trop terre-à-terre pour comprendre ce que je vais vous dire…

— Je vous écoute.

— Avant-hier, vous avez changé d'âme.

— Pardon ?

— Votre corps et votre esprit étaient presque morts. Votre âme les a donc quittés, pour choisir une autre aventure à incarner. La vie est une aventure dont chacun de nous est le personnage principal. L'âme expérimente des rôles physiques, afin de se découvrir. Mais pour bien jouer son rôle, elle doit oublier qu'elle est une âme capable de choses qui dépassent l'entendement humain. Sinon le jeu serait faussé.

Elle écoute ses paroles avec une attention telle que rien d'autre n'existe pour elle.

— Parfois, l'âme se dit qu'elle reviendrait bien dans le corps qu'elle occupait, parce qu'elle n'a pas terminé la pièce qu'elle jouait comme elle l'entendait. Parfois, c'est impossible, car le corps n'est plus capable d'accueillir la vie. Parfois, c'est possible, et nombreux sont les témoignages de personnes qu'on croyait perdues, et qui reviennent finalement à elles.

— Et elles ne se souviennent de rien ?

— Elles se souviennent, puisqu'elles poursuivent le rôle qu'elles étaient en train de jouer. Les corps qui ne se souviennent pas sont ceux qui viennent juste de naître, puisque par définition, le jeu n'a pas commencé. C'est donc forcément un nouveau personnage à créer pour l'âme qui le choisit. Vous voyez où je veux en venir ?

— Je me trouve entre les deux ?

— En quelque sorte. D'habitude, quand une âme décide d'abandonner son personnage parce qu'elle estime en avoir terminé avec lui, le personnage meurt, ou est en instance de mourir, comme c'était votre cas. D'habitude, quand une âme décide de reprendre un personnage, elle choisit le sien, puisqu'il s'agit de terminer ce qu'elle est venue faire dans le monde physique. D'habitude également, quand une âme décide de changer de personnage, elle choisit un nouveau-né, pour tout créer depuis le début, comme je vous expliquais… Vous suivez toujours ?

— Oui.

— En conséquence, ce qui vous est arrivé est extrêmement rarissime, puisque c'est précisément l'inverse de ce qui est sensé se produire d'habitude. Votre âme initiale a abandonné son personnage, une femme pirate, car il était en train de mourir. Jusqu'ici, tout va bien. Ce qui est remarquable, c'est ce qu'il semble s'être produit ensuite : une autre âme a décidé de changer de personnage, mais sans choisir un nouveau-né ! Elle a choisi le personnage d'une femme pirate, qui était inoccupé... Ne connaissant pas le rôle joué par son prédécesseur, la nouvelle âme en a créé un nouveau : Robe-de-soirée. Vous avez donc la mémoire d'un nouveau-né en matière de personnalité, mais la mémoire d'un personnage habitué à la vie en matière d'environnement, d'émotions, de ressenti... Ce qui explique que vous sachiez ce qu'est une auberge et ce qu'est une aubergine, ou même que vous puissiez vous exprimer dans notre langue.

— Je ne sais pas quoi dire...

— Libre à vous de croire à cette interprétation ! Je serais curieux de savoir pourquoi une âme a décidé de reprendre un personnage en cours... Peut-être par impossibilité de pouvoir reprendre le corps qu'elle occupait jusqu'alors... C'est une explication à la démence : une personne qui se prend pour une autre. Plus probablement dans votre cas, puisque vous semblez parfaitement saine d'esprit : deux âmes qui terminent le rôle de leur personnage, l'une reprenant le rôle de l'autre au lieu d'en créer un nouveau.

— Je ne suis pas sûre de tout saisir, et j'ai du mal à y croire...

— Votre esprit est formaté. La plupart des individus sont conditionnés à un mode de pensée unique : ce qui ne se voit pas n'existe pas. Pourquoi n'existerait-il pas des choses qui ne se voient pas ? Sommes-nous si prétentieux pour penser que nous détenons la vérité absolue sur un mécanisme aussi complexe que la vie, dans un univers aussi vaste que le nôtre ? Le doute n'est-il pas une possibilité ?

— Je prends en considération ce que vous venez de me dire. Mais j'aurai besoin de temps pour y réfléchir. Je n'en parlerai pas à Surelason. De toute façon il ne m'aime pas, il m'accompagne parce qu'on lui a demandé. Merci de m'avoir rassurée sur mon état, ça me torturait l'esprit et ça me rendait anxieuse.

— C'est tout à fait normal. Il est vrai que je regrette de ne pas avoir pu vous permettre de retrouver la mémoire, mais... peut-être que cela aurait contrarié l'objectif de votre âme actuelle.

— Je verrai bien.

— Si vous le voulez bien, vous pouvez venir avec moi au jardin cet après-midi. Je vous apprendrai les bases de la défense.

— Avec plaisir.

— Parfait. En attendant, j'ai quelque chose pour vous.

Il se dirige vers une étagère en bois où sont entreposés des flacons en verre de différentes tailles, tous fermés par des bouchons de liège. Il en prend un petit et me le tend.

— Extraits de bourgeons... Ginkgo et romarin. Excellent pour stimuler la mémoire. Quarante gouttes par jour, diluées dans un peu d'eau de préférence. Libre à vous de les prendre ou non.

○

— Il n'a pas été très tendre avec moi. Il ne m'aide pas pour moi, mais pour la mission que le pêcheur m'a confiée. Il me laisserait mourir facilement, s'il fallait en passer par là pour liquider les pirates. Il ne me respecte pas pour moi, mais pour gagner ma confiance. Pour éviter que je le trahisse. Mais est-ce que j'en serais capable ? Il n'a aucune confiance en moi. Il refuse même que je prenne une arme ! Et aussi, il n'a pas voulu me dire ce qu'il était parti acquérir cet après-midi, pendant que Ravive-le-feu et moi étions au jardin. Oh, il a bien pu voir que j'ai d'excellents réflexes de défense, et que je n'ai eu aucun mal à retrouver les bases du corps-à-corps. Je me suis surprise moi-même, mais il n'avait pas l'air si étonné, lui. Là, il est en alerte permanente, encore plus qu'hier. C'est comme ça : il s'attend autant à se faire agresser par un passant belliqueux que par moi. Alors il me prend pour une enfant ! Ce soir, par exemple, il a commandé une soupe de poissons, sans me demander mon avis. Certes, elle était bien garnie, oui, mais j'aurais préféré manger davantage de solide après avoir passé une demi-journée à faire de l'exercice, après une journée et demi de marche, après une nuit pas vraiment reposante dans les bois, après une journée entière de coma, sans pouvoir me régénérer, sans savoir quel était mon état de fatigue en arrivant sur la plage de Taunarga. Et maintenant, maintenant… Je suis ici. Enfermée. Dans une chambre sans fenêtres. Sans fenêtres ! Ça existe, des endroits comme ça ? Eh oui, mais tu sais quoi ? Je suis contente qu'il soit là. Oui, oui. Pas parce qu'il s'est dévoué tout seul pour troquer des services à l'auberge contre une nuit ici, hein. Il sait que pour l'instant, je ne suis pas en état de faire le ménage ou de porter des caisses, ou que sais-je encore. Et je suis sûre que quand j'irai mieux, il me demandera de le faire à sa place, pour payer ce dont nous aurons besoin au cours de notre voyage, un voyage à durée indéterminée, est-ce qu'il me prendra toute la vie ? En plus, je suis sûre qu'il a emmené des objets échangeables dans son sac.

39

Des perles, des graines. D'ailleurs, il a pris son sac avec lui pour travailler. Personne ne fait ça. Bref ! Non, je suis contente qu'il soit là. Pourquoi ? Parce que je n'aurais pas pensé à prendre une chambre avec un miroir. En plus, ce miroir descend presque jusqu'au niveau du sol. Au fait… Bonjour, Ellipse !

Elle écoute sa voix en observant son reflet, comme fascinée par ce qu'elle voit. Ses cheveux, longs et épais, sont comme elle les avait devinés et aperçus. Ses lèvres plutôt pulpeuses entourent un large sourire. Ses dents sont presque parfaites. Son nez est rond mais fin. Au-dessus de ses cernes, ses grands yeux noirs semblent fatigués. Ses sourcils forment un accent circonflexe penchant vers l'intérieur, donnant un air menaçant à son visage pourtant harmonieux. Elle a un hématome sur la tempe du côté gauche, où sa mâchoire lui faisait mal. Probablement dû à sa chute lorsque le pêcheur l'a assommée. Elle a l'épaule gauche éraflée. Mais elle se trouve belle et athlétique. Finalement, sa robe qu'elle pensait inappropriée met ses formes en valeur. Elle finit de se déshabiller et jette la robe sur le chèche, contemplant d'un œil extérieur les moindres détails de ce corps inconnu dans lequel elle se trouve.

En se retournant, elle voit immédiatement un petit tatouage sur son omoplate droite. Elle est surprise, presque choquée. C'est un crâne très simple, sans mâchoire inférieure, à l'encre noire. Elle se rapproche du miroir et le contemple longuement. Elle essaie de le décrypter, de se souvenir de quelque chose. Elle attend l'inspiration, qu'il lui évoque un souvenir furtif. Mais rien. Un sentiment de mélancolie la parcourt. Comme si ce tatouage représentait physiquement sa vie passée. Comme si ce crâne la regardait, la connaissait, lui demandant pourquoi elle ne le rejoint pas. Mais elle ne comprend pas ce que le crâne lui dit, et ressent de la peine, comme si elle l'abandonnait à son sort. Elle est pirate, dit-on ? Peut-être une marque d'attachement à sa communauté. Ancré au point de l'encrer ? Heureusement, lorsqu'elle est habillée, les bretelles de la robe sont assez hautes au niveau du dos, cachant discrètement le tatouage dessous. Elle remarque également de légères cicatrices et traces de griffures sur tout le dos, presque toutes verticales et de longueurs très différentes, sans avoir idée de ce que cela pourrait être. Félin, ronces, fouet ? Aucune idée, les marques ne sont pas assez claires. Elle soupire, salut son reflet, remet rapidement sa robe, et s'affale sur le lit.

●

Le lendemain, Surelason est déjà prêt à partir lorsqu'il la secoue.

— Je te laisse des noix et des pommes pour ce matin. J'ai des courses à faire en ville.

— Hmm…

— J'ai posé près de la fontaine quelques affaires que j'ai été chercher hier. Ton objectif, c'est de faire en sorte que je ne te reconnaisse pas quand je reviens. Ça t'évitera d'avoir à te cacher derrière un chèche. À tout à l'heure.

Cet étrange objectif réveille son cerveau. Elle se lève doucement. Les douleurs de la veille sont toujours présentes. Peut-être moins intenses. Elle remplit un verre en terre cuite avec l'eau de la fontaine, qu'elle boit intégralement. Elle prend une pomme, qu'elle croque en se regardant dans le miroir. Une

41

fois terminée, elle se retourne et tire le haut de sa robe dans son dos avec sa main gauche. Le regard exorbité du crâne la fixe. Ce n'était pas un rêve. Elle se ressaisit et examine le contenu d'une petite sacoche rectangulaire en toile jaune pâle posée sur le rebord de la fontaine. Une éponge, des ciseaux, un rasoir et sa lame, une spatule en bois, une petite coupelle en argent, un rouge à lèvres qui sent la noix de coco et une épice qu'elle ne parvient pas à distinguer, un petit coffret en bois contenant des poudres de diverses couleurs. Elle se souvient des goûts et des couleurs de la même manière qu'elle s'est souvenue du langage. Elle se rappelle des composantes de son environnement, sans savoir quel est leur rôle dans ce monde. Elle sent le cacao, le curcuma, la betterave, le paprika, l'argile blanche, en prenant son temps comme si elle les découvrait pour la première fois, car pour elle, c'est la première fois qu'elle les sent. Elle ne parvient pas à identifier la dernière poudre, entre le jaune et le beige. Elle ne la connaissait vraisemblablement pas avant son amnésie. Toutes ces poudres, pour son visage… Elle le connaît depuis si peu de temps, elle n'a même pas eu le temps de s'habituer à le voir, qu'elle doit déjà le modifier pour ne pas être reconnue. Elle choisit de commencer par raser précautionneusement l'extrémité intérieure de ses sourcils, pour les rendre moins agressifs. Chaque geste l'étonne. Elle ne se souvient de rien concernant sa personnalité, pourtant elle maîtrise parfaitement ce qu'elle fait. Comme si son corps, lui, se souvenait. Elle se confectionne un mélange dans la coupelle, qu'elle applique sur sa peau pour foncer et jaunir légèrement son teint. Elle hésite à en préparer un autre pour ses paupières. Elle applique le rouge sur ses lèvres. Il a le goût sucré et épicé du paprika, allié à la douceur de l'huile de coco. Elle prépare finalement un mélange d'une couleur à peu près similaire pour ses paupières. Elle constate que les lobes de ses oreilles sont percés. Mais elle n'a pas de bijoux, et ne ressent pas l'envie de s'embarrasser à en mettre. Elle pense qu'une personne qui sait qui elle est la reconnaîtra de toute façon. Mais les personnes qu'elle est sensée avoir croisées au cours de ses actes de piraterie ne feront probablement pas le rapprochement. Dans le pire des cas, ils se rappelleront avoir peut-être croisé cette femme quelque part, et poursuivront leur chemin. Pensive, effectuant ses gestes par automatisme comme si elle était dirigée par une main extérieure, elle finit par couper ses longs cheveux de moitié, juste au-dessus du niveau des épaules.

○

Jusqu'à ce hameau, aux maisons alignées et séparées des champs par une rivière, à une journée et demi de marche après Thymrouge, les personnes qui arpentaient le chemin dans l'autre sens regardaient plutôt sa robe. Leur étonnement était flagrant, mais ils passaient ensuite à autre chose, parfois en les saluant. Après le pique-nique de milieu de journée, ils ont croisé un homme au teint pâle, vêtu d'une longue robe gris clair assez ample, sans doute en chanvre, surmontée d'un foulard blanc enroulé autour de sa tête. Ce dernier masquait l'intégralité de son visage à l'exception d'un nez proéminent, de grands yeux bleus et d'une mèche de cheveux blonde dépassant au niveau de son front. Elle s'est demandée ce qu'il pouvait bien avoir fait de honteux. Puis elle s'est rendue compte que les passants devaient se poser la même question à son sujet, et qu'ils essayaient de trouver la réponse à travers la robe. Elle s'est demandée pourquoi il semblait plus étrange de porter une robe élégante que de se cacher la tête avec le visage. Mais pour l'instant, elle ne s'en plaint pas : c'est peut-être ce qui l'a empêchée d'être reconnue dans la journée.

Le boulanger du hameau, qui tient sa part de quiche aux oignons à deux mains, si bien qu'on dirait qu'il mange ses doigts, est toujours aussi renfrogné et peu loquace que lorsqu'il les a accueillis. Il vit seul près d'un moulin, mais cette solitude ne justifie pas l'ampleur de la tâche qu'ils ont finalement réussie à accomplir après qu'il leur ait demandé, presque ordonné, de faire le ménage dans ses pièces de vie. La table en chêne autour de laquelle ils s'observent est longue, et pourrait permettre à douze personnes de prendre leur repas. Cependant, seuls quelques tabourets traînent dessous. Côté fenêtre, Ellipse et Surelason sont éclairés par une lampe à huile. Face à Ellipse, la lumière du jour éclaire encore le boulanger. Derrière lui, au-dessus de la cheminée, est exposée une grande hache de guerre en fer à double tranchant, simplement posée sur plusieurs crochets fixés au mur. Le boulanger est un petit homme trapu, au visage imberbe et au crâne rasé, vêtu d'une chemise blanche sale et d'un pantalon noir poussiéreux. Son odeur est un mélange subtil entre la cendre et la farine. Ses yeux sont verts, et il a ce regard. Celui qui cherche l'identité de la personne dont il découvre le visage.

D'un geste brusque et soudain, il jette sa part presque terminée dans son assiette, puis se lève aussitôt en faisant tomber son tabouret. Il se retourne rapidement et se précipite sur le manche de la hache. Surelason, qui a aussitôt deviné la situation, dégaine son épée au moment où le boulanger se retourne avec l'arme dans les mains.

44

— Pirates !

Il surveille Surelason en fixant Ellipse, debout contre le mur. Il s'intéresse surtout à elle, mais semble perturbé par le danger que représente son garde du corps.

— Pas du tout, vous vous trompez ! ose Surelason. Nous sommes des villageois de la côte. Nous allons justement à Embilhen pour déplorer une attaque.

Après un instant d'hésitation, le boulanger contourne précipitamment la table du côté d'Ellipse en hurlant :

— Piiiraaates !

Elle se réfugie derrière son allié, malgré l'appréhension de celui-ci face à la détermination et à la puissance de l'arme de son adversaire. Sans ralentir son avancée, le boulanger brandit la hache de ses deux mains en inspirant profondément. Surelason hésite à fuir, mais sa fierté l'empêche de refuser le premier combat de sa mission de protection. Conscient malgré tout de la lenteur de son arme par rapport à l'épée de son opposant, le boulanger se tient suffisamment à distance de l'estoc lorsqu'il abat sa lourde hache. Sa lame frôle sa cible, avant de s'encastrer dans le solide plancher. Lucide, Surelason place rapidement la pointe de son épée sur la poitrine de son adversaire, recroquevillé par le poids de l'effort.

— Cessez, maintenant ! Je vous dis que nous n'avons rien à voir avec ces pillards.

Ignorant la situation, le petit homme tire sur le manche de la hache, la détachant du sol en grognant. Surelason maintient sa menace dans le mouvement de redressement du boulanger. Ne souhaitant pas tuer ce pauvre villageois simplement victime d'une folie et manifestement d'un acte de piraterie, il ramène l'épée vers lui en entaillant l'avant-bras droit de son opposant, qui hurle de rage en lâchant le manche de sa main droite, l'agrippant de sa main gauche.

— Nous ne vous voulons pas de mal ! Restez calme, c'est une terrible méprise ! Que peut-on faire pour vous convaincre ?

Sourd aux tentatives d'apaisement, il saisit fermement la partie supérieure du manche de la hache avec sa main gauche, et serre la partie inférieure entre son avant-bras droit blessé et sa poitrine. Il lève son arme jusqu'à l'épaule en haletant, pivote légèrement vers la gauche, puis jette de toutes ses forces le double tranchant en avant, en effectuant une rotation du bassin. Le mouvement presque horizontal de la hache et le rapprochement soudain de son adversaire pourtant lent et handicapé déstabilisent Surelason, qui recule précipitamment. La hache s'enfonce dans le bois de la table tandis qu'il bute sur un des rares tabourets qui traînaient autour. Sa lourde chute sur le flanc gauche lui fait lâcher son épée sous la table. Le boulanger, désarmé, empoigne le tabouret, l'élève au-dessus de la tête de son adversaire, qui lève ses membres droits pour se protéger. Il l'abat violemment sur le flanc droit de l'homme au sol, qui pousse un cri de douleur.

Au même moment, Ellipse surgit derrière l'agresseur en passant autour de son cou un grand et épais torchon blanc torsadé. Avant qu'il ait le temps de se retourner, elle passe à nouveau une des extrémités du linge autour du large cou du boulanger. Un nuage de farine sort du torchon lorsqu'elle le serre. Le boulanger recule. Ellipse enroule une jambe autour d'un mollet du boulanger, d'un coup sec du talon. Elle tire le linge farineux du côté de la jambe déséquilibrée, pour faire pivoter sa proie. Suffocant, le boulanger se retourne, Ellipse sur son dos, et tombe à genoux. Surelason se relève en vacillant :

— Ne le tue pas !

— Il veut notre peau. Je lui donne une leçon.

— Ne le tue pas, je te dis ! Ça se saura et c'est le meilleur moyen pour que les gens croient qu'on est des pirates !

Surelason attrape Ellipse par les bras. Sa prise, désormais à quatre pattes, respire de moins en moins. Ellipse ne se débat pas et lâche son emprise en faisant un bond en arrière pour s'éloigner des deux hommes. Surelason rassure le boulanger, qui respire bruyamment, et l'allonge au sol. Ellipse quitte la maison en claquant la porte.

●

Surelason est allongé dans l'herbe, à l'ombre d'un grand figuier. Le soleil est haut dans le ciel. Le vent souffle les nuages. Les sons de la nature bercent l'homme, qui dort depuis un moment déjà. Ellipse a eu le temps de se sécher près de la rivière et de cueillir quelques mûres. Elle avait besoin de ce moment de détente. Elle se sent libre. Elle n'est pas surveillée, pas enfermée, pas suivie. Elle ne veut pas savoir que leurs sacs à dos sont attachés aux chevilles de son gardien. Pour éviter les vols, dit-il. Pour éviter qu'elle s'enfuie avec, pense-t-elle.

Elle repense à l'ambiance pesante de ce matin. Surelason, fatigué, a dû se lever très tôt pour aider à la confection du pain, alors qu'il a passé la soirée à parlementer pour prouver sa bonne foi. Le boulanger dort peu la nuit, mais complète en faisant une grosse sieste après déjeuner. Après des heures de marche, le mieux pour Surelason était de faire de même. Pour rester efficace en aidant les futurs hôtes, mais également pour rester alerte. Il ne veut toujours pas l'armer. Encore moins après avoir vu la scène de lutte face au boulanger. Il devra assumer.

Hier soir, en découvrant la réaction du boulanger, elle a pu mesurer la rancune à son égard que Surelason enferme en lui pour atteindre l'objectif fixé par le pêcheur. Elle a aussi pu avoir un aperçu de ce qu'elle est sensée être. De ce dont elle est capable. Si son cerveau n'a plus de mémoire, son corps, lui, se souvient. Malgré tout, elle a bien dormi dans le petit abri à outils près du champ de blé. À l'écart des coups de hache, à l'écart du four à pain. Il ne valait mieux pas qu'elle revoie le boulanger. Même si Surelason lui assurait qu'il avait compris la situation et qu'il le soutenait dans sa mission. C'est la mission et son gardien qu'il soutient, pas elle. Une abeille qui frôle son nez la sort de ses pensées.

Elle s'assied en tailleur au soleil, non loin de Surelason. Elle l'observe. Elle se demande pourquoi lui, simple bâtisseur, a été choisi pour l'aider à retrouver les pirates et les éliminer. Pourquoi personne d'autre sur le continent ne prend la peine d'aller à la Maison Mère pour s'offusquer de leur immobilisme face à la situation. Pourquoi les gens et les paysages sont si paisibles malgré la présence d'un ennemi invisible. Pourquoi ils deviennent subitement fous et violents dès qu'ils voient un pirate. Ce monde lui semble bien abstrait. Le groupe dont elle est sensée faire partie ? Jusqu'ici, une illusion. Le continent est si grand… Pourtant, ils sont les seuls à agir contre les envahisseurs nomades. Et c'est un constructeur de maisons de pêcheurs qui s'en charge. Comment et où a-t-il appris à combattre ? Était-il réellement parti solidifier une cahute du village voisin, le jour de l'attaque ? N'était-il pas plutôt en train de s'entraîner ?

Il ouvre doucement les yeux et la cherche du regard, puis il s'étire. Il s'assied et prépare ses affaires. Il sort une pêche de son sac et croque dedans.

— Bien dormi ?

— Plutôt. J'en avais besoin.

— Je vois ça.

— Quelqu'un est venu ?

— Non, pourquoi ?

— Comme ça. Pour savoir. Tu es prête ?

— Oui.

— Alors allons-y.

De retour sur le chemin, le vent se calme un peu. Les pâtures et les bois s'étendent toujours sur les petites collines éparpillées des deux côtés. Ils n'ont pas aperçu d'habitation depuis quelques heures, et n'ont croisé personne depuis autant de temps. Ellipse reste pensive et fixe l'horizon du chemin.

— Est-ce que tu as déjà tué ?

La surprise se lit sur le visage de Surelason. Il fixe Ellipse, espérant qu'elle développe ses propos. Elle échange un regard avec lui, puis fixe à nouveau l'horizon.

— Moins que toi, c'est certain.

— Qui est-ce que tu as tué ?

— Ça ne te regarde pas.

— Au contraire. Tu m'escortes depuis plusieurs jours, j'ai le droit de savoir ce dont tu es capable.

Il force un rire d'étonnement.

— Et toi, tu as vu de quoi tu es capable ? Combien de personnes est-ce que tu as déjà étouffées ?

— Moi, je n'en sais rien. Toi, tu sais, donc je trouverais plus sain que tu me le dises.

— Je ne vois pas l'intérêt.

— On apprend à se servir d'une épée, à l'école des constructeurs ?

— On apprend à se défendre à beaucoup de personnes.

— Si tu n'avais pas sous-estimé ton adversaire, tu l'aurais taillé en pièces.

— Je ne l'ai pas sous-estimé. Il fallait que tout le monde sorte vivant et en bons termes. Je me suis adapté.

— Comment tu as appris ?

Il soupire.

— Je viens de te le dire, les techniques de défense font partie de l'enseignement classique.

— Je parle de tes techniques d'intimidation et de tes réflexes. C'est de l'attaque.

— Si je te le dis, tu me parles de tes techniques à toi.

— Je ne t'apprendrai rien, je ne sais rien.

— Tu sais plus de choses que tu ne veux bien l'admettre.

Elle marmonne.

— Je te dirai ce que je découvre.

— Bien. Chez nous, en plus de la défense, on peut apprendre l'attaque si on le souhaite, une fois qu'on est jugé assez adulte pour être conscient des conséquences. J'ai eu un maître d'armes comme Ravive-le-feu. C'est tout.

— C'est tout ? Pourquoi tu as voulu apprendre l'attaque ?

— Pour la gloire. Je me disais qu'un jour, s'il faut un héros pour sauver le village, ça sera moi.

— Donc tu es en train de réaliser la mission de ta vie ?

— En quelque sorte. C'est pour ça que j'ai été choisi. Je suis souvent volontaire, et je sais mener un combat.

— Et donc, tu as tué ?

— Parle-moi plutôt de ta technique d'étranglement.

— Rien de spécial. Il était concentré sur toi, je pouvais me glisser dans son dos. J'y ai pensé comme ça. Il me fallait une corde. J'ai vu le torchon qui enveloppait du pain. C'est venu tout seul.

— Qu'est-ce que ça t'a évoqué ?

— Rien du tout. Je l'ai fait, point. Mémoire corporelle.

— Et comment tu te sentais lorsque tu étouffais ce pauvre homme ?

— Je me sentais… normale ? Je veux dire… Je ne sais pas. Je ne comprends pas ce que tu veux dire.

— Tu ressentais de la haine, de la gêne, de la peur ?

— Non… Cet homme était dangereux, il fallait le neutraliser. J'ai trouvé un moyen de le faire, je l'ai fait.

— Donc tu l'aurais étranglé jusqu'au bout ?

— Peut-être… Avec du recul, ce n'était pas le choix le plus judicieux. Mais c'est le réflexe que j'ai eu.

— Et ça ne t'inquiète pas plus que ça ?

— Je n'y peux rien. J'apprends à me connaître. Alors, tu as déjà tué ?

— J'ai déjà tué des êtres vivants, oui. Dans un champ d'Embilhen. Sur le plateau, ils considèrent que les animaux terrestres sont une source de nourriture. J'ai tué des lapins.

Elle sourit.

— C'est tout ?

— Ce sont des êtres conscients !

— Et les poissons ?

— Les animaux marins n'ont pas de conscience. Tu ne peux pas lire dans le regard d'un crabe, tu ne peux pas le saluer tous les jours en espérant qu'il se souvienne de toi. Il ne s'en souviendra pas. Un renard, tu peux. Ce sont des cousins, des égaux. Et sur le plateau, ils les mangent.

Elle fronce les sourcils, perplexe.

— Mais est-ce que tu as déjà tué des hommes ou des femmes ?

— Non, jamais. Je tuerais bien les pirates, mais les pirates n'ont pas de conscience.

— Alors c'était ton premier combat en conditions réelles ?

— Non, j'étais là les premières fois que les pirates sont venus. Je t'ai déjà raconté. J'en ai blessé deux.

— Mais hier, tu étais tout seul. Et sans moi, tu ne t'en serais pas sorti.

— Sans toi, je n'aurais pas eu besoin de me défendre, et je m'en serais sorti.

— Si tu le dis.

Il la regarde en coin, attendant une autre question. Elle reprend :

— J'aimerais revenir sur les opinions de la métropole. J'ai bien compris pourquoi sur la plaine, on pense que les animaux terrestres sont l'égal des personnes, alors que les animaux marins sont mangeables. Pourquoi sur le plateau c'est l'inverse ?

— Je ne sais pas pourquoi ils mangent des animaux terrestres. C'est-à-dire que j'ignore pourquoi ils considèrent que nous sommes les seuls êtres conscients à avoir de la valeur. Par contre, pour les animaux marins, c'est à cause de leur dogme. Comme tu le sais, la source alimente une bonne partie du continent. C'est de l'eau douce, pure et potable. Ils pensent que l'eau salée, la mer qui entoure le territoire, est son contraire. Comme elle n'est pas potable, elle est impure. Et ceci s'étend à tous les produits de la mer. Ils disent que consommer des êtres marins peut polluer la source, qu'il faut s'éloigner des côtes, ce genre de choses.

— Je vois.

— Quel est ton avis là-dessus ?

— C'est absurde.

— Qu'est-ce qui te fait dire ça ?

— Tout est absurde. Ne pas manger de marins parce que c'est impur, ou ne pas manger de terrestres parce qu'ils ont une mémoire.

— Tu ne peux pas comprendre. Tu es capable de tuer des êtres conscients.

— Il n'y a pas de différence entre les deux. Ce sont des êtres vivants, peu importe le milieu dans lequel ils vivent. D'ailleurs, qu'est-ce qui te dit qu'au large, certains poissons n'ont pas de conscience ? Ou qu'ils ne nous ressemblent pas ?

— C'est impossible.

— Pourquoi ?

— Ils sortiraient de l'eau pour venir nous voir, au moins par curiosité.

Elle pose sa main sur son front, dépitée.

— Je me demande ce que je fais là.

— Tu participes à une mission pour sauver la plaine.

— Non, je veux dire… Là, dans ce monde. Où il faut choisir entre manger des crabes et manger des renards. Je trouve ça tellement… tellement… C'est comme si un jour, je te disais que j'en ai marre de manger des patates, et alors tu penseras que les patates me rendent irascible, et ensuite je te dirais que je ne peux plus les voir sinon je deviens folle, et tu penserais que les patates rendent les gens détestables. Alors tu le répéterais autour de toi, et bientôt plus personne ne voudrait manger de patates au risque de devenir désagréable. Et il serait mal vu d'en manger. Tu vois ce que je veux dire ?

— Ta métaphore ne tient pas, les végétaux n'ont rien de…

— Ce n'est pas un problème de végétal ou animal. C'est un problème de conscience, ta propre conscience. Tu ne manges pas de renards parce qu'ils te regardent dans les yeux, mais tu manges des crabes alors qu'ils respirent et qu'ils sont suffisamment conscients pour chercher à manger ou pour te pincer le doigt si tu t'approches trop d'eux. Là-haut, ils ne mangent pas de crabes parce qu'ils sont impurs, alors qu'ils pensent que malgré le fait qu'ils tuent des êtres vivants, ils sont purs. Tout ceci n'a aucun sens.

— Tant mieux si tu es neutre, ça nous simplifiera la tâche une fois dans la métropole. Tu mangeras des animaux terrestres, et ils ne feront pas attention à mon régime alimentaire un peu plus restrictif sur ce sujet. À Embilhen, et en particulier dans le quartier Pian Cerega, de plus en plus d'auberges et de restaurateurs proposent des alternatives aux personnes qui ne veulent pas manger de vivant. Il paraît que c'est pour attirer les gens de la plaine.

— Disons que je suis neutre, alors. De toute évidence, j'ai déjà ôté la vie, et ça ne me pose pas plus de problème que ça quand je suis dans l'action. J'espère juste ne pas avoir à le refaire.

○

Situé au milieu d'une rangée de buissons, le portail en bois est tellement bas qu'il serait plus simple de l'enjamber. Surelason prend toutefois la peine de l'ouvrir, en cherchant des visages à la fenêtre. Ellipse referme le portail. La maison est minuscule mais dispose de deux étages. Sa façade rouge contraste avec des fenêtres aux bords verts. Ils sonnent la cloche suspendue devant l'entrée. Un vieil homme frêle aux yeux bleus, au grand front ridé et au menton pointu ceint d'une fine barbiche, leur ouvre. Son pantalon et sa chemise blancs sont amples mais serrés aux chevilles et aux poignets. Ses chaussons pointus et multicolores semblent provenir d'un groupe de saltimbanques. Son expression est emplie de bienveillance. Il plaisante immédiatement :

— Vous voici enfin ! On finissait par penser qu'on serait morts avant que vous arriviez !

— Bonjour Cueille-des-pierres, merci beaucoup de nous recevoir et excusez notre retard.

— Il va falloir vous justifier, jeune homme !

Il se recule en tenant la porte ouverte, laissant apparaître un salon se terminant par une petite porte en bois jaune. Derrière lui, une vieille femme aux yeux verts, aux joues légèrement pendantes et aux cheveux blancs attachés par un chignon haut, s'approche. Elle porte un pantalon blanc strictement identique à celui de l'homme, une chemise aussi colorée que ses chaussons pointus, et de gros chaussons gris. Elle se tient devant les escaliers menant à l'étage, près d'une porte menant à la cuisine.

— Alors les jeunes… vous faisiez des galipettes pendant tout ce temps ?

Face-de-craie et Cueille-des-pierres sont les parents de Ravive-le-feu. Ayant une idée approximative de l'âge avancé de leur fils, Ellipse est sidérée par leur forme physique et leur lucidité. Le message que Surelason a glissé à un cavalier en route vers le plateau, le matin de leur départ de Thymrouge, indiquait une arrivée au plus tard en milieu d'après-midi. C'était sans compter sur une longue soirée anxiogène, une courte nuit agitée, une matinée travaux pratiques de boulangerie, et plusieurs heures de sieste pour rattraper tout cela. Ces pauses s'avèrent salutaires : le dynamisme des hôtes et leur joie communicative ont immédiatement donné envie aux invités de passer du temps à les aider. Pourtant, le couple est parfaitement organisé : leur style de vie est minimaliste, ce qui leur permet de ne jamais avoir besoin de ranger et de faire le ménage très rapidement. Mais leur âge ne leur permet plus de monter facilement les hautes marches menant à l'étage de leur maison : ils ont choisi de ne plus s'y rendre, et d'en laisser la gestion aux personnes de passage. Là encore, peu de travail à effectuer : les trois pièces, contenant toutes un lit double, et l'espace de stockage près de l'escalier sont propres et rangés, témoignant de passages réguliers. L'une des chambres est d'ailleurs occupée par les affaires de quelqu'un. Surelason pose ses sacs sur le lit dont la porte est la plus proche de l'escalier, et détache sa ceinture et son épée. Ellipse pose ses affaires au pied du lit de la dernière chambre, puis ils redescendent.

— Vous avez de la compagnie en ce moment ?

— Oui, de la compagnie… Nous avons une jardinière ! précise Face-de-craie. Elle vit chez nous la moitié du temps… Elle va au marché… Très gentille… Oh, elle ne devrait pas tarder à rentrer ! Elle vous montrera notre beau jardin… Il est fleuri toute l'année ! Regardez, on le voit d'ici…

Elle indique une fenêtre donnant sur un grand espace enherbé sur lequel des buttes de terre de différentes formes s'élèvent, maintenues à hauteur de la taille par des clôtures de bambous entremêlés. Sur les côtés, les haies qu'ils ont vues devant la maison se prolongent jusqu'à l'orée d'un bois, où le jardin se termine. La majorité des buttes sont fleuries. Toutes les couleurs sont présentes. Ellipse est admirative :

— C'est magnifique !

— Oui, c'est impressionnant ! Bravo à vous et à votre jardinière.

— Certaines se mangent, ajoute le vieil homme. Je vais aller en chercher pour ce soir. Vous en aurez si vous êtes sages !

— Très volontiers. D'ailleurs, dites-nous ce qu'on peut faire pour vous aider. Vous semblez parfaitement organisés, mais nous vous sommes redevables pour le repas de ce soir !

— Ce soir, ce soir... En ce moment tout va bien, jeune homme ! répond Face-de-craie. Un autre couple est venu... Oui, pour réparer une fuite sur le toit. Il y a quelques jours de cela... Mais, c'est bien tout.

— C'est tant mieux. En parlant de couple, je vous précise qu'Ellipse et moi ne sommes que collègues dans l'aventure que Ravive-le-feu vous a brièvement décrite et que je vous expliquerai plus en détail lors du repas.

— Oh, entendu ! Le repas... Oui, vous pouvez le préparer, si ça vous dit ! propose la vieille femme.

— Ça fera venir la petite ! lance Cueille-des-pierres avant d'ouvrir la porte à l'arrière du salon.

○

Alors qu'elle s'apprêtait à éteindre la grande bougie qui rompt l'obscurité de la pièce, quelqu'un toque à la porte de la chambre d'Ellipse.

— Oui, entrez.

La porte s'ouvre lentement. Face-de-craie apparaît dans l'embrasure de la porte.

— Je peux… vous parler ? murmure-t-elle.

— Je vous en prie, on est chez vous.

Elle ferme doucement la porte derrière elle. Son visage semble plus grave que lors du repas. Elle fait signe à Ellipse de s'asseoir au bord du lit, puis prend place à côté d'elle.

— Vous allez peut-être dire que je suis folle… Mais enfin… vous allez peut-être simplement dire que mon intuition est bonne.

Ellipse est à la fois surprise et curieuse. Elle est tournée vers la vieille femme, qui fixe ses doigts entrecroisés. D'une voix douce et basse, elle annonce en tournant ses yeux vers ceux d'Ellipse :

— Vous avez… été agressée, n'est-ce pas ?

Déstabilisée par l'aplomb de Face-de-craie, elle bégaie :

— Heu… Oui ?

— Vous êtes une belle femme… Vous portez une belle robe… Oui, je suis sûre qu'elle ne vous appartient pas… Et surtout, vous étiez en territoire adverse…

— Qu'est-ce qui vous fait dire ça ? À quoi ça se voit ?

— Ce n'est pas un vêtement très… pratique ! Lorsque l'on exerce une activité malveillante… Oui, vous étiez une ennemie dans un village où certaines victimes étaient des hommes… Vous savez ce qui vous est arrivé ? Pendant votre… coma ?

Ellipse baisse la tête et croise les doigts entre ses cuisses.

— Oui… On m'a raconté.

— Oh, je vois… Vous savez, il y a très longtemps… Il y a très longtemps, nous avions une fille qui devait avoir votre âge. Elle était belle… téméraire… sûre de sa force ! Elle avait décidé de vivre à Embilhen… Lutter pour la justice sociale ! À l'époque, tout le monde n'avait pas le droit de travailler au plateau… Il fallait y avoir des racines, des relations… pour prétendre s'y installer. Nous n'en avions pas… Mais, elle a tenté sa chance.

La femme se frotte nerveusement les mains. Ellipse la regarde du coin de l'œil. Elle poursuit :

— Eh bien, elle n'a pas tardé à se faire des ennemis… Traditions, valeurs… Oui, on peut trouver une similarité. Pour vous dire… Elle aussi, a été retrouvée inconsciente chez un inconnu qui lui en voulait… Elle aussi, ses vêtements n'ont pas été retrouvés… Mais des hommes ont parlé et se sont renvoyés la faute mutuellement… C'est bien ce qui vous est arrivée, n'est-ce pas ?

Elle se redresse en fixant Ellipse. L'expression de son visage est triste. Ellipse détourne le regard, gênée.

— Oui, répond-elle timidement.

— Beaucoup de temps… Il m'a fallu beaucoup de temps avant de retrouver la confiance envers les hommes… Heureusement, j'ai un compagnon formidable qui m'a aidé à nous relever… Oh, il souffrait autant que moi, mais il ne voyait pas un groupe d'hommes… Il voyait un groupe de bandits. Tout ceci n'est pas souhaitable, bien entendu… Mais certaines personnes sont des individus immondes et ignobles, et il faut savoir accepter qu'ils existent… Pour mieux les combattre…

— Je ne me rappelle de rien, donc je suis sans doute moins traumatisée que si je l'avais vécu, mais je… j'ai senti qu'il s'était passé quelque chose…

Face-de-craie la laisse poursuivre.

— Mais je ne sais pas, j'ai envie de les tuer c'est sûr, mais seulement eux. Mais je ne les connais pas. Et je ne connais pas assez ce monde. Je ne sais pas si tous sont capables de tels agissements. Je ne vois pas un groupe d'hommes, je vois un groupe de … je ne sais pas, d'ennemis ? Qu'est-ce que vous essayez de me dire ?

— Il s'agit de ne pas vous laissez envahir par la haine… Oui, c'est la haine qui conduit ce genre d'individus à agir… Et vous valez sans doute mieux qu'eux maintenant, n'est-ce pas ? Oui, vous étiez pirate auparavant… Mais vous venez de vous affranchir de ces velléités belliqueuses… Pensez-y !

La femme pose une main sur l'épaule d'Ellipse. Elle ajoute :

— Vous avez une grande mission entre les mains… Rappelez-vous de ne jamais basculer dans la haine. Jamais ! Ce qui vous est arrivé est évidemment regrettable… Mais cela peut vous guider sur la voie de la bienveillance…

— Je ne sais pas quoi vous répondre, mais je vous remercie de vous être confiée. Je me sens un peu moins… isolée, peut-être.

— Allez, je ne vous dérange pas plus longtemps… dit Face-de-craie en se levant.

— Et, si je peux me permettre, votre fille… Elle a survécu ?

Face-de-craie fixe Ellipse sans répondre, puis regarde le plafond.

— À demain, chuchote-t-elle en se dirigeant vers la porte.

La plupart des personnes qu'ils croisent ont un profil relativement commun. Des marchands, qui les abordent en leur demandant s'ils n'ont pas un certain objet à leur échanger, avant de signaler qu'ils pourraient eux-mêmes avoir des objets susceptibles d'intéresser leurs clients potentiels. Des villageois, qui se rendent à l'autre bout du hameau. Des voisins, qui traversent la rue. Des paysans, qui arpentent les champs et les chemins boisés. Des cavaliers, messagers ou simplement pressés. Des voyageurs, qui, comme eux, semblent se rendre dans une ville où ils ont d'autres attaches.

Au premier abord, il est impossible de déterminer si le vieillard tracte l'âne, ou si c'est l'inverse. Ils ont quitté les parents de Ravive-le-feu depuis deux heures à peine, et l'homme âgé qu'ils croisent souffre de la comparaison avec ces derniers. Son âge pourrait être similaire, mais sa démarche hésitante, son dos recourbé et son regard vitreux témoignent d'une nette différence de forme physique voire mentale. Sa monture, qui porte deux immenses sacoches de cuir brun sur les flancs, a des yeux endormis, comme si elle avançait toute seule. Ils marchent côte à côte, prenant pratiquement toute la largeur du chemin, qui n'est pourtant pas un sentier forestier. Le vieillard avance à un rythme lent mais régulier en se cramponnant à un bâton droit et solide qui lui arrive au niveau de l'épaule. Il est vêtu d'une robe blanche descendant jusqu'aux genoux et comportant deux bandes jaunes autour de chacune des quatre ouvertures. Ses hautes sandales et sa ceinture sont de la même matière que les sacoches. Il regarde fixement au loin. Surelason l'interpelle poliment :

— Ho, vieil homme, où allez-vous donc de la sorte ?

Il s'arrête, surpris, et fixe le regard de son interlocuteur.

— Je ne sais pas.

— Vous ne savez pas ? Comment cela ?

— Je le saurai quand j'y serai.

— D'où venez-vous ?

— Là-haut.

Le vieillard, une main sur la corde qui le lie à l'âne et l'autre sur le bâton, n'esquisse aucun geste, et maintient son regard. Surelason murmure à Ellipse qu'il vient de qualifier le plateau d'Embilhen. Elle acquiesce.

— Et que venez-vous faire ici ?

— Trouver la paix.

— La paix ? C'est conflictuel en ce moment à la métropole ?

— J'en ai trop entendu. Où vous allez ?

— À Pian Cerega.

— Hah ! S'il existe encore.

— Que voulez-vous dire ?

— Il n'y a pas la paix à Pian. Je le sais, j'en viens.

— Les pirates sont là-bas ?

— Hah ! Les pirates…

— Non ?

— Hah !

— Vous savez où ils sont, aux dernières nouvelles ?

— Certainement pas là-haut.

— Qu'est-ce qu'il se passe chez vous pour que vous veniez jusqu'ici ?

— J'en ai trop entendu.

— C'est-à-dire ?

— La paix intérieure.

— Il y a des pirates par chez nous, intervient Ellipse. C'est pas vraiment la paix non plus.

Le vieillard oriente brusquement son regard vers Ellipse sans bouger, puis tourne lentement la tête vers elle en la fixant. Ellipse se sent dévisagée lorsque leurs yeux se rencontrent.

— Il n'y a pas la paix là-haut. Ici, personne ne sait ce qu'il se passe là-haut. Et là-haut, personne ne sait ce qui se passe ici.

— Oui, c'est d'ailleurs pour cette raison que nous y montons.

— Hah ! S'il existe encore.

— Pourquoi dites-vous cela ?

— Vous verrez bien. Moi, je sais. J'en viens. Les pirates n'existent pas.

— Bien sûr qu'ils existent, s'insurge Surelason, ils ont attaqué mon village il y a plusieurs jours ! Comment pouvez-vous continuer d'ignorer cela ? Vous verrez, si vous vous faites attaquer. Vous retournerez à la métropole pour leur dire. Peut-être qu'ils croiront l'un des leurs.

Le vieillard se raidit progressivement pour avoir ses deux interlocuteurs face à lui, de façon à rester immobile lorsqu'il fixe alternativement ses yeux sur l'un puis sur l'autre.

— Hah !

— Qu'est-ce que ça signifie ?

— Je viens de vous le dire.

— Vous venez de dire que les pirates n'existent pas. Vous devriez avoir honte.

— Ils n'existent que pour ceux qui veulent bien les faire exister.

— C'est faux ! Je les ai combattus, et je ne tolère pas leurs pillages.

— Vous ne pouvez pas comprendre.

— Et vous, vous ne voulez pas comprendre. Vous vous ferez attaquer comme tout le monde, surtout avec des sacoches pleines.

— Je ne me ferai pas attaquer puisque j'aurai trouvé la paix.

Surelason fait un pas de côté et tourne sur lui-même, agacé. Il s'éloigne en soufflant. Ellipse, imperturbable, reprend les interrogations :

— Qu'est-ce que vous savez des pirates ?

— J'en ai trop entendu.

— Mais encore ?

— Je suis venu chercher la paix. Je ne peux donc rien vous dire.

— Mais vous dites qu'on n'est pas sûrs d'atteindre notre objectif d'aller à Embilhen… Qu'est-ce que ça veut dire ?

— On ne sait jamais. Vous comprendrez quand vous y serez.

Surelason revient à la charge :

— Alors, on y sera ou on n'y sera pas ? On comprendra ou on ne comprendra pas ? Viens Ellipse, ce pauvre homme a perdu la raison. Nous perdons notre temps. Je vous souhaite une bonne journée et bon courage dans votre recherche.

Surelason reprend sa marche sans attendre. Le vieillard sourit. Ellipse le remarque.

— Pourquoi vous souriez ?

— Cherchez votre paix intérieure, jeune femme. Sinon, vous perdrez la raison comme votre ami.

Il se tourne doucement vers la direction qu'il était en train de prendre, et braque ses yeux sur l'horizon. Ellipse comprend que la conversation est terminée. Elle le regarde partir, pensive. Après quelques instants, elle se retourne et trottine pour rattraper Surelason.

— Qu'est-ce que tu en dis ? demande-t-elle.

— Il est fou.

— Qu'est-ce qu'il peut bien se passer à Embilhen ?

— Il a dû se faire bannir, ou quelque chose comme ça. Probablement parce qu'il est fou. Sa robe, c'est une tenue de politique. Blanche, en lin, avec des bandes de couleur brodées sur les manches, et normalement un insigne à l'intérieur que les gens comme nous ignorent.

— Tu penses qu'il s'est fait bannir pour quoi ?

— Je ne sais pas, sénilité ? Je ne vois pas d'autre explication à sa présence ici et à ses paroles dénuées de sens.

— Il faudra quand même se méfier quand on sera sur le plateau.

— Mais non. Ça se saurait si la métropole était devenue dangereuse. Les pirates n'y vont pas, et lui n'a parlé que du quartier Pian Cerega. Il devait faire partie d'un groupe décisionnaire local, les discussions se sont envenimées, et le voici.

— Je me demande ce qu'il peut bien transporter dans ses sacoches. Il est surchargé.

— Il ne doit pas être en mesure de travailler, donc c'est pour payer ses gîtes et ses couverts.

— J'ai de la peine pour lui, s'il se fait attaquer ; mais il avait l'air tellement serein…

— C'est parce qu'il ne les a pas croisés. Il ne sait pas de quoi il parle.

— Il avait l'air de les connaître, pourtant. Il a rigolé quand on les a évoqués.

— Oui, mais il ne les a jamais vus, donc il ne peut pas savoir. D'ailleurs, s'il est encore là, ça suppose que la journée sera tranquille.

— Pourquoi ?

— Parce que s'il y avait des pirates dans le coin, on ne l'aurait pas croisé.

○

2

Derrière ce masque

La maison en pierre vers laquelle ils se dirigent est parfaitement cubique. Sa petite taille, sur deux niveaux, est accentuée par la vaste pâture qui l'entoure, clôturée par de petits mais larges murets. Sur un côté, une grande bâtisse en pierre et en bois est prête à accueillir pour la nuit les nombreux moutons éparpillés dans la propriété. De l'autre côté, sortant d'un bois, le fermier, qu'ils n'ont pas remarqué, se dirige vers eux, une fourche à la main. Il porte un chapeau de paille, une chemise jaunâtre, un solide pantalon bleu, et des bottes de cuir montant jusqu'à ses genoux. Son visage est à l'ombre mais on distingue une mâchoire carrée rasée de près.

— Hey, les voyageurs !

— Ah, bonjour ! Nous sommes chez vous ?

— Yep.

— Nous sommes en route pour Embilhen, et nous aurions besoin d'un hébergement pour la nuit. Nous pouvons vous aider dans les champs ou dans la maison, et ensuite nous pouvons préparer le repas selon vos possibilités.

— Pas trop possibilités pour le repas en ce moment par ici. Z'ont volé des réserves et tué des moutons. C'est pas je veux pas, c'est plutôt vous accueillir maintenant, un peu trop tôt, voyez donc. Avec ma femme, deux enfants à nourrir, un peu juste. Heureusement, les petits étaient à l'école quand sont passés.

— Ils sont passés ? Vous voulez dire… Les pirates ?

— Yep. Trop isolé du hameau. Pas pu les prévenir.

— Quand était-ce ?

— Y a deux jours, dans l'après-midi.

— Ce n'est pas la première fois qu'ils attaquent par ici ?

— Deuxième. Mais j'ai aussi vus passer y a quelques mois, traversaient mon champ. Z'ont pas dû s'arrêter chez nous, parce s'est rien passé ensuite.

— Vous savez d'où ils venaient ?

— Du sud.

— Et plus précisément ?

— Bah non. Ils coupent à travers champs.

— Ils ne prennent jamais les chemins ?

— Ils évitent, voyez donc. Vous venez d'où ?

— De Taunarga, sur la côte. On s'est fait attaquer il y a cinq jours, à l'aube. On est partis le lendemain midi.

— Cinq jours… La côte… Sont plus rapides que vous, relève le fermier.

— Comment ils font ? s'interroge Ellipse.

— Vu qu'ils ne s'arrêtent pas pour travailler et rencontrer les habitants, ils mettent forcément moins de temps, rétorque Surelason.

— Mais vous dites qu'ils ne prennent pas les chemins, donc c'est plus long ? Je veux dire, c'est plus court en distance, mais il y a des obstacles.

— On sait pas comment qu'ils font, répond le fermier. Certains disent qu'ils sont tellement entraînés qu'ils peuvent traverser un bois en courant, voyez donc. D'autres racontent qu'ils prennent les chemins habillés normal, puis qu'ils se déguisent en pirates quand ils décident d'attaquer un village. D'autres y pensent qu'ils ont des chevaux. Moi, j'y pense que c'est un peu de tout ça.

— Combien étaient-ils ?

— Une bonne quinzaine, peut-être vingt, difficile à dire.

— Curieux, ils étaient moins, chez nous. Une petite douzaine.

— Doit y en avoir qui se cachent. Ou qui sont occupés à refermer les traces de passage, pour pas qu'on retrouve leur itinéraire. J'avais essayé de suivre le chemin quand sont passés chez moi sans rien faire, la dernière fois. Bah après mon muret, plus rien.

— C'est trop dangereux de les suivre de toute façon. Bon, content que vous vous en soyez sortis vivants, vous et votre famille.

— Yep. C'est pas le cas de tout le monde par ici.

— Peut-être connaissez-vous quelqu'un qui a perdu des êtres chers, et qui aurait besoin d'un coup de main ?

— Yep. On s'entraide déjà entre nous, au village. Ceux qui ont trop perdu en matériel qui s'en vont travailler chez ceux qui ont trop perdu en personnes. Y a un équilibre difficile à trouver quand y a les deux. Période difficile. Tiens, z'avez qu'à rejoindre ma femme, Ulfa. Elle est chez Najarri, la maraîchère du côté est, voyez donc. C'est à l'opposé, mais c'est sur votre route. Vous dites que vous y venez de la part de Demnol. Demnol.

Si ce qui passe pour être la place principale du hameau était désert, les limites est du petit village sont encore plus agitées que les limites ouest. En bordure du chemin, sur sa droite et face à une forêt, une longue maison sur laquelle de rares fenêtres percent le mur au niveau de l'étage. Sur le côté, les ouvertures sont toujours cantonnées à l'étage, mais sont plus grandes. Juste en-dessous, un portail cabossé mais d'un gris étincelant et de la largeur du chemin, dont les gonds sont fixés sur le coin de la bâtisse, est ouvert. Ses deux grandes roues en fer et les traces de passage formant trois quarts de cercle autour de l'axe témoignent autant de son utilisation régulière que son poids. Ellipse entend des gens discuter, s'affairer. Des bruits de brouettes et de terre. Lorsqu'ils dépassent les haies de cyprès cachant ce qu'il se passe derrière les limites du portail, ils comprennent aussitôt qu'ils ont trouvé la maraîchère.

Trois hommes et quatre femmes sont répartis dans le champ. Un homme d'âge mûr, aux cheveux gris maintenus par un chignon, portant des vêtements marron foncé, ainsi que des bottes et des gants de la même couleur, s'avance vers eux.

— Hey ! Est-ce qu'on peut vous renseigner ?

— Bonjour, nous venons de la part de Demnol. Nous sommes des voyageurs à la recherche d'un hébergement pour ce soir, et il nous a indiqué qu'il y aurait du travail ici. Il nous a expliqués les difficultés que vous rencontrez à cause de l'attaque des pirates.

— Ah, oui. Bien sûr ! Approchez.

Il se dirige vers une femme au teint hâlé, à la peau lisse, aux cheveux noirs et courts. Elle porte une chemise vert pâle, le même pantalon bleu que Demnol, et des bottes noires. Elle ramasse des oignons. Des paniers en osier se trouvent derrière elle.

— Ulfa, je crois que tu vas pouvoir rentrer : ton homme nous a envoyé des relais !

Une femme blonde à la queue de cheval passe derrière elle entre les planches de cultures. Elle porte une robe bleu ciel à manches courtes, assez ample et descendant jusqu'aux genoux. Elle pousse une brouette de salades vers la maison. Sans s'arrêter, elle salue les voyageurs en souriant et en hochant la tête.

— Parfait ! s'exclame Ulfa. Hey, les nouveaux ! Je ne sais pas où est Najarri, en revanche.

— À la cave, je pense.

L'homme en marron interpelle la femme blonde :

— Aphney, tu peux dire à Najarri qu'on a des invités ?

— Je peux !

Quelques instants après, au moment où un homme s'empare de la brouette laissée à l'entrée de la cave de la maison, une petite femme rousse et large d'épaules apparaît en haut des escaliers qui descendent sous terre. Elle discute avec l'homme et lui montre un pouce approbateur en même temps qu'ils s'éloignent l'un de l'autre. Elle balaie le champ du regard, puis s'avance vers le groupe. En la voyant, l'homme en marron informe le groupe de son arrivée, puis se dirige vers une planche de cultures où il était occupé à désherber. La femme rousse a de longs cheveux raides attachés par une queue de cheval, un teint assez clair, et des boucles d'oreilles en jade cerclées d'argent.

Elle porte un pantalon moulant vert foncé ceint d'une fine corde, sur laquelle un petit étui contenant un couteau est attaché, et une chemise blanche ressemblant fortement à celle de Surelason, tachée surtout de terre. Ses bottes, d'un gris très clair, sont particulièrement sales. Autour de son cou, elle sort de l'intérieur de sa chemise un pendentif rond en argent gravé, représentant un ciel étoilé et une pleine lune. Elle s'adresse à Surelason :

— Vous avez la même chemise que moi, et j'ai pratiquement la même veste que vous.

— Merci, j'aime bien la teinte de votre pantalon.

— Ah oui ! Vos bottes ont la même !

— Je m'appelle Surelason, et voici Ellipse. Nous sommes des voyageurs venus faire étape ici sur recommandation de Demnol, qui nous a expliqué le contexte.

— Ah oui ! Le contexte…

Son visage illuminé et le ton enfantin qu'elle employait pour s'exclamer s'effacent brutalement.

— Nous sommes désolés de ce qui est arrivé. Nous l'avons subi aussi quelques jours plus tôt, et c'est justement l'objet de notre voyage. Nous vous expliquerons cela plus en détail ce soir si vous le voulez bien.

— D'accord… Excusez-moi, je…

Elle prend une profonde respiration.

— Bon. Ulfa, merci pour ton aide, tu peux rentrer chez toi. J'espère que tu pourras venir demain, tu as bien avancé.

— Demain je ne pourrai pas, je suis avec les enfants. On se revoir dans deux jours ?

— Heu… Oui oui, bien sûr. Fais au mieux.

— Merci, bon courage Najarri.

— À bientôt Ulfa.

Elle la regarde s'éloigner. Ellipse la sort de ses pensées :

— Qu'est-ce qu'on peut faire pour vous ?

— Ah oui ! Heu… Vous savez récolter des oignons ?

○

Après le copieux repas préparé par Aphney et le départ des quatre autres convives restés pour dîner, Najarri file directement dans le petit salon attenant à la salle à manger.

— Venez, je suis épuisée mais il faut que je vous parle.

— On éteint ici ?

— Non non, n'éteignez rien, venez à côté.

Elle allume une lampe à huile qu'elle pose sur un caisson au milieu de quatre fauteuils. Elle s'affale sur le plus près d'elle. Surelason et Ellipse prennent chacun place dans un fauteuil. Ellipse les trouve confortables, quoi qu'un peu trop inclinés vers l'arrière. Najarri attend qu'ils soient installés avant de prendre la parole.

— Maintenant, on peut parler de choses négatives. Je sais bien que chez vous ça ne se passe pas comme ça, mais chez nous c'est ainsi. Dans un dîner collectif après avoir bien travaillé comme aujourd'hui, on profite d'être ensemble et de passer du bon temps. Pas de détails dans les informations négatives, c'est inutile. Je vous le répète, mais c'est pour bien que vous compreniez que ce n'est pas contre vous. C'est par pudeur, en quelque sorte, qu'on ne vous a pas racontés ce qui nous était arrivés à titre personnel. Et qu'on n'a pas voulu savoir plus précisément ce que vous avez subi comme attaque dans votre village. Mais votre quête est vraiment palpitante, les réactions de mes collègues étaient authentiques, je vous assure. Vous avez le soutien de toutes les victimes de la piraterie.

— Merci de ces précisions, Najarri. C'est bien entendu. Personnellement, je n'ai pas à me plaindre de l'attaque : ma femme et ma fille n'étaient pas au cœur du combat, et j'étais absent du village.

— D'accord. C'est courageux de vous dévouer de la sorte sans avoir été personnellement impacté. Et vous, Ellipse ?

— J'étais simplement de passage à Taunarga. J'ai été assommée, et ça m'a rendue amnésique. Donc je l'accompagne dans la mission.

Najarri marque une pause. Son visage exprime de l'étonnement.

— Vous ne savez pas si vous êtes déjà venue ici, par exemple ?

— Non. Soit parce que je n'y suis jamais venue, auquel cas ça ne peut rien m'évoquer, soit parce que j'ai vraiment tout oublié.

— Peut-être que je me trompe, mais il me semble vous avoir déjà croisé quelque part, vous ne vous souvenez pas de moi ?

— Non, pas du tout, désolée.

— Peut-être que je me trompe, alors. Je croise beaucoup de monde, et là je suis fatiguée.

— Et vous, Najarri ? enchaîne Surelason.

Elle soupire.

— Oui… Eh bien… Je vais essayer de vous dire ça rapidement.

Elle inspire lentement, et expire en soufflant.

— Avant, ici, on était deux couples. Moi et mon compagnon d'un côté, Yanou et son homme de l'autre. On travaillait à cinq :

nous quatre, plus mon frère. Il était en couple avec Aphney, et ils vivaient ensemble depuis pas très longtemps. Et Aphney…

Elle sanglote.

— Aphney et moi sommes les seules survivantes.

Elle se recroqueville sur ses genoux et pleure. Surelason prend une voix apaisée :

— Je suis désolé pour vous, Najarri. Nous allons nous battre pour mettre fin à leurs actes barbares.

— Mon compagnon et mon frère représentaient tout pour moi… Et cette maison, c'est le grand-père de Yanou qui l'avait construite… C'est elle qui a fait en sorte que ça devienne ce que c'est… Et maintenant, tout est fini…

— Mais non, vous voyez que vous avez encore beaucoup de main-d'œuvre. Et parmi tous les gens qui passent sur ce chemin, je suis sûr que certains s'arrêteront et auront envie de s'y installer.

— Je ne peux plus faire ça… C'est trop difficile pour moi…

— Pourquoi pas venir avec nous ? lance Ellipse.

Surelason fusille Ellipse du regard. Découvrant la réaction de son garde du corps, elle lève brièvement les sourcils, le reste du visage neutre de toute expression, puis observe Najarri qui se redresse. Celle-ci essuie ses larmes avec le revers de sa chemise.

— Venir… avec vous ?

— Pourquoi pas ? Après un choc, il faut un nouveau départ. Et on ne bâtit pas un temple sur les ruines de l'ancien.

Surelason écarquille les yeux :

— D'où tu sors cette expression ? Excusez-nous Najarri, c'est important pour sa mémoire. Ellipse, d'où tu sors cette expression ?

— Quelle expression ?

75

— On ne bâtit pas un temple sur les ruines de l'ancien. C'est ce que tu viens de dire.

— Oui, et alors ? Ça ne se dit pas ?

— Hum, si, ça se dit. Très rarement, mais ça se dit.

— Je ne suis pas amnésique du langage, donc c'est logique que je connaisse quelques expressions, non ?

— Oui, mais celle-ci est très particulière.

— En quoi ?

— Elle ne s'emploie pas en-dehors de la métropole.

— Quoi ? Pourquoi pas ? Et d'où tu la connais, alors ?

— Je te l'ai dit, ma famille travaille avec Embilhen. Je l'ai entendue là-bas, chez ma sœur. Ils m'ont dit que certaines rares expressions ne devaient pas sortir des limites de la métropole. Et celle-ci, en particulier, ne devrait jamais s'employer, même à Templevue.

— Et pourquoi pas ? demande Ellipse, perplexe.

— Ils considèrent que c'est une insulte à la Maison Mère. Il n'y a qu'un seul temple sur le continent, celui du quartier Templevue. On ne peut donc pas bâtir d'autre temple. Et il est irrespectueux de parler de ruines d'un ancien temple, ça voudrait dire que la source n'est plus protégée, que l'essence de la vie sur le continent n'est plus protégée.

— Si tu le dis.

— Je suis sérieux, Ellipse. Ça signifie que tu as des liens avec Embilhen. On ne peut pas savoir si c'est comme moi, des liens affectifs, ou si tu en es originaire. Mais c'est une piste très importante pour toi, et peut-être pour nous.

— Bon...

— Vous ne devez pas arrêter les pirates, avant ? interrompt Najarri.

— On verra ce qu'on arrive à faire en premier, répond Surelason. Moi, je n'ai qu'une seule mission : arrêter les pirates. Mais si Ellipse a l'occasion de découvrir qui elle est au cours de notre mission, je ne l'en empêcherai pas.

— Donc ce n'est pas votre vrai nom, Ellipse ?

— Non. Une partie de mon cerveau est mort, mais le reste est devant toi. Euh, pardon, je pense qu'on peut se tutoyer, maintenant que tu fais partie de l'équipe.

— Attends, réagit Surelason. C'est moi qui décide, quand même.

— D'où c'est toi qui décide ?

— C'est notre mission, mais… Disons que tes motivations diffèrent un peu des miennes.

— Elle vient si elle veut. Toute personne motivée par la question des pirates rejoint le groupe pour les arrêter. Une fois qu'ils seront hors d'état de nuire, chacun leur posera les questions qui lui tiennent à cœur. On ne cherche pas à savoir qui a fissuré le temple avant de l'avoir réparé.

Surelason reste bouche bée. Ellipse réalise :

— Tu ne la connaissais pas, celle-là ?

— Non…

— Tiens, pour une fois que je t'apprends quelque chose !

— Oui, c'est quelque peu perturbant…

— La nuit porte conseil, Najarri. On monte à nos chambres, et on en parle demain.

●

L'homme en marron est déjà au champ. L'odeur du pain frais qu'il a ramené enveloppe la table. Ellipse en a tartiné une grosse tranche avec le reste de fromage de chèvre d'hier, et un peu de miel. Surelason se contente de tranches plus petites, pour y étaler délicatement et sans le faire couler le miel fort et sombre, issu de la dernière récolte. Le tiers des pots de miel a été subtilisé par les pirates, ce qui représente une quantité non négligeable compte tenu de la production généreuse de l'apicultrice voisine. Une tisane infuse dans un pot en céramique.

Najarri apparaît en bas des escaliers avec une longue et épaisse chemise grise boutonnée de la poitrine aux genoux, dont les manches sont retroussées jusqu'en haut des avant-bras. Ses cheveux sont en bataille, ses traits tirés, et elle plisse les yeux en se heurtant à la luminosité de la salle à manger. Ellipse, radieuse, remarque son manque de dynamisme :
— Ça va ?
— J'ai très mal dormi… Et vous ?
— Ça se voit.
— Ellipse, enfin ! reprend Surelason.
— Pardon. Ortie et bardane, la tisane.
— D'accord.
Elle coupe une tranche de pain et un morceau de fromage de brebis. Surelason fait des gestes à Ellipse pour lui faire comprendre qu'elle aurait dû être plus respectueuse envers Najarri, qui fixe sa chope de tisane.
— Je vois que vous avez trouvé la chambre froide…
— Il ne fallait pas ? interroge Ellipse, la bouche pleine.
— Si si, au contraire. J'étais sensée me lever avant vous.
— Les réflexions étaient trop intenses ?

— Elle n'est pas obligée de venir avec nous, coupe Surelason ; on ne met pas la pression comme ça à quelqu'un qui est dans la peine.

— Je vais venir avec vous, dit Najarri en redressant la tête.

— Ne prenez pas de décision précipitée, Najarri. Vous êtes dans un état de faiblesse, et...

— Je ne suis pas faible, je suis déprimée et endeuillée. Je vais venir avec vous.

Ellipse sourit en la regardant. Najarri lui rend son sourire.

— Bon, très bien, accepte Surelason. Après tout, pourquoi pas, nous poursuivons le même objectif.

— Je n'ai plus rien qui me retient ici. D'autres seront moins peinés que moi à gérer ce lieu. C'est un endroit exceptionnel, vraiment...

Elle se retient de sangloter.

— Vous n'êtes pas seule, ça va aller, rassure Surelason.

— Oui... Il faut que je tourne la page.

— C'est courageux de ta part ! avance Ellipse. Bienvenue parmi nous.

— Vous êtes sûre que la communauté arrivera à s'organiser sans vous ?

— On arrive à s'organiser... Mais je ne vais pas venir avec vous tout de suite. Déjà, pour aider à la nouvelle organisation. Donc vous pouvez aller au plateau, et je vous y rejoindrai en cheval.

— Tu as un cheval ? demande Ellipse.

— Quelqu'un au village en avait un. Mais les pirates sont passés par là, et il se retrouve orphelin...

— Ça ne les intéresse pas, les chevaux ?

— Ce n'est pas ce qu'il y a de plus discret, et c'est compliqué pour s'en occuper, répond Surelason.

— Tu vas échanger son cheval contre ta ferme ?

— Possible. En tout cas, il n'intéresse pas grand monde. Il appartenait à un homme qui se déplaçait souvent. Je ne le connaissais pas trop. Il est de l'autre côté du village, donc il se fournissait chez l'autre maraîcher.

— Vous… Tu espères nous rejoindre quand ? demande Surelason.

— Je vais prendre deux ou trois jours pour me préparer et tout organiser, je pense que ça suffira, qu'est-ce que vous en pensez ?

— Moi, déclare Ellipse, j'en pense que mon sac a été constitué très rapidement, et pourtant je n'ai pas l'impression d'être moins prête que lui. Donc ça te laisse beaucoup de temps…

— Mais toi tu ne possédais rien, et tu as des prédispositions… grince Surelason. Je pense que ça ira aussi, vous avez l'air assez soudés dans votre village. Mais comment tu comptes faire pour le cheval quand on sera à Embilhen ? Notre mission est sensée être discrète ; je sais bien qu'il y a de la circulation équestre à la métropole, mais un cheval au pas accompagné de trois étrangers, ça finira par se voir…

— Je le laisserai chez un éleveur.

— Tu en connais un ?

— Non, mais je sais qu'il y en a entre l'extrémité du plateau et les limites de la ville.

— Le plus connu est celui de Turgian. C'est le chemin que je prends quand je monte sur le plateau, mais ce n'est pas le plus court.

— Ah oui ? C'est quoi le plus court ?

— Par Tomilhan. Entre les chevaux et les bovins. Il doit y avoir un autre éleveur dans le coin, logiquement.

— Oui, il me semble bien...

— Il nous faut environ quatre bonnes journées de marche pour arriver au pied du plateau, ce qui fait une grosse journée à cheval.

— Attends, ça dépend du cheval ! Avec celui-ci, je mettrais plutôt deux jours. Sachant également qu'il faut grimper jusqu'au plateau.

— Ce qui te laisse deux journées pleines pour te préparer, et on se rejoint sur le plateau.

— Si je me souviens bien de ce que disait mon frère, il y a une grotte juste avant d'y arriver. Je ne suis pas totalement sûre, mais il y a un abri naturel qui sert de refuge.

— Parfait ! résume Ellipse. Dans quatre jours, on se rejoint au refuge. Tout ira bien.

— Dans ce cas, il ne faudrait pas trop tarder à partir, s'inquiète Surelason. Nous sommes tous deux de bons marcheurs, mais ça suppose qu'il faut qu'on dorme suffisamment la nuit. En plus, dit-il en regardant par la fenêtre, je vois que d'autres personnes arrivent.

— Ah oui ! Il faut que je les oriente un peu sur ce qu'il y a à faire, mais je ne suis pas prête...

Najarri avale sa chope de tisane d'un trait, puis se lève.

— Ils avaient l'air de bien se débrouiller, pourtant.

— Oui oui, mais la gestion des priorités... Oh, je ne sais pas si c'est une bonne idée finalement... J'ai tellement envie de venir avec vous, mais je ne peux pas les laisser comme ça...

— S'il y a un autre maraîcher, il pourra terminer leur apprentissage, réagit Surelason.

— Hmm... Ah oui ! Allez Najarri, s'encourage-t-elle à voix haute. On se bouge, tout va s'améliorer !

Elle engloutit la grosse bouchée de pain au fromage qu'il lui restait, et disparaît dans les escaliers dont elle monte les marches deux par deux.

●

Un vent chaud provenant du sud traverse les pâtures et les fermes isolées, ne disparaissant qu'à l'abri d'un bois. Les oiseaux chantent différentes mélodies légères qu'il lui est agréable d'écouter. Elle respire l'air pur comme si elle découvrait le monde extérieur. Au loin devant elle, le plateau s'étend de part et d'autre de l'horizon à perte de vue, et ne semble pas vraiment se rapprocher. Elle commence à deviner l'inclinaison des pentes à leur couleur, et donc à leur végétation. Elle a toujours en bouche le goût des nombreuses noix qu'elle a mangées sur la route pour se donner de la force, le courage de toujours passer un pied devant l'autre. Un goût mêlé à celui de quelques framboises jaunes qu'elle a cueillies avec Surelason dans le champ de Najarri. Par intermittences, la saveur de ses lèvres lui rappelle qu'elle prend le temps, chaque matin, de se maquiller. Est-ce réellement un embellissement, ou est-ce juste un déguisement ? Se sent-elle bien derrière ce masque parce qu'il lui permet de ne plus voir la pirate du premier jour, qu'elle a rencontrée dans le miroir de l'auberge de Thymrouge ? Le trajet jusqu'au pied du plateau semble interminable ; elle se sent toute petite dans ces paysages riches et variés, mais si vastes et espacés entre eux.

— A priori aujourd'hui ça devrait être assez rapide, on aura le temps de bien se reposer.

— Ça dépend ce qu'on nous demande de faire quand on aura trouvé un hôte.

— En ce qui me concerne, c'est facile : Carrando est un village assez actif, où il y a toujours quelque chose en construction.

— Je ne sais pas construire de bâtiments.

— Tu apprendras.

— Ça ne me motive pas spécialement.

— Sans doute parce que tu es une pirate. Tu préfères détruire.

— Tu vas arrêter ?

— Je suis sérieux ; en tant qu'habituée au nomadisme, tu dois plutôt être à l'aise avec les abris de fortune.

— Je ne sais pas construire d'abri de fortune non plus.

— C'est parce que tu ne t'en souviens pas, mais je suis sûr que si tu te retrouvais en situation d'en construire avec le matériel adéquat, tu saurais comment t'y prendre.

— Si tu le dis…

— Bref, tu sais où on va aujourd'hui ?

— À Carrando, tu viens de le dire.

— Qu'est-ce que c'est, Carrando ?

— Heu, un village-relais ?

— Tout à fait. Quels sont les autres, sur le continent ?

— Ah, je vois, c'est la dernière révision avant de monter au plateau.

— C'est surtout la dernière révision avant une ville cosmopolite et agitée. Tu ne pourras pas dire à tout le monde, comme à Najarri, que tu étais juste de passage à Taunarga, que tu es amnésique et que tu dois te rendre à Embilhen pour m'aider à dénoncer les pirates. C'est trop inhabituel, donc ça pourrait être suspect.

— Je ne vois pas le problème : je t'accompagne parce que j'espère trouver des renseignements sur moi, et parce que je ne connais pas le chemin.

— Mais qu'est-ce que tu faisais à Taunarga alors que personne ne t'y attendait ?

— Tu n'as qu'à dire que tu m'y attendais pour... Je ne sais pas...

— Impossible. Si tu es reconnue, mon village sera suspecté d'entente avec les pirates.

— C'est compliqué...

— C'est bien pour ça que je t'éduque depuis qu'on est partis.

— Tu ne m'éduques pas, tu m'apprends les inventions de notre monde.

— D'ailleurs, où sont les autres villages-relais ?

— Deux au nord et deux au sud.

— Pourquoi il n'y en a pas à l'est ?

— Parce qu'il y a trop d'îles.

— Et que les trajets s'effectuent plus vite par bateau. D'ailleurs, à quelles villes Honoratoga est-elle reliée ?

— Sérieusement, tu apprends vraiment tout ça par cœur quand tu es jeune ?

— Oui. C'est important de savoir où aller et comment, s'il arrive quelque chose au village.

— Ça m'ennuie.

— Ce n'est pas fait pour être passionnant.

— Pose-moi une autre question, personne ne me demandera où on peut aller depuis Honoratoga.

— Hmm… Qu'est-ce qu'il y a après Carrando ?

— Heu, des jours de marche sans civilisation ?

— Comme végétation ?

— La garrigue ?

— Mais encore ?

— Des arbustes pas très hauts sur un sol caillouteux.

— Hum…

— Allez !

— Au fait, qu'est-ce qu'un village-relais ?

— C'est un pôle d'échange entre les grandes villes de la plaine et la métropole, entre ce qui est produit sur la plaine et qui va au plateau, et l'inverse.

— Des exemples ?

— Hmm… Sur la plaine on a des vêtements, des perles, des minéraux, des graines… Sur le plateau ils ont de la haute technologie comme des roues tous-terrains et des objets en inox… Et d'autres graines…

— Comment ils se déplacent là-haut ?

— Des chariots tirés par des chevaux.

— Qu'on appelle…

— Ah, il y a un nom ?

— Hippomobiles.

— Ah oui, c'est vrai. Pourquoi construire un temple quand on peut bâtir un empire…

— Attention à tes expressions ! Je suis d'ailleurs très étonné que tu en connaisses autant…

— Je vais essayer de faire attention avec les gens que je ne connais pas. Comment je peux dire ?

— Je ne sais pas, qu'est-ce que tu as voulu dire ?

— Comment expliquer... Dire « chariot » ça suffit, pas besoin d'inventer un mot spécial. L'expression montre qu'un temple c'est suffisant pour protéger une source, et qu'il n'y avait pas besoin de créer Embilhen autour.

— Je n'avais pas compris ça comme ça. Je ne sais pas de quel endroit ça minimise le plus l'importance : le temple ou Embilhen...

— Plutôt le temple. Ça montre la grandeur d'Embilhen qui a été construite alors que le temple suffisait.

— D'accord. Mais il faut quand même que tu fasses attention.

— Comment on dit, en langage courant ?

— Pourquoi faire simple quand on peut faire compliqué.

— C'est nul.

— C'est comme ça.

— Dis-moi, je change de sujet : est-ce qu'ils mangent du poisson, à Carrando ?

— Non, mais ce n'est pas forcément par dogme comme à Embilhen, pour la plupart c'est juste qu'ils sont trop loin de la mer. Ceci dit, certains pêchent le poisson des rivières.

— Qu'est-ce que tu es déjà venu faire ici ?

— Une fois, j'avais besoin de quelques pièces de construction en inox.

— Tu as marché jusqu'ici pendant six jours pour récupérer un objet ?

— Non, j'y suis allé à cheval depuis Thymrouge. J'ai mis sept heures en tout, donc deux jours depuis Taunarga.

— Pourquoi on n'est pas venus à cheval aussi ? Najarri va mettre deux fois moins de temps que nous à monter.

— Ça coûte cher, et on ne sait pas quand on retournera à Thymrouge.

— Hmm…

Son ton perplexe attire le regard interrogatif de Surelason.

— Qu'est-ce qu'il y a ?

— On ne sait pas si… on retournera à Thymrouge.

Il reste pensif. Elle sourit légèrement, satisfaite de l'avoir touché.

○

Le soleil luit de plus en plus fort au court de la matinée. Les chants des cigales enveloppent les pas des quelques passants qu'ils croisent. Ils connaissent la température la plus chaude depuis le départ, et leur demi-journée de marche paraît beaucoup plus longue à Ellipse, qui se sent étouffée.

— Quand est-ce que je pourrai enlever ce chèche ?

— Attendons d'avoir quitté le village demain.

— Pourquoi ?

— C'est la dernière zone où il est possible que ces foutus pirates soient passés. Pour être plus précis, je suis certain qu'ils ne s'aventurent pas dans Carrando même, mais il est possible d'y croiser des personnes des alentours. Et comme on a pu le constater avec Najarri, les personnes des alentours peuvent les avoir vus…

Il termine tout juste sa phrase lorsqu'un homme qui approchait en face s'immobilise en les attendant. Il est petit et porte une ample veste sans manches beige, en chanvre, qui semble rembourrée avec beaucoup trop de laine. Ouverte sur un haut noir, celle-ci lui confère un embonpoint dont l'artificialité se déduit aisément de ses bras fins et de ses jambes coincées dans un pantalon noir moulant. Ses fines chaussures noires enveloppent ses pieds comme de grosses chaussettes. Ses cheveux châtain en bataille cachent son front, et ses yeux bleus fixent les voyageurs alors qu'il pose les mains sur l'ouverture de sa veste. Un rictus se lit sur son visage. Il s'écarte légèrement du chemin et les interpelle d'une voix basse mais nette :

— Rapadura ?

Surelason s'arrête en soupirant ; Ellipse s'arrête brutalement. Alors qu'il ouvre la bouche pour parler, elle le devance en s'adressant à l'homme à la veste rembourrée :

— Tu veux quoi ?

— Qu'est-ce que tu as ?

— Pas grand-chose, peut-être…

Surelason la coupe.

— Ho, ho ! Nous ne mangeons pas de ce pain-là, cher ami, désolé. Viens, Ellipse. Bonne journée, monsieur.

Il passe sa main autour du bras opposé d'Ellipse pour qu'ils se remettent en route. Elle garde un court instant la tête tournée vers le petit homme qui fronce les sourcils, puis regarde Surelason qui la tient toujours. Il la lâche, jette un œil en arrière pour s'assurer que l'homme ne les suit pas, et observe Ellipse, qui lui rend son regard incisif :

— Quoi ?

— Tu sais ce qu'il proposait ?

— Du rapadura. Je ne savais pas qu'il y en avait par ici.

— Tu sais ce que c'est ?

— Du sucre de canne.

— Tu connais les cannes ?

— Je ne sais pas où il y en a ni comment on fabrique le rapadura avec, mais je visualise ce que c'est.

— C'est très concret et très spécifique, et tu t'en souviens ?

— C'est justement parce que c'est concret que je m'en souviens. Les villes, l'organisation de la population, ce n'est pas concret, c'est de la pure création, à partir de rien. Le rapadura, ce n'est pas une invention, c'est une découverte.

— Bon, admettons. Mais à part ça, tu connais sa place ?

— Sa place, tu veux dire son rôle dans la société ?

— Oui.

— Non. Je n'ai pas non plus compris pourquoi cet homme en vendait ici, aux portes du village-relais.

— Pourquoi tu lui as demandé ce qu'il voulait en échange ?

— J'ai dit ça ?

— Tu ne sais plus ce que tu dis ?

— Je ne sais pas, je n'ai pas réfléchi. J'ai agi par réflexe, par instinct.

— Intéressant…

— C'est quoi, le problème ?

— Le rapadura, c'est une drogue, tu le sais.

— Quoi ? Non je ne le sais pas.

— Ah. Alors je te l'apprends. Le sucre est une drogue.

— Le sucre ? Et le miel, alors ?

— Le miel dispose d'excellentes propriétés, mais il est difficile à récolter. Donc les quantités sont limitées, ce qui limite l'addiction. Le rapadura, lui, est la forme la plus populaire et la plus répandue de sucre.

— Et alors ?

— Sur le coup, il entraîne une sensation de bonheur, mais après, une sensation de manque, de faim, et de fatigue s'installe. C'est très dangereux.

— Je ne vois pas le problème. C'est une question de mesure.

— Il impacte les comportements au-delà de la mesure.

— Si tu le dis…

— Et tu as eu le réflexe d'en acheter.

— Je ne sais pas, en tout cas je sais parler à un vendeur.

— Un camé.

— Un quoi ?

— Un camé. C'est ainsi qu'on appelle les vendeurs et les consommateurs réguliers de rapadura. De sucre, d'une manière plus générale.

— Ça, c'est un mot abstrait. Je ne m'en rappelais pas.

— Il paraît qu'il y en a à Embilhen, et vu que tu en viens, ça confirme ce que je pensais.

— Ça confirme quoi, qu'il y a des camés au plateau ou que je viens de là-haut ?

— Les deux.

— Je suis contente d'avancer.

— Ce n'est pas très glorieux.

— Ils ne font rien sur le plateau contre le sucre, si c'est interdit ?

— Le problème, c'est que les cannes ne poussent pas sur le plateau, mais au sud du continent. Plutôt vers les marais, où il fait assez chaud. À Mugnan Mautinou, ils en font officiellement du rhum, un alcool à base de canne, et le rapadura y est toléré. Mais la Maison Mère ne s'en préoccupe pas parce que d'une part, comme je t'ai déjà dit, elle méprise les gens qui se trouvent en-dehors du plateau, et d'autre part, elle idéalise Embilhen au point de nier les quelques trafics qui peuvent exister. Elle nie tellement bien que je pensais que c'était faux, vu que je n'en ai jamais croisé. Il y a peut-être une organisation occulte, ou un petit réseau qui fait le lien entre les plantations et les consommateurs de la métropole, va savoir... En tout cas, je suis surpris d'en trouver jusqu'ici. On est pratiquement à l'opposé du trajet le plus court entre Mugnan et la métropole. Je t'apporterai quelques précisions demain si ça t'intéresse : là, comme tu vois, on arrive à Carrando. Il vaut mieux ne pas évoquer ce sujet publiquement.

○

Les deux feux autour desquels se rassemble la population sont plus utiles pour leur esthétisme que pour la chaleur et la lumière, que le crépuscule n'a pas fait disparaître. Au milieu, une estrade rectangulaire en pierre, suffisamment large pour contenir le groupe de musique qui se produit. Trois femmes et un homme, habillés du même costume rouge aux bas violets, chantent en chœur. L'un d'eux rythme parfois la mélodie avec un air spécifique ou une envolée lyrique solitaire. Ils tiennent dans les mains des maracas, qu'ils agitent au son d'un didgeridoo, dans lequel un homme chauve aux yeux bleus, vêtu d'une ample robe marron aux rayures verticales beiges, souffle en fermant les yeux. Derrière lui, les percussions délicates d'un petit tambour, sur lequel se concentre une femme portant une chemise blanche et les mêmes bas violets que les choristes. Ses cheveux blonds ondulés lui cachent presque le visage. Elle lève parfois la tête, et son regard semble étonnamment triste, contrastant avec l'ambiance festive qui règne sur la place principale de Carrando.

91

Ellipse est assise sur le rebord de la halle circulaire du village. Elle observe la foule, moins dense à l'endroit où elle se trouve, et distingue bien les artistes. Devant la scène, plusieurs enfants se trémoussent gaiement. L'acoustique de la place, dont les maisons collées entre elles forment une sorte de triangle ne s'ouvrant sur des rues qu'aux trois sommets, est plutôt bonne. Derrière la poutre à sa gauche, un homme, dont elle n'aperçoit que les manches bleu ciel, ronfle de temps en temps. En balayant son champ de vision du regard, elle voit à contre-jour deux hommes qui avancent vers elle en souriant. Elle devine rapidement le premier, qui est Surelason. Le second, plus petit, la peau particulièrement pâle, est vêtu d'une chemise orange, d'un pantalon blanc très sale, et de grosses chaussures marron. Ses cheveux châtain clair, très bouclés, tombent au niveau de ses larges épaules. Elle reconnaît Auzollion, un voyageur avec qui ils ont nettoyé une étable toute l'après-midi. Il tient dans les mains un panier en osier, qu'elle devine contenir leur repas du soir.

●

Le vent, qui s'est levé ce matin, rafraîchit Ellipse. Elle respire profondément en attendant que les hommes la rejoignent. C'est Auzollion qui sort de la maison le premier. Il porte un plastron de cuir noir sur sa chemise orange, et un nouveau pantalon blanc. Il rigole en la voyant inspirer :

— Hmm, cette bonne odeur de fumier !

— Pas du tout, sourit Ellipse, c'est toi qui sent le fumier : tu as vu tes bottes ?

— Ah oui ? Laisse-moi sentir ta robe, pour voir ?

— Non !

— Tu as raison, épargne-moi ça !

— Je te rappelle que je n'ai pas encore de vêtements de rechange.

— De ce que j'ai cru comprendre durant mon séjour, ce ne sont pas les objets inutiles qui manquent, dans cette ville. Par exemple, ça m'étonnerait que tu aies des difficultés à trouver une autre robe de soirée.

— Pourquoi ? Il y en a trop ?

— Tu sais à quoi elles servent ? Est-ce que Surelason t'a raconté comment les gens du plateau font la fête ? Ou plutôt, comment ils s'habillent ?

— Non. Mais j'imagine qu'ils portent ce genre de robe.

— Voilà. Lorsqu'ils organisent des événements importants, la plus fameuse étant évidemment la fête du temple, il est de coutume que les femmes portent des robes de soirée, et que les hommes portent des chemisettes et des culottes courtes.

— Ah bon. Drôle de tradition. Et pourquoi c'est facile à acquérir ?

— Là-haut, ça ne l'est pas spécialement, c'est un vêtement parmi d'autres. Mais chez nous, personne ne fait la fête comme ça. Tout le monde vient comme il est. Les habits de fête du plateau sont fragiles et courts, ils n'ont pas spécialement d'intérêt en-dehors de leurs événements. Il y en a ici parce que les gens du plateau les échangent parfois contre des objets. Je pense que certains villageois ici les acceptent parce qu'ils espèrent les échanger à nouveau contre des métropolitains ou des personnes envoyées par les métropolitains pour acquérir à leur place, mais en pratique ça ne marche pas vraiment. À Embilhen, ils veulent du neuf.

— Donc la possibilité la plus simple pour moi d'avoir un change, c'est la même chose que ça ?

— C'est ton style !

— Si tu le dis.

— Tu attendais Surelason ?

— Oui. Et toi, aussi.

— Il m'a dit qu'il ne fallait pas l'attendre, qu'il faisait le plein de sommeil.

— D'accord. Tu m'accompagnes chez un vendeur de vêtements ?

— Avec plaisir. De quoi tu as besoin ?

— Une autre veste, une deuxième robe, et des sous-vêtements.

Il regarde ses chaussettes dépareillées d'un air amusé.

— Si tu inclus les chaussettes dans les sous-vêtements, je pourrai t'en donner une paire quand on sera revenus, je n'en manque pas.

— Oh, ça serait très aimable !

— Qu'est-ce que tu as à échanger ?

— Cette grande veste, un chandail, le chèche, et le melon qu'on a eu hier soir.

— C'est un peu léger.

— Mon chandail est beau et neuf.

— Je peux le voir ?

Elle sort de son sac un chandail blanc en laine.

— Il est beau, c'est vrai. Avec un petit col roulé, c'est rare. D'où est-ce qu'il vient ?

— C'est un cadeau de Face-de-craie, une vieille dame qui vit à mi-chemin entre ici et Thymrouge.

— Il a l'air chaud, il est de qualité, et si en plus c'est un cadeau, tu n'aurais vraiment pas intérêt à l'échanger. Il fait bien moins chaud qu'ici, sur le plateau. Ça ne sera pas de trop pour couvrir tes bras.

— Je pensais prendre une veste, plutôt. Ça s'enlève plus vite.

— Tu peux prendre les deux. Je ne sais toujours pas ce que tu vas faire à Embilhen, mais les quartiers au nord sont assez frais. D'ailleurs, tu peux bien me le dire, maintenant, non ? Ça restera entre nous... Surelason ne sera pas au courant !

— Il te l'a dit, je vais voir quelqu'un pour mon amnésie partielle.

— Et tu ne connais ni son nom, ni son quartier ?

— Non, c'est sa sœur qui le connaît, c'est pour ça qu'on y va tous les deux.

— Tant pis ! Et pourquoi tu te caches le visage ?

— Je n'ai toujours pas envie d'en parler.

— Je comprends... Tu me le diras quand tu auras troqué ton chèche ?

— Je ne peux pas... Je te le dirai si on se recroise un jour.

— Tu passeras à Harnapagou !

— Ce n'est pas prévu, mais ce n'est pas impossible.

— Il n'y a pas que des mines là-bas, il y a aussi la plus grande zone de pêche du continent !

— Si tu le dis.

— Quoi qu'il en soit, je suis content que tu n'aies plus honte. C'était dommage de cacher ce beau visage.

— Merci. Bah, si ça se reproduit, il y aura toujours quelqu'un pour me donner une écharpe.

— C'est sûr que le cache-col, si tu n'en as pas et que tu dois te repentir de ta honte, tu trouveras toujours des gens pour t'en donner un ! Moi je cherche à troquer mon plastron contre une veste ouverte, moins étouffante pour l'été mais tout aussi robuste. Je pourrai t'aider à obtenir quelque chose, si la valeur de ce que je veux est moindre ! Et j'ai quelques graines en rab pour toi.

— Merci ! Je te trouve bien généreux, tu essaies de troquer ma venue à Harnapagou ?

— Ne pense pas ça ! Je t'aide dans ta quête, parce que je trouve que ton accompagnateur n'a pas été très généreux avec toi !

— Il a... un passé un peu perturbé, disons. Il est parfois... dans son monde. Il est comme ça, je ne lui en veux pas.

— Tiens, voici le vendeur dont je vous parlais hier. Celui chez qui j'ai vu des robes de soirée traîner dans un coin à mon arrivée ici.

Lorsque Surelason les voit s'approcher de la maison de leur hôte, il bondit immédiatement du rebord de la fenêtre sur laquelle il aiguisait son couteau, qu'il cale contre sa botte.

— Hé bien, vous croyiez que j'allais dormir toute la journée ?

— On était à la laverie.

— Regarde, dit Auzollion en montrant élégamment Ellipse des deux mains, ça valait le coup, non ?

Ellipse est vêtue d'une veste de cuir noir souple, ouverte sur une robe de soirée d'un rouge plus sombre que l'autre et unie, qui descend jusqu'en haut des genoux. Ses anciens vêtements, humides, sont accrochés à son sac à dos.

— Bien dormi ?

— Très bien, mais... Elle n'est pas un peu légère, ta nouvelle veste ?

— Pas si nouvelle que ça, elle a déjà appartenu à plusieurs personnes. C'est tout ce que je pouvais me permettre d'avoir, qui soit à ma taille et pas trop vilain. Et pour le froid, j'ai toujours le chandail de Face-de-craie !

— Et tu as trouvé le moyen de prendre la seule autre robe rouge de la région, sourit-il.

— J'aurais bien varié plutôt que nuancé, mais il n'avait que ça à me donner, les autres étaient plus récentes donc il les troquait.

— Quant à toi Auzollion, superbe ta veste ! C'est du cordovan naturel ?

— Oui, pas de teinture ! Je ne pensais pas que mon plastron me permettrait d'avoir une veste aussi solide, avec une telle qualité de finition. Je vous le dis les amis, le voyage, c'est passionnant : on possède un objet relativement courant, on change de région, et il devient rare !

— Merci pour elle Auzollion, je suppose que tu as servi de complément pour sa veste.

— Je ne pouvais pas la laisser avec cette grande veste en velours !

— Je vois que tu as troqué ton cache-col, Ellipse… N'avions-nous pas convenu que tu ne t'en sépares qu'après avoir quitté la ville ?

— On ne part pas maintenant ? En plus, c'est très calme en centre-ville après la fête d'hier soir.

— Hum…

— Normalement, intervient Auzollion, il n'y a pas d'heure à respecter pour la dernière journée de honte.

— Bon… Quoi qu'il en soit, il va falloir rapidement y aller, nous avons de la route, et toi aussi je suppose.

— Aujourd'hui pas tellement, mais il est temps que je bouge, c'est certain.

Le dynamique voyageur enlace amicalement ses deux nouvelles connaissances. Après des souhaits de bonheur et des promesses de retrouvailles, ils prennent des directions opposées.

○

À la sortie de la ville, après avoir passé l'entrée d'une petite mine située à quelques pas de la route, dans laquelle un homme disparaissait sous leurs yeux, Surelason prend un air grave :

— J'aimerais revenir sur ton cache-col.

— C'est bon, tu ne vas pas en faire un drame !

— Et si tu avais été reconnue ?

— Il n'y avait personne au village !

— Et le vendeur de vêtements ?

— Il vit forcément à Carrando, donc il ne peut pas avoir croisé de pirates. Et personne ne peut reconnaître une brune en robe rouge qui porte du rouge à lèvres.

— D'ailleurs, maintenant, tu peux arrêter de te maquiller, si tu veux. La lente ascension a officiellement débuté.

— D'accord, mais je pense que je vais continuer. J'aime bien. Ça m'amuse de jouer un rôle. On joue tous un rôle dans ce monde, non ? Quitte à être un personnage que je n'ai pas l'habitude d'être, autant le jouer à fond. Ça fait partie de ma nouvelle personnalité.

— Tu l'as dit à Auzollion ?

— Bien sûr que non !

— Hum…

— Tu ne me crois pas.

— Je n'ai pas à te croire.

— Tais-toi sinon je t'échange contre du rapadura.

◯

L'obscurité est totale, le ciel nocturne étant masqué par les nuages. Le temps est lourd, et il fait encore très bon en pleine nuit. La journée a été longue, et la soirée agitée : leurs hôtes, joviaux et hauts en couleur, leur rappelant les parents de Ravive-le-feu en plus jeunes, les ont accueillis comme des amis dans leur petite maison en bois perdue dans la garrigue. La femme portait une grande plume verte dans les cheveux, et l'homme deux petites plumes rouges. Leur jeune garçon affichait un grand sourire. Pour eux, c'était habituel. Elle n'a eu aucun mal à s'endormir malgré la couchette rudimentaire, installée dans une petite cabane, loin derrière l'habitation principale. Construite à deux mètres du sol entre quatre chênes, elle domine un champ d'oliviers, derrière lequel on aperçoit Carrando. L'abri est parfaitement réalisé et pourrait accueillir deux personnes supplémentaires.

Épuisée, son sommeil est profond. Elle ne prête pas attention aux frottements de la pierre à feu et ne perçoit pas la lueur de la bougie qui s'allume. Surelason l'observe quelques secondes, puis attrape soudainement ses poignets en s'asseyant sur son ventre, les genoux vers sa tête et les pieds vers l'extérieur. Elle se réveille en sursautant, et n'a pas le temps de crier avant que l'homme lui plaque les mains sur la bouche. Il ajuste sa position, et alors qu'elle essaie de rouler sur le côté, il profite de chaque mouvement pour coincer les coudes de sa prisonnière sous ses

99

jambes. Elle parvient à crier. Il lui ferme brutalement la mâchoire, et presse sa main droite sur la bouche. Ellipse remue les jambes pour essayer de soulever son agresseur, mais il pèse sur elle de tout son poids, et elle est limitée dans ses mouvements par ses bras désormais bloqués. Surelason attrape la bougie de sa main libre, et la souffle. La cabane est plongée dans la pénombre. Elle entend la lame de son couteau frotter sur sa botte gauche, puis la sent sous son menton. Elle respire de plus en plus fort. Il ôte sa main droite et lui pince le nez. Par la bouche, sa respiration est encore plus forte. Il reste stoïque. Elle essaie d'articuler un début de phrase, mais aucun son ne sort. Il attend un long moment, puis appuie légèrement sur la lame. Elle parvient toutefois à hurler :

— Qu'est-ce que tu veux ?

Il attend à nouveau, puis répond avec un ton parfaitement serein.

— Dis-moi qui tu es. Tu n'as aucune utilité sinon.

— Je t'ai dit que je ne savais pas !

— Où est le camp de base des pirates ?

Elle sanglote, puis essaie de se calmer. Il reprend :

— Tu sais où il est. Tu vas me le dire.

Elle se débat. Il raidit ses muscles. Elle s'énerve :

— Je t'ai dit que je n'en savais rien ! Je ne sais rien de ce qui s'est passé avant que je me réveille dans ce foutu village que je ne connais pas ! Je n'ai rien à voir avec tout ça !

— Alors je te tue.

— J'en ai rien à foutre ! Ça fait quatre jours que je suis morte.

Il libère le nez et range son couteau. Elle souffle.

— Alors tu vas souffrir.

Il prend son cou à deux mains et commence à le serrer. Elle suffoque, et parvient à murmurer entre deux respirations laborieuses :

— M'en tape… Sans moi… Tu iras… Nulle part… Vont tuer… Ta famille…

Il ôte ses mains de leur prise. Elle inspire profondément plusieurs fois, et tousse à chaque expiration. Il attend qu'elle reprenne ses esprits.

— Bien.

Il soupire.

— Je ne peux pas te tuer. Notre objectif est le même.

— Alors lâche-moi, salaud ! Traître !

— Je pensais qu'un choc psychologique te ferait retrouver la mémoire.

— Lâche-moi et sors d'ici ! Je continuerai sans toi !

— Je vais dormir en-dessous. Mais pas de mouvement brusque. Je vais rallumer.

Il se lève doucement. Elle prend une grande inspiration. Il tâte le sol et trouve son allume-feu, son amadou et la bougie. Les yeux brouillés par les larmes, elle l'observe prendre son épée et la ceinture qui y est attachée. Il ne la regarde pas, et quitte la cabane sans un mot. Il coince la porte de l'extérieur. Elle se recroqueville sous sa couverture.

●

Elle ne parvient pas à se rendormir. Elle se repose, mais ne dort pas. Elle n'est pas sûre que la porte est réellement fermée, mais elle suppose que Surelason a dû coincer un morceau de bois ou placer un rocher devant pour l'obstruer. Il doit se dire que l'essentiel est que ça tombe si elle ouvre, et que le bruit de la chute de l'objet le réveille. Il ne pense probablement pas qu'elle essaiera de fuir par la fenêtre, étant donné qu'il n'y a pas d'échelle de ce côté. Mais elle est déterminée.

La bougie est éteinte et l'aube commence légèrement à poindre. Elle tâtonne pour chercher l'allume-feu et l'amadou de Surelason, en vain : il a dû les emporter en sortant. Elle tâtonne pour trouver sa propre pierre à feu au fond de son sac, mais elle n'a rien qui soit facilement inflammable. Elle repense à la sortie de la cabane de son agresseur : il a laissé ses sacs quelque part dans la cabane. Ses fouilles palpent de l'écorce de bouleau. Elle rallume la bougie. Un rictus se dessine sur son visage.

Son sac n'est pas plein, contrairement à ceux de Surelason. Le sac en bandoulière ne contient que de la nourriture : elle l'emmènera tel quel. Elle disperse doucement et discrètement les objets du sac à dos sur une couchette inoccupée. Elle en était sûre : un sachet de perles. Mais également un grand bocal d'algues séchées, un petit bocal d'argile, des graines dans de petits sachets en toile, une petite trousse en toile épaisse contenant un nécessaire de toilette, quelques vêtements, quelques bougies, une pierre à aiguiser, une hachette, deux étuis à couteau, et un médaillon ovale en argent s'ouvrant sur un dessin de sa femme et de sa fille. De ses observations des jours précédents, elle déduit qu'outre son allume-feu et une partie de son amadou, l'homme a eu la présence d'esprit de prendre sa corde, sa lampe, sa gourde d'eau et son second couteau. Tant pis, elle fera sans. Elle subtilise les perles, les graines, les algues, l'argile, la pierre à aiguiser, et la hachette.

La fenêtre s'est ouverte sans bruit et sans difficulté. L'aube éclaire les formes de la forêt. Le humus paraît épais : elle peut très facilement tomber au sol sans heurt. Or, elle se dit que le bruit de l'impact réveillera l'homme qui dort juste en-dessous. Le sol de la cabane est une plateforme de bois qui dépasse à peine des murs. Mais elle est certainement agile. Elle a le physique d'une personne agile. Qui ne tente rien n'a rien, se dit-elle. Elle enfile ses vêtements, fourre ses chaussettes dans ses chaussures, lace ses chaussures l'une avec l'autre, les accroche à son sac à dos. Elle examine les draps des quatre couchages. C'est du lin. C'est solide. Elle les tord en diagonale jusqu'à obtenir quatre cordes, puis les attache entre eux. Elle note avec étonnement qu'elle se souvient de la manière de faire des nœuds. Peut-être est-ce juste de l'instinct ? Peut-être en existe-t-il dans la nature ? Peut-être n'est-ce pas une construction intellectuelle, mais bien une réalité physique, qui pourrait exister en l'absence de facteur humain ? Elle entoure l'un des couchages de la corde de draps par sa largeur, puis attache le bout de la corde à l'autre partie. Elle serre le nœud de façon à étouffer le couchage, et tire sur la corde pour tester la solidité. Elle harnache son sac à dos, met en bandoulière le sac de nourriture, et passe une jambe au-dessus de la fenêtre. Puis l'autre. Sur la plateforme, elle a tout juste la place de poser ses pieds sur la pointe. Elle s'accroche au rebord de l'ouverture, et tire le matelas. Elle espère simplement qu'il ne se pliera pas en deux, mais il est principalement constitué de paille, donc il devrait supporter son poids. Le couchage, plus long que l'ouverture, reste bloqué à l'intérieur. Elle déroule la corde jusqu'au sol. Sans perdre de temps, elle descend la corde à la force des bras, en s'aidant des jambes pour garder son

103

équilibre. Ses pieds touchent le sol meuble. Elle aperçoit l'ombre de son geôlier. Elle a réussi à s'évader. Elle s'éloigne doucement, en faisant attention à chaque pas au bruit qu'elle fait. Une fois revenue à la maison en bois des hôtes à plumes, elle remet ses chaussures. Elle regarde en arrière, contourne la maison, accélère le pas et revient sur le sentier.

○

La côte est douce mais régulière. Elle a marché à grands pas toute la journée, et a parfois couru lorsque le terrain s'y prêtait. Elle ignore quelle distance elle a parcouru par rapport à la grotte. Elle ne sait pas où elle va. Elle ne sait pas si elle y va. D'ailleurs, doit-elle toujours y aller ? Où va-t-elle ? Elle commence à fatiguer. Les pirates doivent être particulièrement endurants, puisqu'elle est toujours debout alors que le crépuscule commence à poindre. Elle a parfois mal aux mollets, parfois aux pieds, mais est sans aucun doute entraînée à cavaler de la sorte. Cependant, cette longue journée de marche sous le soleil l'use. Elle transpire. Elle regrette d'avoir troqué son chèche qui lui protégeait la tête de la chaleur. Elle voudrait suivre l'ombre des genévriers ou des pins, mais ils sont trop épars, en particulier dans la partie qu'elle traverse, tapissée de cistes. Pourtant, elle trouve ses ressources. Elle s'est constitué une couronne de buis, de chèvrefeuille et de salsepareille grossièrement entremêlés. Elle a passé un minimum de temps pour manger, boire, souffler, cueillir des bibaces et du chénopode pour les forces et pour le troc, humer l'odeur du thym et du romarin. L'habitude du nomadisme, et de faire le tour du continent. Elle se sent vivante. Le voyage, c'est passionnant, disait Auzollion. Il a raison. Le mouvement, c'est la vie. Elle se demande ce qu'elle fera une fois qu'elle aura rencontré les pirates. Les rejoindra-t-elle ? Voudront-ils encore d'elle ? Les rencontrera-t-elle seulement ?

Le relief est très légèrement descendant sur une courte distance. Alors qu'elle en profite pour trottiner, elle trébuche sur une imposante racine de chêne en travers du chemin, masquée par l'ombre de ce dernier. Elle pousse un cri bref, et bascule de côté contre le sol caillouteux, à peine amortie par son sac à dos. Quelques objets, dont la hachette et sa veste, se détachent du sac avec le choc. Plaquée au sol par le poids de l'équipement, elle refrène un nouveau cri mais ne peut empêcher un long gémissement de douleur. Genou droit en sang ; coude, avant-bras droit et mains guère plus épargnés. Elle est incapable de se relever immédiatement. Elle ressent une forte douleur entre sa cuisse et sa hanche, éraflée, où sa robe s'est déchirée. Elle respire fort et enlève la bretelle gauche de son sac. Elle roule sur le ventre pour se défaire de la seconde bretelle, puis sur le côté gauche, souffrant à chaque mouvement de ses blessures et de l'irrégularité du sol rocailleux. Enfin, elle parvient à s'allonger sur l'herbe bordant le chemin.

Elle se dit qu'elle ne peut pas rester comme ça. Que ce n'est qu'une petite chute. Qu'elle est forte. Qu'elle doit découvrir qui elle est, qu'elle doit retrouver sa dignité en terminant sa quête. Qu'elle ne sera en sécurité que sur le plateau. Elle pense à Surelason qui serait bien méprisant s'il la rattrapait dans cet état, et au soleil qui commence à décroître. Ce n'est qu'une chute, et elle a certainement appris à chuter de façon à ne pas se blesser gravement. Elle se redresse en grimaçant, ignorant ses plaies mais pas la douleur sur le côté, au niveau du bassin. Elle se persuade que si elle avait quelque chose de cassé, elle serait incapable de s'asseoir ainsi. Dans un élan de courage, elle parvient à se remettre debout, tenant de tout son poids sur sa jambe valide. Elle titube vers le chêne en boitant, attrape et balance son sac près du tronc au passage, puis s'y adosse. Elle se laisse glisser précautionneusement pour s'asseoir, et expire profondément.

Elle sort la moitié de drap de son sac puis sa gourde, pour nettoyer et bander ses plaies. Une montée d'anxiété la gagne lorsqu'elle constate que sa gourde est vide. Elle n'a pas croisé ni entendu la rivière depuis au moins la moitié de la journée. À défaut de couteau, elle parvient tout de même à entailler le drap avec une extrémité pointue de la hachette. Elle frotte ses plaies puis entoure ses genoux, son coude blessé et le bas de ses paumes. La nuit presque tombée, elle se relève, balance ses affaires derrière un buisson de genêts près du chêne, s'y traîne laborieusement, et s'écroule de fatigue.

●

Le soleil ne l'a pas tirée de son sommeil, à l'ombre du chêne, même si elle était consciente de la luminosité. Les fourmis qui grimpent sur ses mollets s'en chargent. Elle s'assied rapidement pour les chasser. Sa bouche est pâteuse, sa gorge sèche, et ses jambes lourdes. Elle grimace en se rappelant qu'elle n'a plus d'eau. En faisant un mouvement pour se lever, la douleur en-dessous de la hanche se réveille. Une grosse sensation de courbature. Elle s'étire doucement, et ressent d'autres courbatures : aux mollets surtout, un peu au dos et au cou. Elle s'encourage à haute voix, et se lève lentement. Elle ouvre le sac de nourriture, engloutit les derniers fruits — deux pêches et une poignée de bibaces — et s'adosse au chêne. Elle défait ses bandages et refait ceux des genoux où les plaies sont plus grandes. Elle fait quelques pas pour sentir comment elle marche. Ses courbatures rendent les mouvements désagréables et elle claudique toujours, mais elle se dit qu'elle y arrivera. Qu'elle parviendra à retrouver la rivière puis à atteindre le sommet. Elle puisera dans ses réserves, elle souffrira et elle serrera les dents, mais elle ne peut pas revenir en arrière. La vie est en avant.

La marche est pénible, lente, et elle se demande si elle est sur le bon chemin. Le ruisseau qu'elle suit depuis quelques instants est bien plus petit que la rivière qu'elle était sensée retrouver, et il est de l'autre côté par rapport à ce à quoi elle s'attendait. Si elle est satisfaite d'avoir enfin pu s'hydrater et nettoyer ses blessures, elle est également perplexe face à la situation. D'ailleurs, à la vitesse à laquelle elle va et à l'heure à laquelle elle s'est levée, même si elle a parcouru beaucoup de distance la veille, il est tout à fait possible qu'elle se soit fait rattraper par son poursuivant. Mais la poursuit-il ? N'a-t-il pas pris un autre chemin ? N'a-t-elle pas pris le mauvais chemin ? Elle est tirée de ses pensées par des bruits de pas rapides sur le chemin pierreux, bordé de poireaux perpétuels qu'elle n'a pas la force de récolter.

Elle s'arrête et se retourne avec appréhension. Elle aperçoit un homme qu'elle ne connaît pas. Costaud et velu, il porte une barbe noire fournie, des cheveux noirs en bataille, et son teint est bronzé par le soleil. Ses yeux noirs qui la fixent nerveusement de haut en bas et ses grands sourcils levés trahissent une grande interrogation quant à la présence d'un autre individu que lui sur cette draille. Il porte une sorte de toge blanche lui arrivant sous les genoux, et tient sur son épaule nue un grand sac marron fermé par une corde, dont le contenu semble assez lourd. Ses sandales aux épaisses semelles entourent ses mollets. Ellipse le salue :

— Bonjour !

— 'jour.

Il double Ellipse sans un sourire, et poursuit son chemin sans autre préoccupation.

— Hé, attendez !

Il s'arrête et regarde à terre sans se retourner. Ellipse le double à son tour pour lui parler de face.

— Excusez-moi, je crois que je me suis perdue. Je ne suis pas sur le chemin entre Carrando et le plateau ?

— Dépend.

— Je devais rejoindre une grotte située au pied du plateau, et…

— Pas là, coupe-t-il.

— C'est ce qui me semblait… Vous pourriez m'indiquer comment m'y rendre ?

Il la regarde de haut en bas. Il soupire, et pose doucement son sac à terre.

— Til.

— Pardon ?

— Til. C'est mon nom.

— Ah ! Désolée, je suis un peu… Enchantée, moi c'est Ellipse.

— Ellipse.

— Oui.

— Qu'est-ce qui vous est arrivée, Ellipse ?

— Je suis tombée.

— M'en doute. Mais qu'est-ce qui vous est arrivée pour que vous soyez ici, blessée, seule et égarée ?

— Je… Je me suis fait attaquer et j'ai voulu fuir, mais je n'ai pas regardé où j'allais. Je ne connais pas la route.

Il hoche la tête avec une moue approbative.

— Est-ce que vous pourriez m'aider ?

Il la regarde à nouveau de haut en bas. Il s'accroupit, soulève son sac à deux mains, le jette sur son épaule, puis se lève en gardant un équilibre remarquable.

— Venez, grommelle-t-il en reprenant sa marche en avant.

Sa silhouette carrée et le poids de son bagage ne ralentissent pas le rythme de ses pas, lourds mais efficaces, comme s'il connaissait par cœur la surface de tout le chemin. Ellipse le suit au prix d'efforts non mesurés, tant physiques au niveau des courbatures et de l'énergie, que psychiques par l'occultation de ses douleurs. Elle ne pense à rien d'autre qu'à l'homme qu'elle suit. Ce dernier s'arrête parfois brièvement, toujours sans se retourner, lorsqu'il n'entend plus dans son dos les pas d'Ellipse proche de lui. Finalement, il tourne brusquement entre deux bosquets de buis, et s'éloigne du sentier en redescendant légèrement la pente reliant la plaine et le plateau. Ellipse souffre et fatigue, mais n'ose pas lui demander combien de temps encore elle devra le suivre. Alors qu'ils longent une petite paroi verticale, elle y remarque deux ouvertures donnant sur des rideaux blancs fermés, entre lesquelles une porte en bois est encastrée. L'homme ouvre la porte, et la laisse ouverte. Ellipse s'immobilise sur le seuil. Le temps que ses yeux s'habituent à la semi-obscurité et à la fraîcheur de la pièce, Til a déjà posé son sac et s'est assis à une petite table en bois ronde, sur un tabouret sommaire.

— Bienvenue chez l'ermite, annonce-t-il d'une voix monocorde.

Til vit dans une maison camouflée semi-enterrée en terre-paille, à l'écart de la civilisation. L'intérieur est spartiate et propre, peu haut mais assez vaste. Ellipse réalise que son hôte a dû fournir un effort social important pour l'accueillir, qu'elle l'a un peu forcé de ne pas l'abandonner. Elle pose son sac près de l'entrée et referme la porte.

— Merci de m'accueillir, c'est vraiment gentil, je ne sais pas ce que je vais pouvoir vous échanger parce que je suis très fatiguée, mais…

Il ferme les yeux en levant les mains, les deux paumes vers Ellipse. Sans un mot, il se lève et déplace son tabouret. D'un geste, il invite Ellipse à s'y asseoir. Il lui apporte une grande cruche d'eau et un verre, puis une corbeille de fruits. Il prend une grosse poignée d'amandes décortiquées d'un plat en terre, qu'il grignote debout en observant son invitée. Se saisissant de deux petites figues, Ellipse rompt le silence d'une voix douce :

— Ça fait longtemps que vous vivez ici, Til ?

— Sais plus. Je ne regarde pas en arrière.

Déstabilisée par cette réponse, elle réfléchit avant d'enchaîner :

— C'est vous qui avez construit cette maison ?

— Oui.

— Et vous vous nourrissez avec ce que vous trouvez autour ?

— Oui.

— Ce n'est pas trop compliqué, l'hiver ?

— Non. Poisson, fermentation, graines. Pain à la farine de sorgho. Un peu de cultures.

Elle laisse passer un instant pour ne pas trop l'assaillir de questions, puis reprend :

— Vous prenez l'eau au ruisseau ?

— J'ai deux sources.

— Vous avez l'air de très bien connaître les alentours.

Il ne répond pas. Il porte à sa bouche les dernières amandes du creux de sa main, et dit avec une voix claire et déterminée :

— La grotte que vous cherchez est à deux jours d'ici. Aujourd'hui, je vous répare. Demain, je vous rétablit. Après-demain, je vous montre la voie.

À peine a-t-il terminé sa phrase, qu'il est déjà sur le seuil de la porte. Puis il disparaît.

●

Les nuages, apparus au fil de la matinée, recouvrent désormais la majorité du ciel, et masquent le soleil. Allongée dans l'herbe tendre qui sert de toit à l'habitation de Til, Ellipse s'amuse à interpréter leurs formes. Beaucoup de moutons dans cet océan aérien, se dit-elle. De retour dans sa robe de départ aux petits carrés blancs, après avoir raccommodé la nouvelle, pieds nus et sans équipement sur le dos de la journée, elle se sent à nouveau légère. Elle s'imagine voler parmi les nuages. C'est son premier jour de repos depuis le départ. Elle savoure chaque instant, profite de chaque respiration pour se rappeler qu'elle vient de loin. Peu importe d'où elle vient. Elle est sur cette pente, sans autres obligations que celles de cuisiner pour son hôte et d'éviter de le déranger dans sa solitude volontaire. La voici équipée d'un reste de fil à coudre, d'une aiguille et d'un grand torchon en guise de serviette, troqués contre quelques algues séchées. Davantage d'échanges matériels et gestuels que d'échanges verbaux. Cet ermite ne montre pas qu'il est heureux, mais elle sait qu'il l'est. Elle l'a vu accroupi sur un rocher, contemplant l'horizon, comme absorbé par la plénitude de l'instant. Elle l'a vu faire des étirements étranges qui lui ont rappelé les exercices de Ravive-le-feu à Thymrouge. Elle l'a vu mâcher lentement sa nourriture, se lever avec entrain. Il vit en harmonie avec son environnement, ne prélève que ce dont il a besoin. Il ne s'embarrasse pas de possessions inutiles, et a fait le choix de simplifier sa vie jusque dans l'évitement des relations, par nature complexes. Il a créé sa propre vie idéale. Elle croit pourtant qu'il n'est pas mécontent d'avoir eu de la visite. Elle a un peu changé son quotidien. L'attrait de la nouveauté, de la découverte. Tout en essayant, bien sûr, de ne pas le bousculer. Est-ce qu'elle serait capable de vivre comme lui ? Sans doute pas. Elle ne connaît pas l'étendue de ses propres compétences. Peut-être en est-elle incapable. Et quand bien même : en tant que pirate, elle est sensée avoir l'habitude de vivre en communauté. Mais possède-t-elle encore cette facette de sa personnalité, maintenant qu'elle a découvert la vie en solitaire, dans un duo isolé ? Elle repense à son réflexe d'inviter Najarri à les rejoindre. Elle maîtrise mieux la vie en groupe, c'est évident. Si elle est bien ici, c'est parce qu'elle est fatiguée et blessée. Qu'elle avait besoin de repos. Ou peut-être parce qu'elle a besoin de calme, après l'agitation des premiers jours comme des derniers ? Elle ne sait plus. Le vent souffle légèrement, et un frisson la parcourt.

Elle se redresse sur les coudes, puis se rallonge aussitôt en grimaçant : elle avait oublié son coude blessé. Elle se redresse à nouveau, plus précautionneusement. Elle aperçoit Til, qui s'occupe de ses quelques cultures, disséminées discrètement parmi la végétation naturelle. Elle l'observe quelques instants. Son estomac lui rappelle alors qu'il faudrait qu'elle se lève.

○

Allongée à l'ombre d'un pin, elle entend l'ermite tousser dès qu'elle ouvre les yeux. Assis sur une souche, il détourne la tête vers l'horizon dès qu'elle le regarde. Elle prend son temps pour se réveiller après une sieste nécessaire. Elle se lève prudemment, puis s'approche de l'homme, impassible, le dos parfaitement droit :

— Ça va ?

Il la regarde du coin de l'œil sans répondre.

— J'ai des courbatures derrière les cuisses en plus, reprend-elle. Et les autres sont toujours là. On pourra refaire des étirements ?

— Hm, acquiesce-t-il.

— Des simples comme les premiers, pas ceux que vous avez fait après.

L'homme se lève, et prend la direction d'un petit replat en contrebas de la maison. Ellipse le suit. Arrivé à l'endroit souhaité, il se retourne brusquement en appui sur une jambe, comme une toupie, et écarte les bras du corps. Ellipse se met face à lui et l'imite. Il agite ses genoux en fixant ceux d'Ellipse. Elle comprend qu'elle n'a pas la bonne position, et observe celle de Til. Elle écarte un peu les jambes en grimaçant. Il met ses

113

mains derrière ses hanches et se courbe doucement en avant, en gardant le dos droit. Ellipse a envie de remercier Til d'avoir immédiatement réagi pour accéder à sa requête, mais elle se contente de suivre ses mouvements. Une session d'étirements attentive et silencieuse sera une meilleure réponse.

○

Lorsqu'il entre, torse nu et en sueur, dans l'espace dédié à la cuisine, où Ellipse prépare la copieuse salade du soir à partir des récoltes sauvages du jour dont elle ne saurait identifier tous les éléments, elle est à la fois surprise par sa puissante musculature et par son évidente fatigue, trahie par une respiration toujours lente mais plus forte qu' à l'accoutumée. Il semble avoir couru. Il la regarde à peine, et se dirige vers une petite étagère en bois comportant le peu de biens matériels qu'il possède, majoritairement des vêtements. Lorsqu'il passe devant elle, elle remarque qu'il tient à la main un petit savon gris. Il s'arrête pour lui montrer :

— Pourrez vous laver à la source du bas.

— Oh, d'accord, merci. C'est vous qui avez fabriqué ce savon ?

— Oui.

— Avec quoi ?

— Cendre, diverses huiles.

— C'est tout ?

— Pas besoin de plus.

— Je ne pensais pas que c'était aussi simple.

— Je vous le prêterai, dit-il en franchissant la porte.

Ces quelques paroles font chaud au cœur à Ellipse. Venant d'un ermite, chaque signe d'un lien social prend une grande valeur, en particulier lorsque l'initiative vient de lui. Sur la plaine, elle ne peut pas savoir si les gens disent la vérité, et elle doit elle-même leur cacher sa propre vérité. Avec cet homme, chaque parole est vraie, chaque geste est utile, et il paraît ne pas avoir besoin de fournir des efforts cantonner son activité à ce qui est nécessaire. Elle pense à sa relation avec Surelason. Il a bien été forcé de la prendre sous son aile, et elle est bien obligée de rester avec lui. Ce n'est pas sain. Et plutôt que de se satisfaire de relations sociales insatisfaisantes ou superficielles, Til a fait le choix de s'en défaire. Ellipse est admirative de ce choix courageux. Elle avait peur de le déranger, mais il semble plutôt volontaire pour communiquer un peu. Elle se sent honorée de vivre cette petite expérience.

●

Les nuages n'ont pas découvert le ciel de la matinée. Encore légèrement endolorie en haut de la cuisse, elle n'est cependant presque plus freinée dans ses mouvements. Les diverses plaies et ecchymoses dispersées sur sa peau sont loin d'avoir disparu pour la plupart, mais elle n'en tient pas compte. Elle retire le positif de cette dure expérience : elle a encore progressé dans sa connaissance d'elle-même. Elle s'est découverte plutôt solide malgré tout, et a pris conscience de son endurance, de sa force, en particulier pour la marche, et de son courage.

Sans un mot, elle suit l'ermite en-dehors de toute piste. Son itinéraire est direct. Il évite à peine de se piquer aux épines des ajoncs. Il traverse les bosquets de thym comme s'ils n'existaient pas. Il saute par-dessus certains rochers au lieu de les contourner. Est-ce que ce sont des points de repère, ou est-ce pour éviter de dévier de sa trajectoire linéaire ? Elle serait totalement incapable de retrouver sa maison si elle devait revenir sur leurs pas. Il connaît par cœur cette partie du continent, où il est sans doute le seul habitant. Elle est admirative.

Il contourne un grand pin et s'arrête net. Elle a l'impression qu'il vient de poser les pieds sur un petit sentier, mais ses limites sont floues et il paraît compliqué de deviner la trace à suivre.

— Ce tas de cailloux, dit-il en pointant du doigt un cairn. Un point de repère. À partir d'ici, jusqu'au croisement. Vous n'avez qu'à les suivre.

— Parfait ! Le croisement, c'est là où ça rejoint le sentier que j'aurais dû prendre dès le départ ?

— Oui.

— La rivière sera à proximité ?

Il hoche la tête.

— Il n'y a pas de source avant ?

— Faut connaître. Possible que vous les verrez pas.

— D'accord, merci beaucoup.

— C'est bon ?

— Oui, je vais y arriver. Merci pour votre aide, Til.

— Bonne vie, Ellipse.

Il tourne les talons avant qu'elle ait pu répondre. Elle le regarde s'éloigner en marchant toujours tout droit, bien que le relief soit escarpé. Elle repense à ses paroles. Bonne vie ? Étonnant. Malgré son ton monotone, il avait l'air sincère. L'expression de son visage était celle de la satisfaction du travail accompli. Elle sait que c'était la dernière fois qu'elle le voit. Avec plus de certitude que la plupart des personnes qu'elle a croisées jusqu'ici. Elle se demande si les rencontres qu'elle fait influencent d'une façon ou d'une autre la personnalité nouvelle qu'elle se forge. Les expériences, sans doute. Les individus, très probablement aussi. Elle ne savait plus si elle devait se méfier des humains, ou juste des hommes, ou juste de Surelason. Elle a sa réponse. Chacun se construit à la fois en se distinguant des autres, et en s'en inspirant. Peut-être est-elle devenue aussi méfiante que Surelason ? Peut-être a-t-elle envie d'être aussi généreuse que Til ? Un criquet qui heurte son nez la tire de ses pensées.

○

Cette nuit, c'est la sienne. La première où elle choisit l'endroit, où elle prend le temps de préparer son propre couchage. L'herbe est douce, la rivière coule paisiblement. Elle sent l'odeur du romarin, qui la protège du léger vent. Les cigales se taisent petit à petit. Si quelqu'un passe sur le chemin et qu'elle ne dort pas profondément, elle ne sera pas visible, et elle l'entendra. Mais elle sait que personne ne passera. Son équipement est prêt pour un départ urgent, et attaché à l'un de ses poignets. Elle profite de cet instant de solitude, pour une fois pas perturbé. Elle doit terminer sa quête. Peu importe avec qui. C'est le meilleur moyen de savoir qui elle est. Si elle doit supporter un homme violent et une femme peut-être devenue méfiante, alors elle le fera. Elle doit être au-dessus de tout cela. Elle est intimement persuadée qu'ils l'attendent, là-haut, dans la grotte. À quoi peut-elle bien ressembler, d'ailleurs ? À la maison de Til, ou à une simple cavité à flanc de falaise ? C'est peut-être cet attrait pour la découverte, pour le voyage, pour des paysages qu'elle ne connaît pas, qui la pousse à avancer. Toujours endolorie et un peu courbaturée, elle s'allonge doucement. Elle a l'impression d'être une poupée de paille tombée de haut, dont les membres ont dû être remis d'aplomb. Au moins, peut-être que cet état lui ôtera l'envie d'attaquer Surelason... Tombée de haut, c'est sûr, elle l'a ressenti. Du haut d'une branche de chêne. Du haut d'une cabane dans les bois. Du haut des escaliers d'une cabane de pêcheur. Une poupée de paille. Est-ce vraiment ce qu'elle est ? Doit-elle accepter de se faire manipuler et guider, sous prétexte qu'elle n'a ni mémoire ni objectif ? Ses pensées tourmentées l'empêchent de trouver le sommeil, jusqu'à ce qu'elle soit trop fatiguée pour réfléchir.

●

Elle a repris un rythme de croisière. La draille est d'une bonne largeur, comme au départ : deux chevaux peuvent passer de front. Elle aurait pu se douter qu'elle faisait fausse route à l'état du tracé. Mais elle a tant de choses auxquelles penser... Elle n'a qu'à moitié envie d'arriver au sommet. Bien sûr, atteindre l'objectif fixé il y a déjà quelques jours, serait une satisfaction, et un nouveau départ. D'un autre côté, elle est peut-être attendue. Et elle n'a pas vraiment envie de revoir cet homme qui a failli l'étouffer. Et s'il ne l'avait pas attendue, et qu'il était parti avec Najarri ? Serait-ce une trahison supplémentaire, un abandon ? Ou serait-ce une délivrance... un affranchissement de la mission ?

Elle aperçoit enfin ce qui ressemble à une crête, mais qui doit être le plateau. Près de la rivière, un cheval blanc est attaché à un petit olivier par une longue corde. Une selle et des rênes sont posés dans l'entremêlement des branches d'un second olivier, un peu plus haut. Aucun moyen de se tromper. La pente rocheuse est escarpée et serpente jusqu'en haut. Avant d'atteindre la moitié de celle-ci, à un coude, un grand renfoncement est visible. Deux visages connus discutent autour de ce qui semble être un emplacement pour faire du feu. Najarri l'aperçoit, et le signale à Surelason. Celui-ci lève la tête pour apercevoir Ellipse, puis s'adosse contre la paroi de la cavité. Avec une expression neutre, Najarri fait un signe à Ellipse. Elle l'attend les mains sur les hanches, tandis que Surelason reste indifférent.

Elle se poste devant eux, les jambes fermement ancrées au sol, la hachette à l'épaule. Elle adresse un regard noir à Surelason, qui lui renvoie un regard glacé. Il la regarde de haut en bas, n'ayant pas besoin de parler pour faire comprendre à Ellipse qu'elle n'aurait pas été blessée si elle ne s'était pas échappée. Un silence pesant s'installe devant l'ouverture de la cavité. Le monde pourrait s'effondrer autour d'elle, elle se tiendrait debout, son attention braquée sur l'homme qui était à la base sensée la protéger. Najarri brise la glace :
— Il va falloir que quelqu'un se décide à parler !
Personne ne bouge. Najarri insiste :
— Ellipse est une pirate, Surelason est violent. Égalité, on repart de l'avant !
Ellipse, surprise, ne détourne pas ses yeux :
— Tu lui as dit, en plus ?

119

— Il le fallait bien. Tu allais forcément venir lui raconter, je ne voulais pas qu'elle croie que je pourrais lui faire subir la même chose.

— Je ne parle pas de ça.

— Ah… Eh bien oui, je lui ai dit que tu étais une pirate. Ce n'est pas vrai ?

— Je suis sensée prendre part à un groupe dont aucun membre ne me fait confiance ?

— Je ne t'en veux pas directement, Ellipse, indique Najarri. Je hais profondément ce que tes acolytes et toi avez fait par le passé, ce qu'ils m'ont fait endurer, ce qu'ils continuent de faire endurer à des gens innocents. Mais tu as perdu la mémoire, et la personne que tu es maintenant nous aide à combattre la personne que tu étais par le passé. Tant que tu restes comme tu es, je prends ça comme une forme de repentir. Mais je n'oublie pas que c'est toi qui aurait pu tuer mon frère et mon compagnon. Donc je veux bien continuer avec toi, mais tu comprendras qu'une part de méfiance reste au fond de moi.

— Oui oui, je comprends, Najarri, bien sûr.

Elle pointe Surelason du doigt.

— Ce que je ne comprends pas, c'est pourquoi toi, tu brises la confiance de tout le monde ! Tu étais sensée me protéger, et tu essaies de m'étrangler ! On est sensés mener une mission tous les trois, et tu dis à Najarri que je fais partie de ses agresseurs ! Parle, Surelason ! Dis-moi comment tu expliques qu'on en soit ici aujourd'hui ! Que quand on a rencontré Najarri, on était tous les trois sur le même objectif, sans a-priori les uns sur les autres ; que maintenant, Najarri me déteste, moi je te déteste, et toi je sais très bien que tu n'aimes pas Najarri parce que je te l'ai imposée, et que tu ne vois en moi qu'une utilité potentielle dans ta mission ! Tu te rends compte que je pourrais très bien partir et retourner chez les pirates ?

— Tu ne sais pas pourquoi ils t'ont abandonnée. Si ça se trouve, si tu y retournes, ils vont te tuer.

— Qu'est-ce que j'ai à perdre ?

— Une nouvelle vie.

— C'est comme ça que tu veux que je prenne un nouveau départ ? Entourée d'un traître et d'une méfiante, pour aller dans un endroit que je ne connais pas vérifier si on ne peut pas tuer mon passé ?

— Raconte-lui, Surelason, calme Najarri. Elle s'énerve, et il faut qu'on se comprenne. Dis-lui ce que tu m'as raconté.

— Oui, dis-moi ce que tu lui as raconté.

— Bon…

Il s'étire et soupire.

— Tu as une mémoire étonnante. Tu ne sais plus du tout qui tu es, mais tu maîtrises parfaitement ton comportement. Tu te souviens d'expressions que toi seule pouvait connaître, et tu te souviens comment te défendre. Donc comme j'ai dit à Najarri, je t'ai attaquée pour deux raisons : la première, c'était pour vérifier que tu ne me mentais pas. Et je pense aujourd'hui que tu ne me mens pas, Ellipse. Que tu as réellement oublié ton histoire passée.

— Ah enfin, c'est pas trop tôt ! Il faut que tu égorges quelqu'un pour que tu croies en sa bonne foi !

— Laisse-le finir Ellipse, calme-toi.

— La seconde raison, c'était pour te faire retrouver la mémoire. Je me suis dit qu'il te fallait un choc important. Je pensais qu'un choc psychologique pouvait te faire retrouver tes esprits.

121

— Tu n'y connais vraiment rien.

— Ça aurait pu arriver, tu n'en sais rien.

— Bon, et ensuite ? Ça ne t'aurait pas gêné que je crève parce que tu me surestimais ?

— Je t'ai toujours laissé respirer, c'était impossible. Mais là n'est pas le sujet.

— Et si je t'avais occis parce que tu me sous-estimais ?

— Ce n'est pas le sujet, on ne va pas revenir dessus.

— Le sujet, c'est comment Najarri a encore confiance en toi après ce que tu m'as fait !

— Parce que je ne lui ai pas fait peur pour rien. Je lui ai d'abord dit que tu étais une pirate, et que c'est pour cette raison que j'ai vérifié que tu disais la vérité. Ensuite, je lui ai expliqué comment je m'y suis pris. En toute transparence, honnêtement.

— Oh, je vois, comme ça elle aussi elle avait envie de m'étrangler !

— Eh bien oui, Ellipse. Oui. Tu n'y peux rien, c'est comme ça. Tu es une pirate. Et en tant que pirate, on ne s'apitoie pas sur ton sort, parce que tu nous rends bien la pareille. C'est comme ça que je lui ai amené le sujet, et tu ne peux pas nier que ce n'est pas très loin de la vérité.

— Je t'ai déjà dit des tas de fois de ne plus m'associer à eux.

— Je t'ai répondu des tas de fois que c'est un paramètre que tu ne peux pas maîtriser.

— Alors, parce que je suis une pirate amnésique, c'était justifié de m'étrangler une fois en tant que pirate, et une autre fois en tant qu'amnésique ?

— Je suis navré, mais oui.

— Najarri, tu acceptes ce qu'il vient de dire ?

— Je suis désolée Ellipse, mais pour le côté pirate, il n'a pas tort... Il courait un risque que tu aies retrouvé la mémoire, que tu joues un rôle et que tu l'attaques au moment le plus opportun pour toi... Après, pour le côté amnésie, je ne sais pas du tout, je n'aurais pas fait un choc comme celui-ci pour une personne normale, mais tu n'es pas une personne normale...

Elle reste sans voix.

— Je comprends tout à fait que tu sois en colère, reprend Surelason. Je comprends même que tu m'aies volé la plupart de mes affaires ; là, j'ai juste manqué de vigilance. Mais on t'attend ici depuis hier, et on avait confiance en ton retour. Si je t'ai fait subir tout ça, c'était pour pouvoir te faire confiance malgré ton passé de pirate, et pour t'aider par rapport à ton amnésie. Je regrette que tu le prennes comme ça, mais je l'ai sincèrement fait pour solidifier notre groupe. J'avais beaucoup de mal à avancer en ne sachant pas si tu jouais un rôle ou non.

— Donc pour me faire confiance, tu brises la confiance que j'ai en toi ? Très stratégique !

— Tu n'as jamais eu confiance en moi, ça ne pouvait qu'améliorer les choses. Tu n'es là que par intérêt, parce que sans moi tu ne sais pas où aller et tu risques ta vie. Je t'ai montré que je te protégerai pour la mission, même si tu m'as déjà démontré que tu n'avais pas besoin de moi pour te défendre. Je t'ai montré que tu pouvais me faire confiance. Mais toi, tu ne m'avais rien montré, parce que tu ne pouvais rien me montrer. Il fallait donc que je démontre par moi-même que je pouvais avoir confiance en toi. Et comme tu ne peux pas te venger parce que tu as un intérêt à collaborer avec moi, maintenant j'ai confiance en toi et je suis prêt à avancer.

Elle regarde tour à tour ses deux interlocuteurs.

— Qu'est-ce que tu en penses, Najarri ?

— Je pense que vous allez continuer à vous supporter parce que vous êtes au-dessus de tout ça.

— Mais lui, qu'est-ce que tu penses de lui ?

— La même chose que toi. Je lui fais presque confiance, mais il y a une petite partie de moi qui se méfie. Je te fais confiance parce que tu m'as proposée de vous rejoindre pour cette mission, mais je sais que tu es une pirate. Je lui fais confiance parce qu'il prend sa mission au sérieux, mais je sais qu'il a été capable d'étrangler quelqu'un.

Elle reste pensive.

— Tu as mangé, Ellipse ? demande Surelason.

— Non.

— Najarri a ramené du poisson fumé de son étape d'hier. On t'en a laissé un dans la salière. Profites-en, c'est le dernier avant la métropole. Aucune espèce ne remonte jusqu'au plateau.

●

3

Le jeu de la vie

Les marches, taillées dans la roche, serpentent contre la paroi. Le bruit de la petite cascade qui tombe du plateau ne couvre pas tout à fait celui de leurs pas. Ellipse se demande ce qu'elle trouvera là-haut, dans quelques dizaines de mètres. Elle imagine une ville colorée dans laquelle la végétation alterne avec les habitations de façon équilibrée. Ici, les arbustes sont rares et le sol est de plus en plus rocailleux, mais des insectes ou des lézards lui rappellent de temps en temps qu'ils ne sont pas les seuls à respirer cet air qui se rafraîchit.

Un coup de vent rabat ses cheveux encore humides sur un côté de son visage lorsqu'elle franchit le seuil du plateau. Devant elle, Surelason s'arrête, retire son sac à dos, et en détache sa veste en cuir sans se retourner. Dans son dos, Najarri pose à son tour les pieds sur le désert rocheux qui s'étend tout le long de la crête, à perte de vue. Elle tient son cheval au bout d'une corde, la pente étant trop escarpée pour qu'elle le monte en sécurité. Au loin, les constructions de la métropole se devinent, posées sur un tapis verdoyant marbré de jaune. Une ligne grise traverse l'horizon, entrecoupée d'arbres et de canaux. La température est brusquement descendue. Un frisson parcourt Ellipse, qui se défait de son sac pour enfiler sa veste. Elle a l'impression de se retrouver aux limites d'un nouveau monde. Derrière, elle n'aperçoit même pas la mer, dans la plaine colorée et diversifiée qui s'étend plus bas. Tout ce qu'il reste du parcours, c'est la rivière qu'ils suivent depuis Thymrouge. Un instant, elle se croit arrivée. Comme si cette montée était l'objectif, comme s'il n'y avait rien derrière.

À la fin d'une interminable journée, le désert rocheux s'est progressivement transformé en une immense prairie, dans laquelle ils croisent régulièrement des chevaux qui courent en liberté. Le plateau est très légèrement bosselé et l'altitude augmente de façon constante, bien que négligeable, au fur et à mesure que la source approche. Le paysage, vaste et monotone, couplé à la vision de la métropole qui se rapproche bien trop lentement, lui fait se sentir minuscule. Elle est partagée entre une sensation de liberté, procurée par l'espace dont elle dispose autour d'elle, et la frustration d'être enfermée dans une mission qu'elle n'a pas choisie. Pourtant, elle ne peut pas l'abandonner sans se retrouver perdue, aussi bien physiquement que mentalement. Sa lassitude est d'autant plus forte qu'elle a coupé court à toute tentative de discussion de la part de son compagnon de route, abandonné par Najarri qui a filé à cheval depuis l'entrée du plateau. Elle doit être arrivée chez l'éleveur depuis un long moment. Ellipse, égarée dans ses pensées, découvre le silence, ponctuellement brisé par des galops, des rafales ou des battements d'ailes. Elle en veut toujours à Surelason, mais se dit qu'elle aurait intérêt à ne plus le bouder. Elle se penchera sur sa rancœur quand elle n'aura plus besoin de lui.

○

L'éleveur vit dans une pièce minuscule, coincée dans un angle de sa gigantesque grange en bois. À peine plus grande qu'un compartiment pour cheval, elle est parfaitement rangée. Un lit, une table carrée et une lourde armoire fermée sont surplombés par une mezzanine, sur laquelle plusieurs couchages sont visibles. Le plafond très haut permet la présence de deux grandes fenêtres l'une au-dessus de l'autre sur chacun des murs de séparation avec l'extérieur, tandis que la seule porte donne directement sur l'écurie. Assise à la table avec un verre devant elle, Najarri est rayonnante, au contraire d'Ellipse, qui reste en retrait près de la porte, où elle pose son sac.

— Alors, cette petite balade à cheval ? demande Surelason.

— Magnifique ! Quelle sensation de liberté dans ces grands espaces… Et vous, pas trop long ?

— Je pense que ça ira mieux demain.

— Vous êtes fatigués ?

— Il a fallu s'habituer à nouveau au vent, mais ça va.

— Vous avez vu l'éleveur, en arrivant ?

— Oui, c'est lui qui nous a dit que tu étais là. Tu lui as redonné ton cheval ?

— Oui ! J'ai eu beaucoup de choses en échange. Il doit certainement récupérer toutes les richesses de la métropole lorsqu'il leur vend ou prête les services d'un cheval…

— Qu'est-ce qu'il t'a donné ?

127

— De l'hydromel, un poignard, des outils et des ustensiles en inox, des vêtements en soie, quelques huiles essentielles, de la lavande, et ce grand sac en cordovan pour transporter le tout.

— Joli. Tu feras attention aux armes aussi. Elles sont tolérées à Embilhen, mais peu de gens en ont parce que c'est très mal vu.

— Oui oui !

— Avec ça, il va falloir redoubler de vigilance pour ne pas se faire attaquer. Tu arriveras à tout transporter ?

— Il m'a donné un petit chariot !

— Je peux le voir ?

— Après toi ! dit Najarri en montrant la porte d'un geste élégant.

Il se dirige vers la sortie.

— Tu viens, Ellipse ?

Elle ouvre la porte sans le regarder, et sort de la pièce sans dire un mot.

●

L'écurie n'est plus qu'un minuscule point derrière eux. Le contraste avec le paysage qui leur fait face est saisissant. Une forêt parsemée de grandes maisons, entrecoupée d'espaces vides où sont sensées se trouver des douves. Najarri, qui ralentissait le groupe en poussant son chariot, est désormais épaulée par Surelason : la pente est toujours faible, mais il est désormais visible que le terrain monte lentement vers la métropole. La nouvelle rivière qu'ils ont rejoint, en se décalant un peu vers le nord, coule sans discontinuer. Son lit est si linéaire qu'il semble creusé à la suite des douves. Ellipse regarde devant elle, ses yeux s'écarquillant au fur et à mesure que le quartier qu'ils visent se

128

rapproche. Elle sent un peu d'adrénaline monter, un peu d'appréhension. Elle se sent toute petite par rapport à ce qu'elle voit. La différence est saisissante avec la plaine. Surelason la tire de son émerveillement.

— Ça va, Ellipse ?

— Très bien.

— On peut discuter, avant d'arriver en ville ?

— Ça dépend de quoi.

— Ah.

— Qu'est-ce que tu veux ?

— Mes affaires.

— Je t'ai redonné le sac de nourriture.

— C'était surtout pour te délester. Je me trompe ?

— Non.

— Merci, mais je parle de ce que tu m'as subtilisé.

— Qu'est-ce que tu veux ?

— Ce qui me revient.

— Cache-toi le visage et on en reparle.

— Certainement pas. J'assume la responsabilité du risque que j'ai pris en te secouant.

— En me secouant ? Tu te moques de moi ?

— Écoute, on ne va pas revenir là-dessus. Je veux récupérer mes affaires parce que la métropole est immense. Il n'est pas impossible que l'on se perde de vue les uns les autres. Je saurai vous retrouver, toutes les deux. Je connais son fonctionnement. Je suis navré mais vous ne maîtrisez pas bien les rouages d'un endroit aussi vaste, aussi peuplé et aussi complexe.

— Qu'est-ce qui se trouve dans mon sac qui te permettra de nous retrouver ?

— Les éléments d'échange. Tu sais très bien de quoi je parle.

129

— Les algues et les perles.

— Ce ne sont pas tes objets. Tu ne sais pas qui tu es, personne ne te connaît. Tu ne pourras pas justifier d'en avoir autant sur toi si ça se découvre. Tu passerais pour une voleuse, et tu pourrais même être démasquée.

— Je viens de Taunarga et j'ai perdu la mémoire. Ça arrive.

— On ne laisse pas une amnésique errer en ville avec des perles. Crois-moi, c'est beaucoup plus sûr sur moi. Si des personnes trouvent cela suspect, j'ai des contacts. De la famille. Ils les croiront sur parole.

— Ça ne donne pas vraiment envie d'y aller, réplique Najarri. Tu veux dire que je serai une cible de voleurs avec mon chariot ? Je n'y suis pas allée souvent, mais je n'ai jamais eu de problèmes de ce genre.

— Non, puisque tu connais ton histoire, et que tu ne seras pas la seule à transporter des objets sur un chariot. Surtout que ce sont des objets de la métropole : hydromel et inox, c'est relativement courant. Prisé, mais courant.

— Si je comprends bien, intervient Ellipse, tu es en train de nous dire que c'est moins suspect de trimballer sa came sur un présentoir à roulettes que dans un sac fermé ?

— On ne sait pas ce qui peut arriver. Si tu tombes et que des perles roulent, le contenu sera vite lorgné. Et comme tu es capable de tomber…

Il fixe ostensiblement les jambes meurtries d'Ellipse en affichant un air hautain, avant de regarder à nouveau devant lui. Elle accélère le pas pour le doubler. Elle se rapproche de lui et le gifle. L'homme, surpris, lâche le chariot et s'arrête.

— Tu t'excuses pour ton mépris et tu ne tentes aucune réplique sur mes blessures. À armes égales, je suis plus forte que toi.

— C'est vrai ? demande Najarri.

— C'est une pirate, rétorque Surelason. Elle-même ignore l'étendue de ses capacités.

— Je ne vais pas te le demander deux fois. J'ai assez de perles pour me débrouiller sans toi.

— Je m'excuse, Ellipse. Voilà. C'est bon ?

— Tu t'es forcé.

Il soupire. Son visage change soudain d'expression. Il semble désemparé.

— Je ne sais pas gérer les alliances de circonstance, d'accord ? Mets-toi à ma place, Ellipse. Tu n'es pas la seule à plaindre. Écoute : j'ai toujours voyagé seul. Ensuite, effectivement, je te déteste. Tu sais pourquoi, et tu n'y peux rien. Je ne peux pas te dissocier de ce que tu as fait à mon village, c'est comme ça. Bien. À partir de là, je ne pouvais pas avoir confiance en toi, et pourtant je suis obligé de rester avec toi pour accomplir ma mission. Ce qui signifie que je suis obligé de t'aider, alors que je n'en ai pas envie. Alors, tu peux t'en aller, si ça te chante ! Je vais poursuivre ma mission sans toi, et elle va sans doute échouer, parce que je n'ai rien de nouveau à apporter comme pistes pour traquer les pirates. J'aurai perdu mon temps, et je vais revenir à Taunarga défait. Et là, oui, à ce moment-là, je me couvrirai le visage. Et ensuite, quoi ? J'armerai mon village pour détruire ton groupe ? Et toi, pendant ce temps ? Est-ce que tu seras encore en vie ? Est-ce que tu ne seras pas aux travaux forcés qui existent ici, à vider les toilettes et à récurer les canaux ? Est-ce que tu crois qu'une amnésique ne sera pas entraînée dans une spirale infernale ? Tu vois ce que je veux dire ? Ah, tu voulais du rapadura ? Tu peux en avoir, ma pauvre, mais je ne donne pas cher de ta peau. Et si par miracle tu retrouves ton infâme cortège et que tu t'intègres parmi eux, tu penseras à tous les gens bienveillants que tu as croisés. Tu penseras à Face-de-craie, à Cueille-des-pierres, à Najarri, à Auzollion, à la famille aux plumes après Carrando. Tu penseras aux bons moments passés avec eux, à leur sourire, à leur accueil. Tu crois que tu seras à nouveau capable de les égorger pour les détrousser ? Tu crois que tu pourras redevenir la même qu'avant ? Je n'en suis pas sûr ! Alors tu préférerais qu'on se sépare ? Tu crois que tu maîtrises assez les codes de notre civilisation ? Déjà, tu blasphèmes sans le vouloir avec tes expressions sur le temple. Ensuite, tu parles aux camés. Et maintenant, tu voles des perles ! Alors oui, égoïstement, je préférerais que tu t'en ailles. Tu préférerais aussi partir, parce qu'on ne s'appréciera jamais. Mais est-ce que c'est dans notre intérêt ? Est-ce que Najarri nous a rejoint pour subir nos différends ? Est-ce qu'elle aurait envie de poursuivre avec moi une mission vouée à l'échec ? Est-ce qu'elle risquerait sa peau à te suivre dans tes vagabondages insensés et illusoires ? Qu'est-ce qu'on fait, Ellipse, on continue à se battre entre nous, ou on continue à se battre pour notre quête ?

Le monologue de Surelason l'a déstabilisée. Elle ne sait pas quoi en penser. Elle sent qu'au fond il a peut-être raison, mais elle ne peut pas accepter le comportement qu'il a eu avec elle. Elle regarde Najarri, qui baisse la tête. L'homme poursuit :

— Est-ce qu'on peut laisser nos animosités de côté et se concentrer sur notre raison d'être arrivés ici ensemble ? Je ne te demande pas de me supporter, je te demande de faire semblant. On cesse ces querelles stériles et on retrouve nos esprits. Ça te va, Ellipse ? Tu es d'accord ?

Elle ne trouve rien à répliquer. Elle pose son sac. Elle fouille dedans, et en sort les bocaux d'algues et d'argile, qu'elle pose à terre. Fouillant davantage, elle en extrait le sachet de perles et quelques sachets de graines, qu'elle jette nonchalamment près des bocaux. Elle s'empare également de la pierre à aiguiser qu'elle a subtilisée, l'examine ouvertement devant Surelason, et la remet dans son sac avec une expression de défi. Sans quitter les yeux de son accompagnateur, elle harnache son bagage, saisit le manche de sa hachette, et la pose sur son épaule. Elle repart de l'avant, le regard braqué sur un horizon masqué par les arbres et les constructions :
— En route, lance-t-elle froidement.

○

À la sortie de la zone boisée, peu de ponts permettent de franchir les douves. Chacun est discrètement surveillé par les agriculteurs des environs. Les parcelles sont grandes et rectilignes, et beaucoup de personnes y travaillent. Certaines prennent le temps d'observer les nouveaux arrivants, d'autres ne s'en émeuvent guère.
— Nous voici officiellement dans le quartier Tomilhan, annonce Surelason. Baissez ou rangez vos armes.
— Tu vois Ellipse, c'est comme chez moi, mais en tellement plus grand !

La route pavée qui traverse la parcelle mène à un ensemble d'habitations pour la plupart grises, aux portes et fenêtres de couleurs souvent vives.

— Quelle couleur triste, souligne Ellipse.

— C'est celle que prend naturellement le mélange entre la chaux et le chanvre. On n'y peut rien. Heureusement, chacun teint ses ouvertures comme il le souhaite !

— Justement, ils pourraient teindre les murs aussi.

— C'est vrai, mais c'est plus compliqué. Ce n'est pas non plus indispensable, donc ça se fait assez peu.

— Où est-ce qu'on va ? demande Najarri.

— On traverse le quartier. On n'en sera pas sortis avant la fin de la journée, donc on trouvera une auberge. On y fera le point sur les prochains jours.

— Il doit y avoir des endroits un peu festifs, non ? demande Ellipse.

— Il y a des tavernes, oui.

— Je suis curieuse de voir ça.

— Bonne idée, soutient Najarri.

Surelason affiche une mine perplexe, mais ne bronche pas.

Alternant entre des chemins pavés, des pistes en terre et de petits ponts en bois franchissant des canaux artificiels, Ellipse est admirative de l'organisation du quartier. Les maisons font toutes un ou deux étages, et plusieurs groupes de personnes, souvent des familles, y vivent. De temps à autre, elle remarque une construction à trois étages, aux ouvertures plus rapprochées : elle apprend qu'il s'agit de logements plus petits, avec une pièce commune à chaque étage, pour une ou deux personnes. Elle comprend l'importance de la métropole dans le quotidien des gens du plateau en découvrant que toutes ces habitations sont attribuées simplement en échange de travaux profitant à la Maison Mère, et parfois même sans contrepartie. Ceci lui fait prendre conscience de la difficulté qui avait été annoncée, pour un voyageur de la plaine, de troquer des services contre des gîtes et des couverts : la population autochtone se suffit à elle-même.

Au cœur de Tomilhan, les artisans sont regroupés autour d'une place. Au centre de celle-ci, la plateforme d'échanges, une halle circulaire, fourmille de passants qui prêtent à peine attention aux trois voyageurs. Ellipse, qui pousse le chariot de Najarri, s'arrête :

— Dites, vous ne voudriez pas échanger vos affaires volumineuses, pendant qu'on est là ?

— Je peux le reprendre, si tu veux, indique Najarri.

— Elle a raison, abonde Surelason. Comme prévu, nous n'avons eu aucune difficulté pour arriver jusqu'ici. Mais si nous voulons arriver en bon état à Pian Cerega, il va falloir troquer petit. D'autant que je vois que le ciel se couvre vraiment. Et pousser un chariot dans un chemin de terre détrempé, ça ne fait pas progresser très vite.

— Tu n'as pas besoin d'avoir deux sacs, par exemple, rajoute Ellipse.

— Ce sont l'hydromel et les objets en inox qui pèsent et qui prennent de la place. J'aurais peut-être dû garder le cheval ?

— Non, c'est trop contraignant, dit Surelason. Mais tu as deux sacs à dos, c'est trop : il faut que tu échanges ce que tu ne peux pas porter sans chariot. Qu'est-ce que tu penses pouvoir garder ?

Elle ouvre le sac en cordovan de l'éleveur, puis son bagage personnel.

— Je pourrais basculer mes affaires dans le grand sac. Donc je troque le petit sac, les bouteilles et l'inox. Les vêtements peuvent rester au fond. Je peux attacher le poignard quelque part ?

— Discret alors, précise Surelason.

— Qu'est-ce que j'acquiers ?

— Il pourrait y avoir des perles. Ou des bijoux, mais il ne faudra pas les mettre.

— Pas de problème, je garde les miens. J'y tiens.

— Et des épices. Si tu t'organises bien, tu peux faire le plein d'épices et de graines.

— À propos d'épices, interrompt Ellipse, j'ai faim. Et si je ne peux pas rendre service à quiconque par ici, je n'ai rien pour me payer à manger, contrairement à vous.

— Tu as poussé mon chariot toute la matinée, je t'offre le repas !

○

Alors que les nuages s'assombrissent de plus en plus, plongeant le quartier dans une semi-obscurité dont quelques lanternes s'extraient, la petite taverne, aux murs jaunes et éclairée par des lampes vives, est visible de loin. Au comptoir, situé immédiatement à l'entrée, le tavernier vante les mérites de sa bière à deux hommes avec qui il adopte un langage familier. Au milieu de la pièce, construite en longueur, un homme et une femme jouent de la cithare sur une estrade. Près du mur du fond, les trois voyageurs sont attablés, chacun autour d'une chope de

136

bière, sur l'une des nombreuses petites tables carrées qui sont alignées contre les murs pour permettre le passage. Le brouhaha ambiant couvre leurs discussions. Surelason, assis près de Najarri, remplit son rôle de garde du corps en ayant pris place près de l'allée, le regard en direction de l'entrée. Derrière eux, un groupe de trois jeunes femmes et deux jeunes hommes se serrent autour de leur table. Ils s'amusent autour d'un jeu de société. Derrière Ellipse, deux hommes âgés et larges d'épaules discutent bruyamment face à face.

— À quoi ils jouent, derrière vous ?

— C'est le jeu de la vie. Tu connais, Najarri ?

— Non ! Ça consiste en quoi ?

— Je ne sais plus trop, je n'y ai jamais joué. Je sais juste que le but est d'atteindre le temple.

— C'est un jeu d'ici, alors ? demande Ellipse.

— Oui. Ça ne t'évoque rien ?

— Bien sûr que non. Ils ont quelque chose contre les étrangers, ici ?

— Pas spécialement, pourquoi ?

— Je vais leur demander ce que c'est, dit-elle en se levant.

Surelason se redresse, surpris par l'initiative d'Ellipse. Cette dernière prend la chaise se trouvant près d'elle et l'amène près des joueurs, le dossier contre leur table. Surelason, anxieux, et Najarri, sourire aux lèvres, se retournent. Ellipse s'assied à califourchon sur la chaise, les bras croisés sur le dossier.

— Vous jouez à quoi ?

— Tu connais pas ? s'étonne une jeune femme blonde à la longue robe bleue, les mains couvertes de bagues. Tu viens de la plaine, ou tu vis dans une cave ?

Les deux jeunes hommes rigolent bêtement.

— Les deux, je viens d'une cave de la plaine ! Je m'appelle Ellipse. Vous m'expliquez ? Après je vous laisse tranquille, j'ai cassé le rythme !

— Très bien, Ellipse, dit un des deux hommes d'une voix lente, ses longs cheveux noirs raides détachés masquant la moitié de son visage. Alors, comme tu vois, c'est un jeu de plateau. Il se joue entre deux et six personnes, parfois huit ou plus si le plateau est grand. Les pions, là, chacun en a deux : un bon et un mauvais. Donc moi j'ai le cheval et le coquillage, Fegoris elle a la maison et le lézard, Traps il a le poireau et la grêle…

— C'est pas la grêle, c'est le nuage ! interrompt Traps.

— Bon, on va pas en débattre encore, mais pour moi un nuage ça ne ressemble pas à une grappe de boules !

— Tu pensais que c'était le raisin, avant ! souligne une femme aux cheveux bruns assez courts.

— Parfaitement, des fois je joue avec le raisin en bon, mais certainement pas avec le nuage !

— C'est compliqué si vous n'êtes pas d'accord sur les règles ! rigole Ellipse.

— Non, les règles ça va, reprend l'homme aux longs cheveux raides, c'est pour les pions, et l'interprétation des cases.

— Les cases ?

— Alors, comme tu vois, il y a des routes et des croisements, et toutes les cases sont illustrées. On lance le dé, on avance du nombre de points avec l'un ou l'autre de nos pions. On peut prendre le chemin qu'on veut, chacun a des avantages et des inconvénients selon le résultat qu'on fait au dé. Après, il y a des règles spéciales, comme pas plus de deux pions par case…

— Résume, j'étais en train de gagner ! s'impatiente Traps.

— Oui, donc le but est d'arriver au temple avec son bon pion, en ayant obligatoirement capturé un bon pion de l'adversaire avec son mauvais pion.

— Je vois ! Et comment on capture un bon pion ?

— En se positionnant sur sa case. Il est alors bloqué sur la case jusqu'à ce que le mauvais pion en parte. Dans cette situation, en général, le joueur qui a le bon pion capturé va poursuivre le bon pion du joueur qui l'a capturé avec son mauvais pion. Mais on peut aussi demander une alliance à un joueur qui aurait son mauvais pion plus près de celui qui a capturé le bon pion…

— Et sur certaines cases, interrompt la femme aux cheveux courts, il y a des gages. Par exemple, celui qui tombe sur la grotte doit retourner au départ, celui qui tombe sur la rivière peut rejouer, celui qui tombe sur le bateau passe son tour…

— Voilà, conclut le narrateur. Tu as compris ? Tu voudras jouer la prochaine partie ?

— Avec plaisir ! Je suis à côté, dit-elle en montrant la table où Surelason affiche une mine impressionnée.

— Super, on reprend ! lance Traps en jetant le dé. Cinq !

Ellipse se lève, reprend sa chaise, la cale contre sa table et s'assied sur celle se trouvant près du mur. Face à elle, Najarri la regarde, admirative :

— On dirait que tu es chez toi !

— C'est ce que j'étais en train de me dire, dit Surelason en portant la chope à ses lèvres. En général, quand on vient de la plaine, on est plutôt réservé ici, voire méfiant.

— Ah, c'est sûr que toi, la méfiance, ça te connaît ! Si l'eau ne sortait pas…

Elle s'interrompt, se penche vers ses comparses, et murmure à Surelason :

— Si l'eau ne sortait pas du temple, tu douterais de l'existence de la source…

— Hé bien, avec ça je crois qu'on est certains que tu as vécu longtemps à Embilhen… J'aurais dû te faire goûter l'hydromel pendant que Najarri en avait : si tu avais reconnu le goût, ça l'aurait aussi confirmé.

— On peut toujours en commander, dit Najarri.

— Oui, je suis curieuse ! J'irai en chercher dès que j'ai fini ma bière.

— Tu n'as pas les moyens, Ellipse…

— Allez, c'est pour être sûre !

— Allez, Surelason ! Plus on est sûrs de son histoire, plus la quête va avancer.

— Bon, c'est d'accord. Mais un petit verre, et un seul.

— Parfait ! Et pourquoi l'hydromel ça confirme que j'ai vécu ici, d'ailleurs ?

— Parce qu'on n'en produit pas sur la plaine. Les abeilles servent à produire du miel, ce qui est bon pour nous, et à polliniser la flore, ce qui est bon pour la nature. Elles ne servent pas à créer une boisson qui fait perdre le contrôle de soi.

— Mais tu m'as dit qu'à Mugnan Mautinou ils produisaient du rhum.

— À la base, c'est pour la métropole. Bon, j'avoue, ils ne sont pas très clairs par là-bas, ils en produisent aussi pour eux, mais c'est un peu la cité du vice…

— Et si je reconnais le goût du rhum, ça veut dire que j'ai été soit ici, soit à Mugnan ?

— Ça n'avancera pas à grand-chose : si tu as fait le tour du continent avec tes sbires, tu peux reconnaître tout ce qui existe sur la plaine. Ce sont les spécificités d'Embilhen qu'il était intéressant de vérifier, vu que tu n'étais pas sensée y avoir été. D'où l'hydromel.

— Qu'est-ce que tu aimes boire, toi ? demande Najarri.

— En général, j'évite. Je me contente des alcools peu forts, comme la bière. Et toi ?

— J'avoue que j'ai bien aimé découvrir le rhum, l'une des rares fois où je suis venue sur le plateau.

— Il faudra que je me remémore le goût, alors ! rigole Ellipse.

— On se calme, tempère Surelason.

— Allez, on peut bien faire des choses qui changent un peu !

— Oui, mais pas jusqu'à perdre le contrôle. Nous ne sommes pas ici en touristes.

— C'est bon, rétorque Najarri, elle peut y aller : c'est toi qui a les clefs de la chambre.

— Oui, et tant que l'un de nous se rappelle où c'est, pas de problème !

— Tiens, lance Najarri en fouillant dans un petit sac en toile sur ses genoux, tout à l'heure j'ai payé avec de la lavande. Il acceptera sans doute encore.

— Merci, répond Ellipse avant de finir sa chope de bière d'une traite, se remplissant la bouche et avalant en plusieurs fois. Allez, l'heure de vérité !

Lorsqu'elle revient avec son verre, la chope de Surelason est encore à moitié pleine, tandis que celle de Najarri est presque vide.

— J'espère que cette fois tu ne vas pas tout engloutir d'une traite, dit Surelason. L'hydromel, ça se déguste !

Elle s'assied sans dire un mot, un sourire aux lèvres. Elle sent l'odeur douce et sucrée du contenu de son verre, et se redresse, essayant d'avoir l'air solennelle. Lorsqu'elle boit une gorgée, elle lève les sourcils.

— Ah oui ! s'exclame Najarri. Elle connaît !

— Ça se voit tant que ça ?

— Aucun doute possible, ajoute Surelason. Ce qui pourrait être intéressant, serait que tu reconnaisses des quartiers qu'on traversera par la suite. Que tu y retrouves des automatismes.

— Donc je suis chez moi ! Bienvenue à vous deux, alors !

À la table voisine, les jeunes s'enflamment. Traps se met debout, levant les bras. Il regarde alors Ellipse, et l'invite à les rejoindre. Ellipse montre son verre et lève le pouce en guise d'approbation. Elle vide son verre sans se presser. Par un geste de la tête, elle invite ses comparses à l'accompagner, mais ils déclinent sa proposition. Elle hausse les épaules, et rejoint le groupe de joueurs.

●

Étalée sur le petit matelas, couchée sur le côté comme si elle y avait été jetée et qu'elle n'avait pas bougé de la nuit, elle sent des doigts qui lui chatouillent les pieds. Elle bouge les jambes pour les chasser en grommelant, et ressent un terrible mal de crâne. Elle réalise qu'il ne s'agit pas du même mal de crâne que celui qui l'avait frappée à son réveil dans la cabane du pêcheur. Elle a l'impression que son cerveau est embrumé. Elle entend Najarri qui lui demande si ça va en chuchotant à son oreille, mais elle ne peut répondre qu'en grognant. Lorsque Najarri dégage ses cheveux de son visage, elle plisse les yeux devant l'augmentation pourtant faible de la luminosité, et se met sur le dos. Elle entend la pluie qui tombe dehors.

— J'ai mal à la tête…

— Évidemment ! Comment tu t'appelles ?

— Ellipse…

— Tu ne te rappelles pas qui tu es ?

— Non, toujours pas… Mais c'était pas le but de…

Elle ouvre un œil :

— …qu'est-ce que je fais là, d'ailleurs ?

— Tu sais où on est ?

— Hmm… À l'auberge où on a déposé nos affaires hier… avant d'aller à la taverne ?

— C'est ça ! Ça a l'air d'aller.

— Tu parles… Il est où le bourreau ?

— Le bourreau ?

— Surelason…

— Il est parti nous chercher des imperméables.

Au moment où elle termine sa phrase, la porte de la chambre, dont les trois couchages utilisent presque toute la surface, s'ouvre.

— Elle est réveillée ?

— Oui, tout juste !

Surelason exhibe deux capes marron en toile épaisse pourvues d'une capuche. Il en porte une troisième.

— Bon, on peut y aller.

— Attends, elle est fatiguée !

— Elle l'a cherché ! Elle se remémore de quelque chose sur son passé ?

143

— Non.

— Non… réagit Ellipse.

— Tant pis, dit Surelason.

— Il s'est passé quoi, hier soir… ?

— Tu veux dire, à la taverne ? demande Najarri.

— Hmm… Je me souviens pas être revenue ici…

— Vu ton état, c'est pas étonnant ! rigole Surelason.

— De quoi tu te rappelles ? reprend Najarri.

— Je suis allée jouer avec les petits jeunes… Je dis ça comme si j'étais vieille…

Elle essaie de se redresser, et ouvre l'autre œil.

— Et heu… Il pleut des canaux, dehors, non ?

— Des canaux ? s'interroge Surelason. Encore une expression d'ici… Bref, oui, il pleut fort, mais je suis allé acheter des vêtements de pluie.

— Et ensuite, Ellipse ? reprend Najarri.

— Il y a ce type, Traps… Il est venu s'asseoir à côté de moi quand on a commencé à jouer… Qu'est-ce qu'il m'a fait boire, déjà… ?

— On n'a pas tout suivi avec Surelason, mais vous vous êtes tous saoulés, effectivement.

— Aha ? Hmm… Je ne sais pas si j'ai gagné au jeu…

— Et c'est tout ?

— Je sais pas trop… Je suis allée jouer, et après… Je me souviens pas… Je me suis endormie là-bas ?

— Il y avait cette fille à la robe bleue qui faisait des aller-retours entre votre table et le comptoir, mais je ne sais pas ce qu'elle vous ramenait. Surelason vous tournait le dos, moi je m'étais mise à la place que tu occupais avant d'aller jouer, donc je voyais bien que tu buvais un peu trop, mais comme je ne savais pas ce que c'était, je ne pouvais pas savoir.

— Hmm... Et après ?

— Ce jeune homme châtain se montrait assez tactile avec toi, je trouve. Tu ne réagissais pas, mais tu ne le repoussais pas non plus. À un moment, il a passé son bras autour de toi, et tu t'es laissée tomber contre lui, et tu t'es endormie. Il n'arrivait pas à te réveiller, alors il s'est retourné vers nous, mais personne n'arrivait à te réveiller, alors avec Surelason on t'a portée jusqu'ici.

— Et ça fait un moment qu'on devrait être partis, rajoute Surelason. C'est la dernière fois qu'on perd du temps dans une taverne.

— Ça va... Ça va... On n'est pas pressés... Tu m'as bien attendu un jour de plus quand j'étais chez l'ermite...

— Quel ermite ?

— Laisse tomber...

— Tu as rencontré un ermite ? demande Najarri.

— Je me sens trop mal...

— On a fait le point avec Najarri sur la suite des événements. Je te mets au courant ?

— Pas maintenant... J'ai trop soif...

— Ça tombe bien, je t'ai préparé une boisson à base d'écorce de saule. Tu sais pourquoi ?

— Ça soulage les maux de tête... ?

— Oui ! Tu le savais ?

— Disons que je trouve ça plutôt opportun... Donc on va dire que oui...

— Ah, félicitations, ironise Surelason. Non seulement tu es une pirate, mais en plus tu es habituée des beuveries.

145

— Je suis chez moi, je vis comme je veux…

— Tu es investie d'une mission, tu ne fais pas comme tu veux.

Elle se tourne vers Najarri.

— C'est moi ou il est déjà fatigant… ?

○

Abrités sous une cabane en bois, ils se satisfont de légumes et de pain qu'ils ont échangés contre un transport de matériel agricole, son bénéficiaire étant ravi de pouvoir rester à l'écart des gouttes. Surelason prend la parole :

— J'aimerais te mettre au courant de ce qu'on va faire, Ellipse.

— J'écoute.

— La maison de ma sœur est à une journée et demi d'ici. Je voulais arriver plus tôt chez elle, mais comme tu nous as retardés, on n'y sera que le soir.

Ellipse lève les yeux au ciel.

— Najarri a donc proposé que j'y reste une journée, pendant que vous allez à la bibliothèque de Mendolorac pour demander s'ils ont des registres, en savoir davantage sur ton histoire, et peut-être nous trouver des pistes intéressantes pour la mission. Je vous rejoindrai ensuite.

— Donc on passe une nuit sans toi ? Quelle excellente nouvelle.

— Un peu de respect, je ne suis pas obligé de t'inviter chez ma sœur.

— Et comment on trouvera la bibliothèque ?

— Vous irez en hippotaxi. De toute façon je n'y suis jamais allé non plus, je ne connais pas le chemin au-delà de Repian, le quartier de mes frères et sœur. Ça coûtera des perles, mais ça sera plus sûr.

— Tu vas nous donner tes perles ? intervient Najarri.

— C'est une façon de parler. Bref, une fois regroupés à Mendolorac, on pourra se diriger vers Pian Cerega pour rencontrer des dissidents. À moins que les informations que vous trouvez nous suggèrent une autre direction.

— Ça me va, indique Ellipse. Et là, on est où ?

— On vient d'entrer dans le quartier Oprigian, entre Tomilhan et Templevue. On va bifurquer vers le nord pour rejoindre Repian. Ça nous permettra par la même occasion de contourner Templevue, où les voyageurs sont rares car l'entrée est filtrée. Tant que nous pouvons rester discrets, restons discrets.

— La discrétion, c'est triste ! se lamente Ellipse. Il y a plein de gens ici, je veux prendre le temps de discuter avec eux comme hier soir !

— Si c'est pour que ça se termine pareil, concentre-toi plutôt sur la mission.

— Donc tu ne seras pas sur mon dos à la bibliothèque ?

— Pas le premier jour, non. Mais pas de bêtises.

— J'ai promis à Surelason de te surveiller un peu, annonce Najarri, l'air espiègle. Je serai ton garde du corps !

À cet instant, un homme au dos courbé entre dans la cabane. Pieds nus, il porte une cape de pluie similaire à celles obtenues par Surelason, mais descendant jusqu'aux mollets. Il ôte sa capuche et salue les voyageurs d'un signe de la tête en souriant, et s'assied à côté d'Ellipse. Sans un mot, il ouvre une besace en cuir en bandoulière entre sa cape et une robe en chanvre

147

boutonnée jusqu'au cou, et en extrait une petite bouteille opaque.
Ellipse ose :

— Qu'est-ce que c'est ?

L'homme la regarde avec méfiance.

— Eau-de-vie, dit-il avant de boire une gorgée.

— Je peux sentir ?

L'homme semble perturbé par l'aplomb de sa voisine.
Surelason intervient :

— Vu ton état, tu risques de le regretter.

L'homme jette un furtif regard à Surelason, puis tend la
bouteille à Ellipse. Elle respire au-dessus de la bouteille, et
grimace en éloignant sa tête du goulot. L'homme rit, et boit une
seconde gorgée.

— Je ne reconnais pas ce que c'est. Vous avez mis plusieurs
fruits.

— Connaisseuse… Raisin, prune, pomme, patate, et un
ingrédient secret.

Surelason se lève.

— Il va falloir qu'on y aille, Ellipse…

— Attends !

Elle s'adresse à l'homme.

— C'est quoi l'ingrédient secret ?

— Si je vous le dis, alors ça n'est plus un secret !

— On peut en trouver sur la route entre ici et Repian ?

— Ellipse ! s'agace Surelason.

— Vous allez à Repian ?

— Oui, répond Ellipse en se levant.

— Vous savez où dormir sur la route ?

— Pas encore.

— Alors vous pourrez vous rendre chez Xammo, c'est juste avant de sortir d'Oprigian. Vous lui direz que vous venez de la part de l'alchimiste, et il vous accueillera bien.

Il ricane tout seul. Surelason et Najarri sont déjà sortis de l'abri.

— C'est noté, merci ! J'aurais bien goûté votre boisson mais j'ai un peu mal au crâne… Portez-vous bien !

— Vous aussi !

Elle remet sa capuche, affronte Surelason du regard, et rejoint le chemin, attendue par Najarri.

○

La maison de Xammo n'était pas difficile à trouver. Tous les passants questionnés la connaissaient. Située non loin du massif boisé annonçant la limite entre les deux quartiers, face à un petit moulin, elle est un étrange mélange entre une distillerie et une brocante. Pourtant assez grande, la plupart des pièces sont encombrées par des objets de toutes sortes, sans doute acquis grâce à son activité. L'homme, assez âgé, porte un pantalon en lin blanc taché de toutes parts, ainsi qu'une chemise marron ouverte sur plusieurs colliers. Il n'a pas le moindre cheveu sur le crâne, mais une fine barbiche est taillée au niveau de son menton. Assez méfiant dans un premier temps, son visage s'est illuminé à l'évocation de l'alchimiste, dont Ellipse lui a raconté la rencontre. Les couchages, gracieusement offerts, sont disposés dans la cuisine, seule pièce avec assez d'espace disponible pour trois personnes. Ellipse se demande s'ils sont imprégnés d'une odeur d'alcool, ou si c'est l'odeur générale de la pièce, ou si c'est le goût de l'eau-de-vie de Xammo qui lui reste. Breuvage qu'elle

149

a ingurgité au grand dam de Surelason, qui ne s'est pourtant pas privé d'en déguster une gorgée. Malgré que la pluie ait cessé, Xammo n'a pas compris pourquoi ses invités ont demandé l'autorisation de dormir la fenêtre ouverte, compte tenu de la fraîcheur et de l'humidité extérieures. Bien qu'elle ait froid, notamment parce qu'elle est la plus proche de la fenêtre, Ellipse n'est pas mécontente de respirer l'air du dehors, plus pur. Alors que ses compagnons de route semblent endormis, elle se demande si elle ne s'est pas découvert un problème d'addiction à l'alcool. Est-elle réjouie à l'idée de boire un verre pour la découverte, ou la redécouverte, de certaines saveurs qu'elle avait oubliées ? N'est-elle pas un peu trop enthousiaste lorsqu'il s'agit d'alcool ? Est-ce le vice qui l'attire, comme lorsqu'elle a rencontré le vendeur de rapadura ? Est-elle naturellement attirée par le mal, ou est-ce à cause de son éducation, ou de son expérience en piraterie ? Est-ce vraiment mal ou est-ce encore une histoire de dogme ? Ses questions sans réponse la plongent dans un sommeil agité.

●

La rosée matinale scintille sous le soleil qui parvient un court instant à percer les nombreux nuages. Ellipse, fatiguée après une nuit éprouvante, réveillée trop tôt par le chant du coq après avoir été dérangée par un rat, aimerait se rouler dans l'herbe bordant la bande forestière. Il fait frais, mais elle trouve l'endroit féerique. Elle pense à se coucher dans cette herbe, pour s'y reposer cachée. Elle s'immobilise à la lisière et y pose son sac, l'imperméable attaché dessus, pendant que ses accompagnateurs poursuivent leur chemin au milieu des hêtres. Alors qu'elle respire profondément en fermant les yeux, Najarri se retourne et s'arrête pour l'attendre. En les ouvrant, elle fait signe à Najarri de s'approcher. Le temps qu'elle la rejoigne, Ellipse a déjà enlevé ses chaussures.

Les deux femmes, pieds nus dans l'herbe qui leur caresse les genoux, se tiennent par les mains en tournant sur elles-mêmes, avant de se laisser tomber en riant. Ellipse reprend ses esprits et se roule sur le sol, ignorant la température, tandis que Najarri essaie de se relever. À cet instant, Surelason, revenu sur ses pas, se racle ostensiblement la gorge. Najarri remet ses chaussures :

— Oui, on arrive ! Tu as tort de ne pas nous imiter !

— Je suis fatiguée, dit Ellipse en se redressant, j'avais besoin de décompresser un peu…

— Tes vêtements ne vont pas sécher de la journée, lance Surelason d'un air dépité. Tu vas attraper froid.

— Ma robe sent l'alcool, de toute façon, il faut que je me change. Mes cheveux aussi, j'ai l'impression… Ça existe, un endroit où on peut prendre un bain chaud ?

— Tiens, bonne question : à ton avis ?

— Je n'en ai aucune idée, mais c'est tellement bien organisé ici, je suis sûre que ça existe.

— Je crois bien que ça existe, oui. Je ne sais absolument pas où il y en a, mais ma sœur m'en a déjà parlé. D'ailleurs, ça serait bien d'arriver propres chez elle…

— C'est pas que ça me dérange de me laver à l'eau froide, mais quand il y a du soleil c'est mieux…

— Ah oui ! s'exclame Najarri. Il a déjà disparu !

— Dans ce cas, au risque de me répéter et de jouer au rabat-joie, dépêchez-vous. Je ne voudrais pas que nous soyons obligés de dormir à quelques encablures de chez ma sœur.

○

L'indication donnée par une cavalière qu'ils ont rencontrée le midi s'est avérée exacte. La petite bâtisse au toit sphérique comporte deux entrées : l'une descend vers le foyer, l'autre monte vers trois bassins en pierre chauffés par l'étage inférieur. Ellipse profite de l'instant pour évacuer ses tensions et les pensées mélancoliques qui la hantent sporadiquement, s'immergeant entièrement, toujours vêtue de sa robe, puis se laissant flotter avant de se redresser pour se rasseoir sur le rebord. Un homme au visage rond et une femme aux grands yeux se trouvent dans un bassin voisin. Tous profitent du calme du lieu. En les observant, Ellipse remarque leur tenue. Tous ne sont vêtus que d'une culotte. Mais pourquoi ? Pourquoi les êtres humains son-ils les seuls êtres vivants à ne pas être à l'aise publiquement dévêtus ? Qui a inventé la pudeur ? Pourquoi ne pas cacher aussi le torse ou les cheveux ? Comment ferait-on dans un autre lieu, où les vestiaires individuels ne seraient pas de coutume ? Peut-elle prétexter la pudeur pour garder sa robe, alors qu'elle souhaite simplement cacher son tatouage de crâne à des personnes qu'elle ne connaît pas ? Najarri et Surelason commencent à discuter en murmurant, mais elle les ignore.

○

Les nuages n'ont pas bougé de la journée. Ellipse se demande même s'ils n'ont pas parcouru moins de distance qu'elle. En conséquence, comme Surelason l'avait prédit, les vêtements étaient toujours humides lorsqu'elle les a étendus dans la salle de bains de sa sœur. Son accueil était cordial, mais Ellipse a bien remarqué qu'elle semblait assez embarrassée d'avoir des invités imprévus, et surtout inconnus. Au contraire, le frère de Surelason, sa compagne et leur petite fille semblaient ravis. Pendant le dîner, Ellipse n'a pas pu s'empêcher de penser à la relation conflictuelle qu'elle entretient avec l'homme qui l'a agressée, mais qui la guide au quotidien dans sa nouvelle vie. Elle avait parfois envie de leur dire que leur frère a essayé de l'étrangler. Mais à quoi bon ? Quelle dignité aurait-elle à dévoiler la part sombre d'un individu dont les proches sont simplement heureux de le voir ? Est-il utile de saper une entente familiale pour défendre des valeurs humaines ? Est-on tributaires des mauvais agissements de sa famille ? Qu'en est-il d'elle-même, a-t-elle une famille quelque part ? Quel est le rôle d'une famille dans une vie ? Dans la petite chambre d'invités, qui sert habituellement à leurs parents et que Surelason a généreusement laissé aux deux femmes, préférant un couchage sommaire au pied du lit de sa sœur, Ellipse rêvasse. Allongée sur le lit en bois sculpté, entre de délicats draps blancs et un oreiller à la taie brodée d'un aigle, elle croise les mains derrière la tête et fixe le plafond. Najarri, vêtue de la longue chemise grise qu'elle utilise pour dormir confortablement, vient se coucher près d'elle.

— À quoi tu penses ?

Elle prend un temps de réponse.

— C'est personnel.

— Tu peux bien me le dire, on partage le même lit maintenant !

— Je ne sais pas si tu as envie de l'entendre.

— Pourquoi ?

— Ça pourrait réveiller ta rancœur envers moi.

Najarri réfléchit.

— C'est le contexte familial ?

— Oui.

— Qu'est-ce que tu ressens ?

— Je ne sais pas. Je me demande si j'ai une famille. Ou si, avant d'être une pirate, j'en ai eu une.

Najarri, pensant à la sienne disparue, ne répond pas. Ellipse reprend :

— Je n'ai pas totalement réalisé quand tu m'as parlé de ce qui était arrivée à la tienne, parce que je ne pouvais pas me rendre compte de ce que c'est. Mais ce soir, j'ai eu un aperçu des liens forts qu'il pouvait y avoir entre Surelason, sa sœur et son frère. Dans leur manière de parler, de se regarder.

— C'est bien. Peut-être qu'un jour tu comprendras à quel point c'est dur, et à quel point il est parfois difficile de rester positive et de passer à autre chose.

— Désolée, je n'aurais pas dû t'en parler…

— C'est moi qui t'ai demandé. Je n'aurais pas dû être indiscrète. Mais je ne veux pas que tu m'en dises davantage. J'apprécie beaucoup celle que tu es devenue, Ellipse. Je voudrais que ça reste comme ça.

●

La pluie fine qui tombe depuis qu'elles ont quitté Surelason et sa famille rafraîchit son visage. L'option la plus économique, l'hippotaxi biplace dépourvu de toit, est nettement plus rapide que leur rythme de marche, et c'est tout ce qui importe. L'inconfort procuré par les revêtements variés du sol, ainsi que la conduite parfois dangereuse du cocher, caché sous la capuche d'un épais manteau grisâtre qui descend presque jusqu'à ses pieds, sont atténués par l'excitation d'Ellipse à la perspective de peut-être pouvoir comprendre une partie de son histoire. Elle essaie de se persuader que même si elle trouve des réponses, elle poursuivra sa mission. Qu'elle restera la même personne qu'aujourd'hui : curieuse, rêveuse, sociable et bienveillante. Ou du moins, celle qu'elle pense être. Elle ne sait pas si elle doit espérer réussir ou échouer à trouver des réponses.

Le quartier Mendolorac semble beaucoup plus huppé et peuplé que tous ceux qu'elle a traversés jusqu'ici. La bibliothèque, exactement au centre du quartier, est le bâtiment le plus large qu'elle ait jamais vu depuis son départ de Taunarga. Conçu en forme de fer à cheval, sa cour intérieure s'ouvre sur une longue avenue presque plane, bordée de part et d'autre d'une rangée d'arbres variés et d'un canal. Au bout de celle-ci, le temple. Ellipse, debout entre les deux entrées de la bibliothèque, le contemple, à peine perturbée par les personnes et les chevaux qui passent devant elle. Il semble gigantesque et majestueux. Ses multiples étages, de plus en plus étroits, lui donnent le profil d'un escalier montant vers le sommet du plateau, puis redescendant immédiatement. Au loin, on croirait une ruche géante. Cette architecture pyramidale lui semble familière, sans qu'elle sache pourquoi. Elle suppose qu'elle est déjà venue ici. Sans doute à l'occasion d'une fête du temple. Elle se demande à quoi peut bien ressembler cette fête. Et comment le jour de cet événement est fixé parmi les autres jours de l'année.

À l'intérieur de la bibliothèque, les épais murs confèrent à chaque pièce un silence parfait. Les nombreuses salles, de tailles très variables, sont presque toutes meublées de la même façon : des étagères de livres, des sièges confortables et quelques tables. Des peintures accrochées aux murs, des plantes. L'étage du milieu est en grande partie réservée aux bureaux individuels permettant d'étudier certains ouvrages. Najarri et Ellipse entrent dans l'un d'eux, qu'une dame âgée leur a indiqués. Quatre chaises sont éparpillées contre les murs de la pièce, une table en bois rudimentaire prenant presque toute la place au milieu. Sur celle-ci, un bol contient quelques craies. Un tableau en ardoise trône au fond de la pièce. Une petite fenêtre donne sur la cour et sur l'autre partie de l'imposant bâtiment. Avant de fermer la porte, Najarri accroche à la poignée extérieure un pompon rouge indiquant que la pièce est occupée. Ellipse, une craie à la main et face au tableau, l'autre main sur la hanche, prend un ton déterminé.

— Bon, qu'est-ce qu'on cherche ?

— Tu sais écrire ?

Ellipse regarde Najarri, puis le tableau.

— Bonne question…

Après un moment d'hésitation, elle pose la craie sur l'ardoise. Elle réfléchit, puis trace d'une écriture claire : « pirates : histoire, culture ».

— Ah oui, tu es vraiment d'ici, constate Najarri.

— À quoi tu le vois ?

— Tu écris admirablement bien.

— Pas toi ?

— Pas comme ça. Chez nous, sur la plaine, on nous apprend les bases de la lecture et de l'écriture, pour ne pas être perdus si on doit aller sur le plateau, et pour se débrouiller dans les échanges quotidiens. Ceux qui sont intéressés peuvent se perfectionner, mais ce n'est pas obligatoire, contrairement à ici. Toi, tu as vraiment une belle écriture, tu as sans doute travaillé dessus plusieurs années.

— Si tu le dis… Et tu lis bien ?

— Plutôt.

— Tant mieux, on sera plus efficaces ! Alors : on cherche des informations sur les pirates. Quoi d'autre ?

— Peut-être qu'il y aura des récits de victimes, ou d'anciens membres repentis…

— J'irai voir.

— Tu peux trouver des livres sur l'amnésie.

— Pourquoi pas, dit-elle en notant. Ensuite, des livres sur la Maison Mère : ses missions, ses membres, comment elle a été créée… Ça doit bien exister. Pour savoir pourquoi ça ne l'intéresse pas.

— Et sur l'organisation de la métropole, aussi. Les quartiers, les travaux, comment ils font pour être auto-suffisants alors qu'ils sont si nombreux…

— Oui, mais ça ne sera pas prioritaire. Dans ce cas je consulterais bien un livre sur notre histoire à tous. Je veux dire, celle du continent. La genèse de la civilisation.

— On est arrivés par les mers, mais on ne sait pas d'où.

— Quoi ?

— Surelason ne t'a pas raconté ?

— Non, et j'avoue que j'avais des questions un peu plus pratiques. On est arrivés par la mer ?

— C'est ce qu'on nous apprend. Je ne sais pas si c'est aussi la version des métropolitains.

— Tu m'expliques, rapidement ?

— Oui. Quatre peuples, qui ne se connaissaient pas, ont débarqué à quatre endroits différents du continent. En se développant et en voyageant, ils se seraient tous rencontrés, et ils se seraient tous racontés qu'ils sont arrivés par la mer, sur des bateaux plus ou moins grands selon le peuple, chacun en provenance d'un continent lointain devenu invivable. Au fur et à mesure, les peuples se sont mélangés, et l'une de ces personnes a créé Embilhen. J'irai chercher un livre pour me remémorer les détails, si tu veux. Et je te raconterai brièvement.

— Je veux bien oui. Et on vous apprend ça ?

— Oui, c'est important de savoir d'où on vient. C'est pour ça que je comprends un peu pourquoi tu tiens tant à savoir qui tu étais avant ton amnésie. Et je suis sûre que ça pourrait t'aider, si tu en apprenais un peu plus sur l'histoire de la civilisation.

○

Ellipse et Najarri sont assises à la table, sur laquelle est posée une pile de livres de qualités et de tailles diverses. Ellipse referme un petit livre à la couverture en papier épais.

— Aucune chance.

— Pour ton amnésie ?

— Oui.

— Tu es sûre ? Tu n'as pas eu le temps de tout lire.

— J'ai lu les résumés des témoignages, quelques livres médicaux. Ça doit faire au moins quinze jours que j'ai eu le choc. C'est tard, et personne ne me connaît assez pour m'aider à retrouver la mémoire. Il y a des cas qui ne ressemblent pas au mien. Bref, il va falloir trouver les pirates pour que j'obtienne des réponses.

— Il n'y a pas de techniques curatives ?

— Certaines sont contestées car aléatoires, d'autres sont contraignantes… Et mon cas ne ressemble à aucun autre. Par exemple, je ne suis pas sensée savoir écrire. Ou encore, les goûts et les odeurs sont sensés réveiller des souvenirs. Mais ce n'est pas le cas pour moi. Je retrouve tous mes automatismes, mais je ne les relie à rien.

— Je suis désolée pour toi, Ellipse…

— Parle-moi de la genèse de notre civilisation, plutôt.

Najarri montre un grand livre à la couverture en cuir vert foncé et aux pages écornées.

— C'est celui-ci. Le livre est divisé en quatre, et raconte l'histoire de chaque peuple.

— D'accord.

— Le premier, ce sont les Précurseurs. Aujourd'hui, la plupart des personnes qui en sont totalement ou partiellement issues perpétuent une vieille tradition, qui est de choisir un nouveau nom quand ils sont adultes. C'est-à-dire quand d'autres membres de leur communauté estiment qu'ils sont assez matures et élevés spirituellement.

— Ah oui : Ravive-le-feu, Face-de-craie, Cueille-des-pierres…

— C'est ça !

159

— Ravive-le-feu, c'est un maître d'armes à Thymrouge, il m'a surnommée Robe-de-soirée. Curieux, non ?

— Ça te va très bien ! dit Najarri en riant.

— Et ils ont débarqué où ?

— Dans les marais ! Ils se sont établis à Frejar Gosc Pezilhan. C'est un petit village maintenant, mais c'est le plus vieux du continent. C'est près de Mugnan Mautinou.

— Je vois.

— Ils ont voyagé un peu vers le nord en longeant la côte est, et ils ont rencontré un deuxième peuple, les Forgerons, qui a débarqué à plusieurs endroits entre les îles et les montagnes.

— Les Forgerons ?

— Ils avaient des technologies assez avancées pour l'époque. Ils ont créé Aptou et Harnapagou. Certains sont descendus par bateau vers le sud, où ils ont rencontré les Précurseurs, et d'autres ont contourné les montagnes, où ils ont rencontré les Sentinelles.

— Les Sentinelles… Vu le nom, je parie que Surelason en descend.

— J'ai bien l'impression que oui ! Ils ne sont pas très fiers de ce nom… Ils sont arrivés dans une baie, et ils ont fondé les deux grandes villes du nord-ouest.

— D'accord. Et le dernier peuple ?

— Le dernier, c'est le plus nombreux. C'est celui qui est parti à la rencontre de tous les autres, dont je suis principalement issue, et toi aussi je pense. Ce sont les Chercheurs. Ils ont débarqué dans le delta au sud pour construire Turia. On dit que leur bateau est le plus grand ayant jamais navigué, et qu'il a été désossé pour construire les premières cabanes. Et un jour, comme Turia devenait de plus en plus étendue et peuplée, l'un des Chercheurs a décidé d'explorer le plateau, ce qui n'avait jamais été fait parce que c'est trop loin de la mer. Il voulait y construire une nouvelle ville, plus centrale par rapport au continent. Il y a trouvé une source incroyable en plein centre, et il a fait construire un temple autour comme base de sa nouvelle ville, qu'il a appelée par son nom.

— Ah, je vois ! J'ai croisé ce nom en feuilletant le livre sur l'histoire de Pian Cerega : Embilhen de Turia...

— Voilà, tu comprends mieux maintenant !

○

À quelques encablures de la bibliothèque, l'immeuble qu'une femme taciturne leur a indiqué est massif et terne, tranchant avec le dîner léger et coloré qu'elles viennent d'avaler. Le couloir de leur étage est sombre, chaque extrémité étant occupée par des points d'eau et des sanitaires. Les épaisses portes des logements sont strictement identiques, à l'exception de fantaisies grossièrement gravées dans le bois de chacune d'entre elles. Derrière un motif de sapin, leur chambre est minuscule et fraîche. Les contours de la fenêtre sont humides, mais les couvertures semblent bien isolantes et de bonne qualité. Le matelas double posé sur une planche en bois et les imposants coussins sont usés, mais propres. Ellipse rejoint Najarri, blottie sous les couvertures :

— On va finir par s'habituer à dormir ensemble.

— Oui ! Tu n'as pas trop froid ? Je vois que tu as mis ton chandail...

— Je suis gelée. Une douche froide dans une pièce humide, avec un temps humide dehors, c'est pas la joie...

— Laisse-moi te prêter ma chemise. Elle est bien plus chaude que ta robe.

— Ne te découvre pas, je vais me réchauffer petit à petit.

— Alors viens dans mes bras. C'est la chaleur du corps qui réchauffe le plus efficacement. Après ça ira mieux.

Najarri passe un bras et une jambe autour d'Ellipse, sur le dos, qui se laisse enlacer. Les visages très proches l'un de l'autre, leurs voix sont douces.

— Ce soir j'ai découvert quelque chose, Ellipse. Un secret à toi.

— Quoi ? dit Ellipse en écarquillant les yeux, tournant la tête vers le visage de Najarri.

— Je l'ai vu quand tu te changeais.

Ellipse se raidit. Najarri la caresse pour la détendre.

— Si ça te dérange d'en parler, tu n'es pas obligée.

— De quoi tu parles ?

— Le crâne que tu as sur l'omoplate.

Ellipse regarde à la fenêtre, à l'opposé de Najarri. Les lueurs de quelques lampadaires fendent la nuit noire. Elle se tourne légèrement vers Najarri, qui la fixe avec bienveillance, attendant sa réaction. Ellipse murmure :

— Tu en as déjà vu comme ça ?

— Non. Qu'est-ce qu'il signifie ?

— J'aimerais bien le savoir. Peut-être un signe d'appartenance aux pirates, de la même manière qu'ici ils pourraient se faire tatouer un temple…

— Tu as cherché à la bibliothèque ?

— Oui. J'ai trouvé quelques livres sur les arts corporels. Mais rien sur celui-ci précisément.

— C'est peut-être un signe distinctif propre aux pirates…

— C'est ce que je me dis aussi. C'est pour ça que je ne veux pas trop en parler.

— C'est pour ça que tu prenais ton bain chaud en robe hier après-midi… Tu avais peur qu'on le voie…

— C'est ça, dit Ellipse en baissant les yeux.

— Tu sais, je ne t'en veux plus vraiment. J'apprends à te connaître, et tu n'as rien à voir avec eux.

— J'apprends à me connaître en même temps que toi, sourit Ellipse.

— Ce voyage me donne vraiment l'occasion de tourner la page, et je suis contente d'être accompagnée par quelqu'un comme toi, qui a vécu un traumatisme important il y a quelques jours.

— Je suis désolée d'avoir un passé qui te rend méfiante à mon égard. J'espère que tu finiras par me faire confiance.

— Je te fais confiance, Ellipse. J'aimerais que tu me fasses confiance aussi.

Najarri sourit alors qu'elles se fixent. Ellipse se tourne sur le côté vers Najarri.

— Je te fais confiance aussi. Ce n'est pas toi la méchante de l'histoire.

— Ne dis pas ça. Je suis persuadée que tu n'as plus rien à voir avec ta personnalité antérieure.

— J'ai quand même des réflexes qui font peur…

— Oui, mais maintenant tu t'en sers pour être bienveillante.

— Je n'ai pas envie de réveiller le monstre qui sommeille en moi.

— Il ne sommeille pas, il a disparu.

— À ta place je ne sais pas si j'aurais réchauffé une pirate, sourit-elle.

— N'y pense pas. Au moins pour ce soir.

— Tu es trop gentille avec moi.

— Tais-toi.

Najarri embrasse Ellipse. Surprise, elle se laisse porter par l'affection de sa partenaire, qui glisse ses mains sous son chandail avec douceur.

●

Le soleil perce à travers les nuages. Le vent commence à se lever au fur et à mesure que la journée s'avance. Assis sur un banc devant la bibliothèque, de sorte à voir les deux entrées, Surelason mange une poire lorsqu'elles l'aperçoivent en sortant. Il semble reposé et de bonne humeur. Il leur fait un signe de la main en souriant lorsqu'elles franchissent le seuil d'une des portes. Najarri affiche un grand sourire en retour ; Ellipse reste de marbre.

— Bonsoir, mesdames. Je cherche des compagnons de voyage pour sauver le monde.

— Bonsoir monsieur, répond Najarri. Nous cherchons un guide pour sauver le monde !

— Tout va bien ?

— Pas si mal ! Et toi ?

— Content d'avoir retrouvé la famille. Comment se sont passées ces recherches ?

— On n'a pas fini ! On a réservé un casier pour demain. Il ne reste plus beaucoup de livres à éplucher.

— On va dans une taverne pour en parler ? interrompt Ellipse.

— Bonne idée, un endroit plus privé.

— On peut retourner à la bibliothèque avant qu'elle ferme, il y a des salles libres ! annonce Najarri. Tu y es déjà allé, Surelason ?

— Jamais. Mais on pourrait plutôt y aller demain. Vous avez logé où, hier soir ?

— Dans un immeuble pas très loin d'ici.

— Un immeuble humide, rajoute Ellipse.

— Oui ! À l'entrée, c'est une grande cantine avec beaucoup plus de tables que de personnes. Si on se met dans un coin, personne ne nous entendra.

— Ça me va.

La pièce unique du rez-de-chaussée de l'immeuble est froide. Ses innombrables piliers en bois donnent l'impression de se trouver dans une forêt d'intérieur. Parsemée de tables et de chaises, dont peu sont occupées, la salle est malgré tout assez lumineuse, grâce à ses nombreuses fenêtres. L'imposante porte d'entrée fait face au comptoir qui sépare la cuisine du reste. De part et d'autre de celui-ci, deux larges portes sur lesquelles des échelles sont gravées, indiquant qu'il s'agit des accès aux étages. Les voyageurs s'attablent dans un coin, Najarri et Surelason dos au mur et Ellipse face à Najarri. Devant eux, le plat du jour : faisan rôti aux haricots en sauce. Surelason ne semble pas ravi :

— Pour le coup, je ne peux pas vous reprocher de dépasser le budget. On peut difficilement faire moins cher.

— Tu parles de l'hôtel ou de ton assiette ? demande Ellipse.

— Les deux.

— C'est vrai que jusqu'ici on avait réussi à ne presque pas manger de viande, dit Najarri.

— Moi ça m'est égal, répond Ellipse, je t'échange ton faisan contre mes haricots si tu veux.

— Ça ira, merci ! Il faut savoir s'adapter pour manger équilibré…

— Tout à fait, abonde Surelason. Si ça peut te rassurer, hier soir j'ai mangé de l'aurochs.

— Cette sauce est bizarre, relève Ellipse.

— C'est une sauce aux champignons. Je la trouve bonne, indique Najarri.

— Ah, ça explique les morceaux, sourit Ellipse.

— Surelason, dit Najarri, tu peux terminer ce que tu nous disais en venant sur ton frère ?

— Oui… Je disais donc que Dawosalin m'a conseillé d'abandonner la mission, qui pour lui est trop dangereuse. Il pense que les pirates sont recrutés à Pian Cerega, là où se trouvent les marginaux du plateau, selon ses termes. Je lui ai bien dit qu'on se faisait discrets jusqu'ici, et il m'a demandé de redoubler de vigilance là-bas. Je me demande si c'est une si bonne idée d'aller se jeter dans la gueule du loup.

— On est venus ici pour ça, non ? demande Ellipse.

— On est venus ici pour trouver des informations que nous ne pouvons pas avoir sur la plaine. Pour l'instant, la piste de la bibliothèque est infructueuse, sur le sujet des pirates en tout cas. Également, on ne peut pas pénétrer à Templevue parce que c'est un quartier très surveillé et que des gens de la plaine sont déjà venus s'y plaindre des pirates, en vain. Donc à présent, la mission doit nous amener à Pian Cerega pour rencontrer les dissidents, qui auront forcément des informations différentes.

— Oui, dit Ellipse, j'ai parcouru le livre sur leur histoire ; je trouve que ça donne plutôt envie d'aller voir là-bas comment ça se passe.

— Qu'est-ce que tu en as retenu d'important ?

— Eh bien, à la base, c'était une cité indépendante. Elle vivait tranquillement en autarcie et elle a été absorbée par l'expansion d'Embilhen. C'est pour ça que ses habitants ont des positions alternatives et contestataires. Personne n'aime se faire imposer des idées.

— En effet.

— Dans la société d'Embilhen, ajoute Najarri, il faut bien admettre que les gens semblent moins libres que chez nous. Ils doivent participer à des travaux publics par exemple, souvent en contrepartie d'un logement.

— Construction et entretien de bâtiments, agriculture commune… précise Ellipse.

— Et s'ils font des écarts, notamment par rapport à ces travaux, ils sont punis.

— Vider les toilettes, récurer les canaux, balayer les rues…

— Tu retiens bien, pour une amnésique ! sourit Najarri.

— C'est normal, j'ai oublié tout le reste : j'ai de la place pour apprendre, dit Ellipse en tapotant sa tempe avec un doigt.

— Et ils peuvent même finir par être bannis ! Je ne sais pas si ça se fait beaucoup, mais c'est écrit dans le règlement.

— Il y a un règlement ? s'interroge Surelason, perplexe.

— Ce n'est pas vraiment un règlement, reprend Ellipse, c'est juste pour dire que les ermites n'ont pas leur place ici, qu'il faut penser à la collectivité.

— Je trouve ça drôlement contraignant quand même ! Et ce sont des punitions graves !

— Tiens d'ailleurs, dit-elle à Surelason, écoute ça…

Elle se penche pour sortir d'une de ses chaussettes un petit morceau de papier plié. Elle le déplie devant le regard curieux de l'homme.

— Ce sont les motifs de bannissement : manque de respect envers le temple, consommation de produits issus de la mer, introduction dans le temple sans autorisation, ermitage, manque de respect envers…

— D'accord, coupe Surelason, c'est bien gentil tout ça. Mais ça ne nous donne pas d'informations sur les pirates.

— Au contraire, rétorque Najarri. Il n'y a rien d'explicite sur eux. Par contre, avec ces informations, on a pu émettre une hypothèse sur l'origine des pirates.

— Aha ! s'étonne Surelason en se penchant vers Najarri.

— Peut-être qu'Ellipse faisait partie d'un groupe de voleurs qui se sont fait bannir, et maintenant ils sèment la discorde sur la plaine parce qu'ils ne peuvent plus le faire sur le plateau…

— Hum, acquiesce Surelason, excellente hypothèse…

— Tu vois qu'on n'est pas venus ici pour rien, dit Ellipse.

— Tout ceci confirme qu'il faut aller découvrir Pian Cerega. Ma famille dit bien que ce quartier a plutôt l'image d'un repaire de voleurs qui se préparent à nuire au bon fonctionnement de la métropole.

— Mais il ne s'est jamais rien passé, non ? demande Ellipse.

— Disons qu'ils sont quand même bien contents de profiter des avantages de la métropole, donc ils n'ont aucun intérêt à réellement tenter quoi que ce soit. De toute façon ils sont minoritaires.

— C'est quoi les avantages ?

— Des logements de qualité bien entretenus, des activités qui permettent largement de subvenir à ses besoins, des échanges variés et nombreux, des loisirs… Ils sont un peu râleurs, mais il suffit de les remettre à leur place lorsqu'ils essaient de commettre des méfaits individuels.

— À propos de méfaits, questionne Najarri, tu as demandé à ton frère pourquoi la Maison Mère n'intervenait pas pour les pirates ?

— Oui. Comme tout le monde, il dit qu'elle ne s'occupe pas de ce qui se passe en-dehors du plateau. Pour lui, la seule solution pour éviter les pirates est de venir vivre et travailler à Embilhen. Rien de neuf, en somme.

— Il est rigolo, ton frère, ironise Ellipse.

— Mais il travaille à Templevue, il sait de quoi il parle.

— Si tu le dis. Tu savais que les membres du gouvernement étaient cooptés ?

— C'est un mot qu'on a appris, ajoute Najarri. La cooptation.

— Je le savais, oui, répond Surelason. Vous en avez profité pour vous cultiver, c'est bien.

— Oui, mais sur ce sujet, je m'attendais à trouver des critiques et des failles, mais non. Soit c'est un système social parfait, ce dont je doute, soit leurs informations sont partiales.

— On verra bien, lance Surelason.

— On y va en taxi ? demande Najarri.

— Ça dépendra à quelle heure on sort de la bibliothèque. J'aimerais bien qu'on y aille à pieds. Vous allez rouiller si on s'habitue à se faire conduire.

●

Blottie sous les couvertures, respirant en partie par la bouche, le teint d'Ellipse est pâle. Le soleil s'est levé depuis un moment, le vent a dissipé les nuages, mais elle a aussi froid que pendant la nuit. Najarri, prête à partir, s'accroupit près d'elle :

— Ellipse, il va falloir rendre la chambre…

— Hmm…

— Surelason a rendu la sienne et il nous attend.

— Mais je suis malade…

— On va prendre un hippotaxi.

Elle gémit et se met sur le dos. Najarri touche son front.

— Tu es toute chaude.

— Hmm… Tu disais pas ça hier soir…

— Oui, eh bien quand je vois ton état ce matin, je ne suis pas mécontente qu'il ne se soit rien passé.

— Tu m'en veux ?

— Non ! C'est de ma faute. Je n'aurais pas dû insister. Je ne sais plus trop où j'en suis, tu comprends. J'avais encore besoin d'une proximité, comme la nuit précédente, mais… Je crois que tu as raison, je suis allée trop loin.

— Au moins t'es pas malade.

— Non, je vais bien.

— Pfou, tant mieux. Déjà que je t'ai repoussée, si en plus je t'avais refilé…

Elle est coupée par quelqu'un qui frappe à la porte. Surelason entre sans attendre une réponse.

— J'apporte un grog pour l'enrhumée.

— Je suis pas juste enrhumée…

— Je t'avais bien dit que tu n'es pas assez couverte. Maintenant, si tu veux boire, il faut t'asseoir.

— On dirait un vieux dicton ! s'amuse Najarri.

Ellipse se redresse péniblement. Elle ajuste sur ses épaules le grand foulard en soie que Najarri lui a prêté, enroulé plusieurs fois autour de son cou.

— Vite, de l'alcool…

— Si tu ne te lèves pas après ça, on te traîne jusqu'en bas. Il faut rendre la chambre.

Ellipse boit presque d'une traite.

— Je veux rester là aujourd'hui…

— C'est humide et il fait beau dehors. Alors fais un effort. On passe la journée à la bibliothèque, et on rejoint Ledergian en hippotaxi.

— Qui c'est, Ledergian ? demande Najarri.

— C'est le quartier d'à côté.

— Si tu te lèves, Ellipse, on ira dans une taverne dès que tu es guérie !

— J'arrive, maugrée-t-elle.

Enveloppée dans sa cape de pluie malgré le temps clément, les jambes repliées sur le siège arrière et les bras croisés, son champ de vision est réduit par sa capuche. Tournée vers l'extérieur, elle oublierait presque qu'elle se trouve dans une carriole. Mais chaque cahotement lui rappelle, et chaque grimace trahit sa faiblesse actuelle.

Au fur et à mesure que la bibliothèque s'éloigne, les bandes de cultures se font de plus en plus larges. Les yeux mi-clos, elle distingue pourtant des céréales, dont elle n'identifie pas la variété, entrecoupées d'autres plantations. Elle entend à demi-mot le cocher discuter de lentilles avec Surelason. Elle déduit que ce dernier a terminé la conversation avec Najarri au sujet des

171

livres sur les différentes villes. Elle ne se rappelle déjà plus de ce dont ils ont parlé. Elle fait un effort pour s'en souvenir. Elle a retenu qu'Honoratoga était une ville récente créée suite à un exode massif d'habitants du plateau, qui n'acceptaient pas le dogme anti-marin imposé par ce qui allait devenir la Maison Mère. Ensuite, elle s'est probablement endormie, la route étant plutôt plane au début du trajet.

Elle se souvient que Najarri lui a proposé de se couvrir les jambes. Qu'elle a refusé autant par habitude que par confort de leur laisser une certaine liberté dans leurs mouvements. Elle essaie de se souvenir de certaines choses plus anciennes. Elle pense au crâne tatoué sur son épaule. Elle sait à peu près comment un tatoueur s'y prend, quel matériel il utilise. Pourtant, depuis Taunarga, elle n'en a jamais vu. Elle ne sait plus quelle sensation cela fait. Elle ne sait pas pourquoi ni quand il a été créé sur sa peau. Le livre sur l'amnésie disait sans doute vrai. Elle ne connaîtra jamais la vérité avant d'avoir rencontré des pirates. Mais est-ce l'objectif de la mission ? Surelason veut les stopper. Ne va-t-il pas tenter de les stopper sans les rencontrer ? Est-ce seulement possible ? Peut-être en trouvant leur chef, s'il y en a un ? A supposer qu'une base sédentaire existe vraiment, et que ce dernier ne fasse pas partie des péripéties des nomades… Ces réflexions la fatiguent. Ses yeux se ferment.

○

Lorsqu'elle relève la tête, elle est assise sur un banc dans la cour d'une immense forteresse. L'enceinte étant assiégée, beaucoup de personnes sont montées sur les remparts. Une passante qu'elle ne connaît pas l'informe qu'elle doit mettre dans une cellule une personne qui a été arrêtée par les gardes. Lorsque ces derniers lui amènent le captif, elle reconnaît immédiatement Surelason. Terne et taciturne, il regarde le sol, l'air abattu. Alors qu'elle se lève pour prendre le relais, Najarri arrive pour l'accompagner. Son regard est malicieux et ses cheveux très bouclés. Elle est particulièrement belle. Ils rentrent dans le bâtiment et marchent dans des couloirs dépourvus de fenêtres aux murs de pierre blanche éclairés par une lumière jaune. Des portes de part et d'autre du couloir lui font penser à l'hôtel de Mendolorac. Elle sait pourtant qu'il s'agit de portes de cellules. Après avoir franchi plusieurs portes voûtées pour changer de couloir, ils arrivent dans ce qui ressemble au hall d'accueil d'une auberge. La pièce comporte une porte en verre donnant sur l'extérieur, où ils entendent de l'agitation comme si une bataille s'y tenait. Ellipse force Surelason, qui oppose une légère résistance de principe, à entrer dans la cellule qui lui a été attribuée. Celle-ci ressemble à un vestiaire thermal. Puis, avec Najarri, elle descend sous le rez-de-chaussée.

La forteresse est construite sur un grand lac souterrain, dont l'imposant plafond est soutenu par des piliers qui s'enfoncent dans l'eau. Certains piliers sont reliés par des passerelles de fer. Elles se situent à l'étage le plus bas de la forteresse, dont un mur est vitré sur toute sa longueur, permettant l'observation du lac. Sous leur étage, se trouve une sorte de port, coincé entre l'imposant mur de la forteresse et le lac souterrain. Elles sortent par une porte à droite des vitres, donnant sur une passerelle. Le ressenti d'Ellipse sur cette passerelle est la même que si elle se trouvait sur la jetée du port de Taunarga. Elles avancent jusqu'à un large pilier en pierre, duquel descend un escalier en colimaçon donnant directement sur le lac. Cachées par le pilier d'éventuels observateurs qui se trouveraient derrière les vitres, elles s'enlacent tendrement, sans échanger un mot.

Après avoir entendu des personnes entrer dans la pièce vitrée, Ellipse descend par l'escalier pour nager. L'eau est fraîche, mais elle trouve agréable de s'y baigner. Elle entend alors les personnes se trouvant dans la pièce vitrée qui l'appellent, pour revenir à la forteresse afin d'apporter de l'aide.

Le couloir de l'un des étages de la forteresse ressemble à s'y méprendre à ceux du rez-de-chaussée, à la différence près que quelques décorations ornent les murs. Les portes, bien qu'elles soient similaires à celles des cellules, s'ouvrent sur des chambres pour le personnel de la forteresse. Elle doit aller sur les remparts avec un groupe de personnes en train de finir de s'équiper. Elle attend Auzollion devant sa chambre. Il met du temps à ajuster son équipement. Dans le couloir, où les personnes qui passent vont toutes dans la même direction, elle remarque une étagère contenant des livres. Elle les examine, et s'étonne d'en découvrir un sur l'histoire de Taunarga. Il est flambant neuf. Une fois Auzollion prêt, elle ouvre l'une des nombreuses portes voûtées séparant les couloirs et l'y attend. L'homme tarde, car un passant en longue robe blanche avec des sandales de cuir s'arrête pour lui parler. Dans l'autre couloir, Traps, impatient, demande à Ellipse ce qu'ils font. Elle décide donc de laisser Auzollion discuter, afin de rejoindre Traps et les autres en direction des remparts.

Soudain, elle sent une main qui l'empoigne par le bras, et la secoue.

○

— Il y a quelqu'un ?
La voix de Surelason la ramène à l'arrière de l'hippotaxi.
— Le cocher aimerait bien retourner à Mendolorac.
Elle réalise qu'ils sont arrivés. Elle s'est habituée aux secousses, si bien qu'elle ne s'est pas rendu compte que la carriole avait cessé sa course, ni même qu'ils sont arrivés dans un environnement plutôt bruyant. Elle regarde à ses pieds, et panique :
— Où est mon sac ?
— Ici, répond-il les mains sur les hanches, indiquant la roue gauche, qu'elle ne voit pas, d'un signe du menton.
Elle se lève péniblement, sentant des courbatures dans tout son corps.
— Je suis fourbue.
— Ça ira mieux demain.
— Où est Najarri ?
— À l'auberge.
Elle descend prudemment. Surelason salue le cocher, qui repart instantanément.

Une grande feuille de chanvre en pierre est érigée sur un socle de bois massif, sur la petite place triangulaire où ils sont arrivés, derrière un puits. Normalement ombragée à cette heure avancée de la journée, elle est éclairée de tous les côtés par la lumière provenant des fenêtres des nombreux commerçants et artisans de

175

la place : l'auberge, mais également une taverne, un forgeron, un ébéniste, une échoppe devant laquelle des volailles embrochées grillent au feu de bois, et une autre sous laquelle de la viande, surtout de sanglier, sèche suspendue au plafond.

Ellipse, debout près de son sac et près du puits, observe ces va-et-viens constants autour d'elle, entre les diverses enseignes. Deux enfants se courent après autour de la sculpture en pierre. La majorité des personnes qu'elle voit portent deux pièces de vêtements blancs, souvent ornées de motifs colorés cousus plus ou moins finement. Les murs des maisons sont grisâtres. Comme la feuille de chanvre en pierre le laisse supposer, cette plante est ici exploitée au maximum. Dans son dos, Najarri la surprend :

— Tu as vu, on ne croirait pas qu'on est à deux pas de Templevue !

— On a traversé des champs de chanvre, je suppose ?

— Oui, le cocher disait qu'il y en a tout autour du quartier. Ça va ?

— Il paraît que ça ira mieux demain.

— Comment tu te sens ?

— Faible.

Najarri prend le sac d'Ellipse, et se dirige vers l'auberge.

— Viens, on rentre les affaires et ensuite on va manger.

Coincé entre deux escaliers, le rez-de-chaussée de l'auberge ressemble à une taverne, bien que le comptoir soit minuscule. L'aubergiste est une femme bien en chair, aux longs cheveux bruns ondulés, dont la moitié supérieure est attachée en queue de cheval. Une rose dans un écusson est cousue sur sa chemise blanche au niveau du cœur. Son large pantalon, évidemment en chanvre lui aussi, s'arrête à mi-mollets. Les voyageurs sont installés près de l'entrée, Najarri tournant le dos à cette dernière. La plupart des autres personnes attablées mangent des volailles sur de grands plateaux en inox.

— Ça a l'air un peu plus huppé, ici, constate Ellipse.

Surelason, qui ouvrait la bouche pour répondre, se fait interrompre par la voix forte et rigolarde de l'aubergiste :

— Alors les touristes, vous voulez à manger ?

— Tout à fait, répond Surelason. Qu'est-ce que vous nous proposez ?

— Des plateaux vides ! s'esclaffe-t-elle. J'vois bien que vous connaissez pas l'quartier, les jeunes. Ici, on s'échange même les places ! Y a l'volailler là, vous lui troquez un faisan ou un poulet, et vous venez manger là. Après, vous pourrez prendre une bière en face, acheter des chaises à côté, et vous installer près d'la feuille pour déguster !

— D'accord, je ne savais pas, c'est très chaleureux dites-moi ! Merci pour ces informations.

— D'où vous venez ? J'ai pas demandé à la petite dame tout à l'heure, dit-elle en désignant Najarri.

— On vient de la plaine. J'ai de la famille à Repian donc je viens régulièrement, mais à Ledergian, c'est la première fois. Ça m'a l'air très festif !

— Héhé, t'as pas tout vu ! Profitez bien, j'ai des trucs à faire mais j'passe souvent dans l'coin, normal c'est chez moi ! Ha ha !

Aussitôt qu'elle tourne les talons, elle alpague un homme longiligne vêtu d'une longue robe noire qui vient d'entrer.

— Bon, dit Surelason. Manifestement, il va falloir consommer de la volaille pour ne pas être mal vu ici. De toute façon, je n'ai pas vu grand-chose d'autre à manger dans le coin.

177

— Il propose des patates avec, précise Najarri.

— Moi j'ai pas faim, signale Ellipse.

— Mais il faut que tu manges, pour reprendre des forces !

— J'ai juste envie de dormir, là.

— À mon avis, intervient Surelason, vu l'agitation qu'il y a ici, il est possible que tu dormes mal, donc ça ne sert à rien de te fatiguer davantage en ne mangeant pas.

— J'ai pas faim, je vais pas me forcer, grogne Ellipse.

L'aubergiste revient à leur table et y pose un plateau en inox.

— Hou, t'es malade, toi ! s'exclame-t-elle en se penchant vers Ellipse, toujours cachée dans sa capuche, ses cheveux détachés lui masquant une bonne partie du visage. C'est quoi ? T'as pas d'appétit ?

— J'ai attrapé froid, c'est tout.

— C'est tout ? dit-elle en se tournant alternativement vers Surelason et Najarri.

— Elle est affaiblie et elle ne veut pas manger, précise Surelason.

La joviale aubergiste se penche à nouveau vers Ellipse.

— Tu sais ce qui est bon pour retrouver un appétit d'ogre ?

— Attendre demain d'être rétablie ?

— Aha, tu sais pas ? Vous savez, vous autres ?

— Vous connaissez un plat qui se mange facilement ? demande Najarri.

— Allez chercher vos poulets, pendant ce temps j'fais des trucs, et après j'vous amène de quoi vous ouvrir l'appétit ! Oubliez pas d'prendre l'plateau, sinon il va vous servir directement dans l'gosier !

178

De retour, Surelason pose précautionneusement le plateau. Un coquelet grillé est entouré de patates, d'oignons et de haricots verts, et parsemé de graines de chanvre. De façon parfaitement symétrique, Surelason et Najarri extraient chacun un petit couteau pliant de leurs vestes plutôt similaires, ce qui fait réagir Ellipse :

— Dites, les reflets, je vous rappelle que j'ai toujours pas de couteau.

— Ah, c'est vrai. Tu peux prendre le mien, dit Surelason en le plantant dans une grosse patate avant de s'emparer du couteau fixé à sa botte.

L'aubergiste surgit derrière Najarri. Elle tient entre ses doigts un morceau de papier roulé autour d'une herbe sèche, qu'Ellipse ne parvient pas à distinguer.

— Vous êtes prêts, les touristes ? Vous savez c'que c'est ?

— De la fumette, répond Surelason, sous le regard interloqué de Najarri.

— Hé ouais ! Avec tout ce chanvre dans les bâtiments, dans les vêtements, dans les estomacs… Il en faut bien aussi dans les poumons, pas vrai ?

Ellipse dégage les cheveux près de sa bouche, alors que l'aubergiste lui tend le joint. Elle le prend mécaniquement et le porte à ses lèvres.

— J'avais oublié ça, dit-elle en soufflant de la fumée.

— Tiens donc, lance Surelason.

— Bah voilà, elle va déjà mieux la malade ! Et vous autres, ça vous dit ? Il va falloir troquer, par contre, hé !

— Ça va aller pour ce soir, merci, répond Surelason. Vous voulez quelque chose ?

— Allez, cadeau de la maison. Vous m'ferez de la bonne propagande ! Ha, ha !

Ellipse force un sourire pour l'aubergiste :

— Merci.

— Tu vas voir, si après ça tes copains vont pas chercher un deuxième coquelet, j'te paie une bière !

●

4

Leur tête sur un piquet

À chaque pas effectué en direction de l'objectif, et malgré que la plupart des constructions se ressemblent, Ellipse s'étonne de la diversité des paysage traversés et des personnes rencontrées. Plus alerte depuis le repas du midi, principalement à base de lentilles et d'épices qu'elle n'a pas su distinguer, elle pose sa cape de pluie sur son sac, au milieu des deux autres. Les artères principales du quartier Remegan, qu'ils traversent à vitesse modérée, consistent en une alternance rectiligne de bandes de cultures et d'habitations. Cette organisation tranche avec les bifurcations hasardeuses et les courbes sinueuses du quartier Ledergian. Elle s'amuse à comparer les deux carrioles, qui collent parfaitement à l'image qu'elle s'est brièvement faite des deux derniers quartiers sillonnés. Celle du matin avait de grandes roues et un toit en toile qui a dû subir de nombreuses averses ; le cheval était vêtu d'une chemise vert pomme ; les trois passagers étaient serrés sur un banc en bois, derrière la chaise de la cochère, fixée de façon artisanale sur le châssis. À l'opposé, l'hippotaxi du centre de Remegan est carré, son toit en bois couvre aussi l'avant, et Surelason a même la place d'allonger ses jambes en s'affalant en diagonale sur le vieux mais confortable siège. En revanche, elle se demande si les cochers n'ont pas inversé leurs taxis par inadvertance. Celle du matin, une femme frêle aux cheveux grisonnant, portant un épais chandail en laine bleu foncé sur un pantalon mauve épousant la forme de ses jambes athlétiques, n'a pas décroché un mot du voyage. Ce qui arrangeait bien Ellipse qui a dormi tout ce temps après une nuit assez mauvaise. Celui de l'après-midi, au contraire, a un bagou impressionnant. Bien que de taille moyenne, il s'est présenté comme étant Bolst le Grand. C'est un homme blond et dégarni aux grands yeux bleus, une large bouche souriante entourée d'une barbe de quelques jours, un physique athlétique mis en valeur par un pantalon violet foncé presque identique à la cochère du matin, et une veste noire serrée ornée d'épaulettes orange. Najarri, qu'il a invitée sur le siège avant près de lui, semble conquise par son incroyable débit de paroles. Leur bonne humeur tranche beaucoup avec l'ambiance à l'arrière de la carriole, où Surelason fait la sieste.

Alors qu'elle se sentait presque requinquée, le voyage par traction animale étant malgré tout assez reposant, Ellipse est soudainement prise de violents maux de ventre. Elle se redresse sur son siège, et pose sa main sous son nombril. La douleur s'estompe quelque temps, alors qu'elle s'interroge sur ce qu'elle a mangé. Une nouvelle douleur brutale l'aide à localiser le point sensible. Elle avait totalement oublié la spécificité physiologique du corps féminin. Du moins, elle n'y a jamais pensé depuis son amnésie. Elle croit reconnaître le sentiment qui la parcourt : la pudeur. Les deux tourtereaux de l'avant étant trop occupés dans leur conversation passionnée, et son voisin de droite dormant à poings fermés, elle attend que le taxi se trouve entre deux bandes de cultures. Du sang sur un doigt, elle ne peut pas s'empêcher de sourire en pensant qu'elle a enfin trouvé une utilité à la couleur de sa robe. Une nouvelle douleur lui rappelle que le problème n'est pas résolu. Elle hésite à interrompre Najarri, mais ne connaît pas les mœurs des habitants du plateau sur le sujet. Peut-être est-ce que le cocher serait choqué qu'elle en parle ouvertement ? Si les gens sont choqués de se voir sans vêtements, ça devrait être identique pour cet événement qui concerne la moitié de la population… Elle regarde Surelason, encaisse une autre douleur, et s'approche de son oreille.

— Surelason, chuchote-t-elle, réveille-toi discrètement…

— Hmm ?

Il ouvre un œil, grimace, et ouvre le second.

— Il faut que je te dise un secret, chuchote-t-elle toujours.

— Ah bon ? murmure l'homme, perplexe.

— Comment on gère les menstruations, dans ce pays ?

— De quoi ? répète l'homme en fronçant les sourcils, l'air toujours endormi.

— Tu as très bien entendu, dit-elle en se recroquevillant légèrement, les bras croisés sous le nombril.

— Ahh… Je comprends. Ça m'était complètement sorti de l'esprit. Tu n'en as jamais parlé avec Najarri ?

— Non, mais c'est par rapport à lui, dit-elle en désignant le cocher. Je peux demander devant lui comment ça se passe dans ce cas ?

— Comment ça se passe ?

183

— Mécaniquement, je veux dire. Qu'est-ce qu'on fait ? Instinctivement j'ai envie de stopper le flux, mais je ne me rappelle pas de ce qui a été inventé pour ça.

— Oh, je vois… C'est incroyable que tu ne te souviennes pas de ça, sourit-il.

— Tu rigoleras plus tard. Qu'est-ce que tu sais là-dessus ?

— Ma compagne utilise des cotons menstruels. Tu peux les interrompre et demander à Najarri. Normalement on n'en parle pas ouvertement comme ça, mais pour une urgence, notre chauffeur comprendra bien. C'est une chose naturelle, il n'y a pas particulièrement de dogme là-dessus.

— Merci. Tu peux rigoler, maintenant.

Elle pose un bras sur l'épaule de Najarri, assise devant elle, le cocher étant à sa droite.

— Najarri, excuse-moi de vous interrompre…

— Aucun souci Ellipse ! répond-elle en se retournant avec un grand sourire. Qu'est-ce qu'il se passe ?

— Est-ce que tu as, dans ton sac, des cotons menstruels ?

— Oh ! Eh bien alors Surelason, dit-elle d'un air espiègle, tu n'as pas pensé à la panoplie de base pour femme quand tu l'as équipée ? Dans la pochette intérieure du sac !

— Merci Najarri, tu me sauves la vie.

— C'est drôle, on a passé un champ de coton il y a très peu de temps ! Ça aurait pu tomber parfaitement !

— Oui, mais non…

— Tu ne veux pas qu'on s'arrête ? demande Surelason.

— C'est nécessaire ?

Surelason regarde Najarri :

— Je pense que c'est mieux.

184

— Oui, on va s'arrêter. Bolst, on fait une petite pause dans un endroit discret, s'il-te-plaît, ordonne-t-elle au cocher.

○

Au franchissement du bois séparant Remegan d'Adalezian, où ils obliqueront vers Pian Cerega, dernier quartier foulé par les sabots des élégants chevaux noirs qui les tractent, Ellipse réalise que ses douleurs ont cessé. Surelason, qui trie ses perles et ses graines, faisant le point sur ses objets d'échange, est concentré sur son sac, coincé entre ses cuisses. Les perles lui rappellent l'état dans lequel elle se trouvait lorsqu'elle s'est réveillée à Taunarga. Hagarde, engourdie, maltraitée et surveillée. Tout à coup, elle réalise ce que signifie cette journée d'un point de vue technique. Une peur qu'elle refrénait, une possibilité qu'elle niait, a désormais disparu. Les pervers de la taverne de Taunarga ne l'ont pas engrossée. Elle sourit furtivement à cette nouvelle, le regard perdu dans l'eau claire du canal qu'ils longent à présent. Et si ça avait été le cas ? Elle ne peut pas s'empêcher d'imaginer qu'elle serait revenue brûler Taunarga. Mission accomplie ou pas. Ce n'est pas la pirate qui parle, c'est la femme. Elle détourne son attention en examinant les premières habitations du nouveau quartier qui défilent. Les longues lignes droites pavées, bordées de barrières en bois qui s'ouvrent devant eux au premier croisement. L'une se dirige vers le cœur du quartier, les deux autres s'orientent de façon symétrique vers les quartiers voisins. Comme attendu, ils bifurquent vers la gauche. L'itinéraire risque fort d'être monotone quelque temps, mais Ellipse n'a rien à dire à Surelason. Elle commence à maîtriser les codes de cette civilisation. Elle sent moins cet esprit de découverte qui

185

l'émerveillait au début. Elle profite simplement de croiser ces nouveaux paysages comme une voyageuse, mais elle se pose moins de questions naïves. Mais est-ce que ce sont réellement des questions naïves ? Lorsque le changement devient la routine, l'émerveillement ne reviendrait-il pas en se posant quelque part ? Elle exprime une question qu'elle se posait :

— Ça fait combien de temps qu'on est partis ?

— Je ne sais pas… On vient de rentrer à Adalezian, donc il doit rester moins d'un quart du trajet.

— Non, je veux dire, partis de Taunarga ?

— Ah… Eh bien, ça fait vingt jours et dix-neuf nuits.

Elle a l'impression d'avoir quitté la côte depuis beaucoup plus longtemps.

— Tu es sûr ?

— Tu vois ces petits trous ? dit-il en montrant le bracelet en cuir attaché à son poignet droit. Il y en a dix-neuf. Je le fais chaque matin depuis qu'on est partis.

— Pourquoi faire ?

— Je ne sais pas. Pour voir le chemin réalisé. Pour prendre conscience de l'importance de la mission, dans les moments difficiles.

○

Les multiples enclos à moutons, délimités de façon rectiligne par les solides barrières de chaque côté de la route, disparaissent brusquement au profit d'une vaste prairie sur laquelle pâturent les équidés. La route, pavée tout au long de la traversée d'Adalezian, s'arrête net au niveau de la dernière barrière. Elle laisse place à un large chemin en terre bosselé, qui serpente en suivant plus ou

186

moins la rivière prenant le relais du dernier canal. Le taxi ralentit la cadence, annonçant à ses passagers qu'ils se trouvent désormais au bout du monde. Puis il reprend une discussion, portant sur la complexité des relations de travail et la liberté procurée par l'indépendance. Surelason, qui participe à la conversation depuis qu'il a fini de trier ses graines, a lui aussi un passé professionnel complexe. Ellipse trouvait d'abord intéressant de les écouter, pour comparer le discours actuel de Surelason avec celui qu'il a tenu avec elle les premiers jours de leur voyage. Rapidement lassée et ne souhaitant pas imiter la position inconfortable de son voisin, penché vers l'avant de la carriole pour être audible, elle les entend désormais sans les écouter. Elle remarque qu'ils s'approchent d'un hameau, autour duquel la végétation paraît maintenue à l'état sauvage. Des personnes dispersées entre des arbres espacés s'affairent dans des directions opposées. Elle se demande si cette végétation est cultivée comme le laisse supposer leur présence. En passant devant certains individus, elle a l'impression qu'ils font partie du paysage, comme s'ils étaient en symbiose dans leur environnement. Elle se souvient que Najarri lui a expliqué que certains cultivateurs se contentaient de récolter ce que la nature leur fournit, ne prélevant que ce dont ils ont besoin. Il semblerait que ce soit le cas ici, le seul travail à effectuer consistant à protéger les espèces présentes. Les cultures des autres quartiers d'Embilhen étaient plus carrées.

Le premier hameau, avec sa dizaine de maisonnettes en terre-paille colorées serrées de façon désordonnée, ressemble nettement plus aux villages de la plaine qu'à un quartier d'Embilhen. Son auberge, entièrement entourée par d'autres habitations, est une petite maison dont l'aménagement a été modifié pour accueillir les voyageurs en transit depuis ou vers Adalezian. À l'entrée du hameau, les chevaux sont parqués entre la rivière et une longue rangée de haies, de cyprès et de chênes qui court jusqu'aux murs de deux maisons voisines. L'hippotaxi est garé au bord du chemin, entre deux immenses lauriers-sauce, devant la barrière en bois clôturant l'espace des équidés. Bolst, que tout le monde reconnaît dans les ruelles alors qu'il affirme ne pas revenir si fréquemment à Pian Cerega, fait rapidement visiter les lieux à ses passagers. Il termine par l'auberge, où il réserve deux des quatre chambres disponibles. La configuration des lieux étonne Ellipse : la chambre qu'elle partagera avec Surelason est la moitié d'une pièce qui a été séparée en deux parties par un mur en bois. Celui-ci se divise en deux embranchements symétriques au niveau de l'ouverture d'origine de la porte, afin d'accueillir deux portes en bois se faisant presque face. Aussitôt entrée, elle pose négligemment son sac au pied du lit en bois, aussi large que long et suffisamment haut pour pouvoir dormir dessous. Sans prendre la peine d'enlever ses chaussures, elle s'étale sur le lit face la première, puis se retourne sur le dos et expire profondément. Alors qu'elle cache ses yeux sous son coude, Surelason s'enquiert de son état :

— Tu seras capable de venir manger avec nous ce soir ?

— Oui… Mais je suis épuisée.

— C'est normal, on ne se rétablit pas en une journée.

Elle pose les coudes sur le lit et lève le dos.

— Tu fais quoi, maintenant ?

— Je vais demander à l'aubergiste ce que je peux lui offrir comme services.

— Tu pourras dire à Najarri de passer me voir ? Seule ? Pour des questions de femme…

— Si ça concerne l'approvisionnement du matériel, il y en a forcément ici vu qu'on est en bordure de quartier, et ça ne coûte presque rien.

Elle se rallonge sur le dos.

— C'est une bonne nouvelle, mais je ne veux pas que ce soit toi qui me les amène.

La petite table ronde de l'auberge n'aurait pas pu accueillir une personne supplémentaire. Pourtant, sept tabourets en bois étaient disposés autour avant qu'ils s'y installent. Les trois sièges supplémentaires ont vite trouvé preneur, les autochtones ayant manifestement l'habitude de s'y retrouver. Attablée entre Najarri et Surelason, face à Bolst, Ellipse est adossée au mur, se protégeant de sa relative fraîcheur avec sa cape de pluie sur les épaules. La température est pourtant clémente, mais elle ne pense qu'à se blottir dans le lit, qui pour une fois est plutôt confortable. Le cocher la tire de ses pensées :

— Bon, sinon, il faudrait peut-être savoir ce qu'on boit ?

— Ah oui ! En plus on avait dit à Ellipse qu'elle aurait droit à l'alcool ce soir !

— Oh que oui, mais pas trop fort quand même, je ne suis pas entièrement guérie.

— Il faut que tu sois malade pour devenir raisonnable ! nargue Surelason. C'est bon à savoir.

— Moi, je vais prendre un koumis, reprend Bolst. C'est tout à fait typique et c'est plutôt sympa, je vous le conseille !

— C'est à base de quoi ? demande Surelason.

189

— Bah, d'alcool ! s'amuse Bolst. Non, c'est du lait de jument fermenté.

— Et c'est fort ? questionne Najarri.

— Ah, ça dépend lesquels ! Je crois que c'est une question de fermentation, un truc comme ça. Mais franchement, s'il est frais, ça se boit tranquille.

— J'aurais imaginé une boisson typique plus végétale, remarque Surelason.

— C'est clair, ils ne veulent pas manger d'animaux, mais ils n'ont aucun problème pour les boire ! rigole Bolst.

— Je vais en prendre un modérément alcoolisé, dit Ellipse.

— Un pas très fort pour moi, ajoute Najarri.

— Une bière locale pour moi, de préférence peu forte aussi, indique Surelason.

— Ah, vous faites les timorés ! s'exclame-t-il en feignant d'être déçu. On y va ? demande-t-il à Surelason.

En provenance de la cuisine avec deux assiettes, Surelason y retourne aussitôt. Le ventre d'Ellipse gargouille à la vue de la platée colorée de lentilles corail, de riz parfumé, de courgettes jaunes et de radis croquants. Déposant les deux nouvelles assiettes, laissant à peine assez d'espace pour des verres, il s'assied à table au moment où Bolst arrive. L'homme porte d'une main un petit plateau contenant trois verres identiques, et de l'autre une chope. Il pose cette dernière devant Surelason, et présente le plateau au-dessus de la table.

— Bon, bah il n'y avait plus de koumis frais. Alors je vous conseillerais plutôt de boire doucement. Celui-ci, c'est le plus fort. Allez, je veux bien me dévouer pour le prendre, sourit-il en posant un des verres devant son assiette.

Une fois le plateau vidé, les verres serrés les uns contre les autres sur la table, une femme châtain aux grands yeux bleus vêtue d'une longue robe en patchwork alpague Bolst par son nom pour lui demander le plateau, qu'il donne aussitôt.

●

Une fois de plus, le soleil est levé avant elle, mais la petite fenêtre donnant directement sur celle de la maison d'en face ne laisse pas rentrer beaucoup de lumière. Le chant du coq ne l'a pas réveillée. Elle prend son temps pour s'étirer, puis pour se lever, à son rythme. Elle respire profondément. Elle se sent beaucoup mieux, bien qu'elle ait légèrement mal au crâne. Cette fois, elle a bien fait d'écouter Surelason. L'homme a parlementé avec elle, pour qu'elle évite de se joindre au mouvement initié par Bolst et suivi par Najarri, consistant à prendre un autre verre plus alcoolisé. Aujourd'hui sera une petite journée de marche. Elle doit en profiter pour se remettre en forme. Dans le couloir vide et calme, se dirigeant vers le cabinet de toilette, elle remarque que la chambre de Bolst et Najarri est propre, rangée et inoccupée. Elle se demande dans quel état se trouve sa comparse, et dans quel état elle-même serait si elle ne s'était pas couchée aussi tôt.

Après avoir méticuleusement rangé la chambre, elle descend les escaliers en bois pieds nus, ses chaussures à la main, sa deuxième robe toujours humide attachée au sac à dos. La pièce principale de l'auberge est vide, plutôt rangée et relativement propre. Les innombrables tabourets sont disséminés dans toute la pièce de façon aléatoire, mais aucun n'est renversé. Les fenêtres sont ouvertes et elle sent l'air frais qui caresse ses mollets et soulève ses cheveux. Elle a soudain l'impression d'avoir été abandonnée. Est-elle réellement la dernière personne dans cette maison ? Elle remarque un gros morceau de pain posé sur une table. Elle attrape le pain, sort sur le palier qui s'ouvre sur la route par laquelle ils sont arrivés. Les habitations alentours sont silencieuses elles aussi. Où sont-ils tous ? Que font-ils ? Que s'est-il passé ? N'a-t-elle dormi qu'une seule nuit ? Quittant l'ombre du hameau pour retrouver le soleil dans son dos, elle s'avance vers les grands lauriers près duquel l'hippotaxi était garé hier. Dans ce calme plat, qui tranche tellement avec la soirée à l'auberge, mais également avec le rythme matinal des autres quartiers d'Embilhen, c'est comme si le temps s'était arrêté. Elle marche sur l'herbe bordant le chemin, d'un pas souple, pour sentir la nature autour de ses pieds. Est-ce rationnel de se poser autant de questions ? Pourquoi ne pas profiter de l'instant présent ? Elle s'arrête après avoir passé le second laurier, pose son sac, et en sort sa gourde en tenant le morceau de pain entre ses dents. Elle scrute le paysage, à la recherche de mouvement. Au moment où elle aperçoit deux personnes au loin, dont les gestes laissent deviner qu'ils vont à la rencontre l'une de l'autre, une voix rauque et posée derrière elle la fait sursauter :

— Lève-tard, hmm ?

Accoudé aux barrières entre les deux lauriers, à l'intérieur de l'enclos, un homme au visage carré, au teint hâlé et à la peau sèche, l'observe, sa barbe sombre parsemée de poils blancs et faussement négligée entourant un sourire en coin. Ses yeux noirs perçants, ses longs et épais cheveux noirs aux mèches emmêlées, contrastent avec une longue chemise à manches courtes colorée par un patchwork de tissus, similaire à celle de la femme qu'elle a aperçue hier à l'auberge.

— Vous m'avez fait peur ! sourit-elle nerveusement.

— Je vois ça, dit l'homme en l'observant de haut en bas.

— J'avais l'impression que tout le monde était parti.

— C'est le jour de repos aujourd'hui.

— Le jour de repos ?

— Tous les dix jours. On n'est pas des insectes. On a besoin de temps calme. Je m'appelle Jah. Je t'ai aperçue hier. Tu viens d'où ?

— Je m'appelle Ellipse et je viens de la plaine avec mes collègues. Vous ne les avez pas croisés, d'ailleurs ?

— Le grand monsieur est parti vers la mer. Pour rattraper la petite dame. Elle voulait partir toute seule. La carriole est repartie vers Adalezian. Il faut que je remette du foin.

L'homme s'éloigne soudainement. Elle se demande bien pourquoi Najarri ne l'a pas attendue, et pourquoi Surelason, qui n'était pas spécialement convaincu par sa présence, a essayé de la retenir. Il doit sans doute trouver un intérêt à ce qu'elle les accompagne. Suffisamment grand pour qu'il ne se préoccupe plus d'elle-même ? Est-ce qu'ils valent la peine qu'elle se mette à leur poursuite ? Est-ce qu'elle ne serait pas capable de se débrouiller sans eux ? Elle s'assied en tailleur dans l'herbe et termine son frugal petit-déjeuner.

Les pas qu'elle entend en provenance du hameau lui semblent familiers. Se retournant, elle range sa gourde dans son sac, découvrant Jah et Surelason qui se dirigent vers elle. Jah est désormais coiffé d'un bonnet aux couleurs de l'arc-en-ciel.

— Vous avez raison, dit ce dernier à Jah, elle a bonne mine.

— Voici votre associé, annonce Jah à Ellipse.

— Surelason, qu'est-ce qu'il se passe avec Najarri ?

— C'est compliqué... Tu es prête ?

— J'ai le temps. C'est le jour de repos.

— C'est le jour de repos, sourit Jah en la pointant du doigt. Tu as tout compris.

— Assieds-toi et explique-moi.

Jah s'assied en tailleur près d'Ellipse comme si cette phrase lui était adressée. Il fait un geste pour faire comprendre à Surelason qu'il doit les rejoindre :

— Allez, moi aussi j'aime les histoires.

Surelason soupire, pose son sac et s'assied.

— Bon. Je vais essayer d'être bref.

— Non non non, taquine Jah en allongeant chaque syllabe qu'il prononce. On veut les détails.

Ellipse sourit, puis lève les sourcils en orientant son regard vers Surelason. Celui-ci soupire à nouveau, et croise les doigts.

— Hier soir, après que tu sois montée te coucher, Najarri a essayé de suivre le rythme de consommation d'alcool de Bolst. Manifestement, elle a bien aimé le koumis.

— Elle va se plaire ici, coupe Jah.

— Ils ont donc dormi ensemble, mais ce matin Bolst devait se lever tôt pour retourner à Adalezian, parce qu'il n'avait pas de client ici.

— J'étais dans la chambre en-dessous, indique Jah. Ils n'ont pas fait que dormir. Si tu vois ce que je veux dire.

— Eh bien, pense Ellipse à voix haute, pour une veuve, elle est plutôt entreprenante. Pardon, tu peux poursuivre.

— Ce matin, évidemment, elle avait mal à la tête. Elle avait peu et mal dormi, mais elle a tenu à accompagner Bolst. Elle m'a dit qu'elle avait hésité à repartir avec lui. Mais ils ont discuté et ils n'ont pas les mêmes priorités dans la vie : lui est bien dans son quartier, et elle voudrait revenir sur la plaine. Lui aime son métier indépendant, et elle a besoin de compagnie. Lui veut juste gagner sa vie, et elle veut profiter de sa vie. Et ainsi de suite. Alors il est reparti et il n'avait pas l'air très perturbé par la situation. Je dirais qu'il avait assez de recul pour être conscient de l'incompatibilité de leur potentielle relation. Et Najarri a un peu craqué nerveusement, alors je l'ai empêchée de partir seule dans cet état.

— C'est-à-dire ?

— Elle ne voulait plus entendre parler de Bolst, elle voulait partir immédiatement, ce genre de choses. Je lui ai dit qu'il fallait t'attendre, et elle ne m'a pas écouté.

— Pourquoi ?

— Je ne sais pas. Elle se plaignait de ses relations qui se terminent mal. Elle doit encore souffrir de la mort de son compagnon.

— Ah, gémit Jah. Dur.

— Et pourquoi tu l'as rattrapée alors que tu ne l'apprécies pas plus que moi, sauf que tu n'as pas besoin d'elle ?

Surelason, déstabilisé par la question, la laisse en suspens un instant. Jah, prenant une expression faciale approbative, hoche la tête vers Ellipse en la pointant du doigt, puis fixe ostensiblement Surelason. Ellipse l'imite. D'un ton peu assuré, il répond :

— On a tous besoin les uns des autres.

Il se lève dès sa phrase terminée. Jah manifeste sa déception par une interjection, puis se lève également. Ellipse roule des yeux puis enfile ses chaussettes avec une moue blasée.

195

— Bon, annonce Jah en posant une main sur l'épaule de Surelason. Maintenant, je sais. Je vous laisse poursuivre vos péripéties. Bonne route à vous. En quelque nombre que vous soyez.

L'homme coloré s'éloigne aussi brusquement que précédemment, et retourne dans l'enclos. Surelason attend qu'Ellipse se chausse, puis se dirige vers le centre du hameau sans un mot.

Au fur et à mesure que le village central se rapproche, les hameaux sont de plus en plus grands et les champs de plus en plus cultivés. À l'approche d'un village, en traversant un champ cultivé d'orge et de pois entrecoupé de haies et d'arbres fruitiers, un homme recouvre un morceau de tronc évidé d'une dalle de pierre. Il porte un tenue en chanvre ample, des gants et une épaisse cagoule. Ellipse remarque que d'autres installations similaires sont dispersées près d'une haie.

— Tiens ! dit Najarri. Voilà plusieurs jours que je n'avais pas vu de ruches.

— Quel équipement ! souligne Ellipse.

L'homme s'éloigne des ruches, se dirigeant vers le village, marchant quelques pas devant eux. Il enlève ses gants et sa cagoule, puis s'arrête pour enlever son haut.

— Ellipse, chuchote Najarri, regarde !

Ellipse fixe l'homme, désormais vêtu d'un haut sans manches jaune sur son large pantalon. Ses bras et ses avant-bras sont recouverts de divers motifs. Najarri tient Ellipse par le bras, ralentissant son pas.

— Qu'est-ce qu'il se passe ? demande Surelason.

— Où est-ce que tu veux en venir ? s'interroge Ellipse.

— J'ai un secret avec Ellipse, est-ce que tu veux bien nous laisser en parler un instant, s'il-te-plaît ?

— J'ai compris, maugrée Surelason en poursuivant son chemin à son rythme.

— Ellipse, tu as vu ?

— Oui, il est tatoué. C'est le premier tatouage apparent qu'on voit. Qu'est-ce qu'on fait ? Je me planque au cas où il me reconnaîtrait ?

— Il faut aller lui parler, c'est sûr. Tatoueur est un métier rare. Qu'il le soit lui-même ou non, il y en a forcément un par ici. Et il est possible qu'il te donne des informations sur le tien, voire même sur ton identité.

— Il faut mettre Surelason au courant et voir avec lui comment l'aborder avant le village.

Accélérant le rythme de marche, elles rattrapent leur compère.

— Surelason, dit Ellipse, j'ai un petit secret à t'annoncer.

— Je t'écoute.

— Cet homme, devant nous, va peut-être changer le cours de notre mission.

— Qu'est-ce qui te fait dire ça ?

— Il est tatoué, donc il connaît un tatoueur. Et les tatoueurs sont rares. Et j'ai un tatouage de pirate sur l'omoplate.

Surelason sourit.

— Je connaissais ton secret avant toi.

— Quoi ?

— C'est l'une des premières choses que j'ai apprises sur toi, avant même de te connaître. Je te rappelle que quand le pêcheur est venue te récupérer, ils avaient brûlé tes vêtements…

— C'est vrai, rougit Ellipse, j'avais complètement oublié ça…

— Ah oui ? s'étonne Najarri.

— Elle ne t'a jamais dit pourquoi elle se balade en robe de soirée ?

— C'est bon, s'irrite Ellipse, c'est pas la peine de raconter cette histoire sordide.

— Elle a été trouvée nue et inconsciente dans la taverne de mon village. Le pêcheur qui l'a secourue lui a donc enfilé le premier vêtement qu'il a pu obtenir, pour la ramener dignement en lieu sûr.

— Arrête, tu me mets mal à l'aise.

— Elle voulait savoir comment j'ai découvert ton tatouage.

— Mais tu ne l'as pas vu ?

— Si, quand tu te baignais dans la rivière et que je revenais t'amener des chaussures.

— Pourquoi tu ne m'as rien dit ? s'indigne Ellipse.

— Ça aurait pu être gênant pour toi. Visiblement, j'ai bien fait de me taire. Et ce n'était pas à moi de t'en informer. Et je n'en sais pas plus que toi sur sa signification.

— Elle a été sauvée du bûcher, alors ? demande Najarri.

— Non, répond Ellipse, ils m'ont capturée pour éviter que mes secrets brûlent en même temps que moi. Tu as vu, il est violent et intrusif avec les gens conscients, mais il respecte l'intimité des gens inconscients.

— Tes propos sont quelque peu exagérés, mais plutôt que de revenir dessus, pressons le pas pour rejoindre notre apiculteur tatoué.

En se retournant, l'homme laisse apparaître une élégante moustache soigneusement entretenue. Ellipse remarque ses anneaux aux lobes d'oreilles. Son crâne est recouvert par un bandana jaune qui laisse deviner des cheveux très courts. Il salue élégamment Surelason, venu à sa rencontre le premier.

— Que puis-je faire pour vous ?

— Je m'appelle Surelason, et voici Najarri, et Ellipse.

— Brigg. Enchanté.

— De même. Nous sommes venus de loin pour rencontrer des personnes qui comprennent les rouages du plateau, et qui pourraient nous aider dans notre quête. Actuellement, nous recherchons un tatoueur.

— Quelle est votre quête ?

— Nous cherchons des informations sur les diverses communautés qui cohabitent sur le continent, et notamment les habitants de Pian, les exilés d'Honoratoga, et même les pirates de la plaine.

— Intéressant. Pourquoi donc ?

— Cette jeune femme est amnésique et ne se souvient plus de son identité, donc nous l'aidons à la retrouver grâce aux indices que nous connaissons.

— Et vous êtes tatouée ? demande Brigg à Ellipse.

— Oui, mais c'est discret et personnel. C'est un bateau que vous avez sur le bras ?

— Oui, c'est le bateau des Chercheurs. À Pian Cerega, on ne renie pas ses origines : on est tous venus par la mer !

— Qu'est-ce qui est écrit à côté ? demande Najarri.

— Les noms de mes enfants. Pour qu'ils soient toujours avec moi.

— Vous voyagez beaucoup ? questionne Surelason.

— Plutôt. J'ai des ruches un peu partout au centre de Pian. Disons que je ne voyage pas beaucoup, mais je me déplace souvent !

— Avec ça, dit Surelason, vous ne devez pas souvent montrer vos bras dans les autres quartiers d'Embilhen…

— Vous êtes tatoueur ? reprend Ellipse.

— Non, seulement tatoué ! s'amuse-t-il. Le village de la tatoueuse se trouve juste au bout du champ, là-bas.

— Comment est-ce qu'on fait pour y aller ? demande Surelason. On longe le champ ?

— Tout à fait. Ce n'est pas tout droit, mais c'est tout simple ! Vous demandez Nums. Tout le monde la connaît à Pian, au moins de nom.

— Eh bien voilà ! s'exclame Ellipse. Enfin une étape franchie sans trop de difficultés.

— Ah ah, n'en soyez pas aussi sûrs. Nums est intelligente et talentueuse, et elle le sait, donc certains la trouvent prétentieuse et désagréable… Vous verrez bien !

— On a quand même eu de la chance de vous croiser.

— Bah, vous auriez bien fini par rencontrer un adepte des arts corporels. Ce n'est pas ce qui manque ici ! Au village là, on a un homme qui fait des peintures faciales éphémères. Elles ne durent que quelques jours, mais elles sont très belles, c'est parfait pour les jours de fête. Si ça vous intéresse ! Oh, voilà l'un des chemins pour aller au hameau de l'Art. Quand vous arriverez au groupe de platanes, là-bas, vous irez à droite. Ensuite, vous longez le champ !

— Merci beaucoup !

— Oui, merci Brigg, bonne route.

— Bonne route à vous !

○

Derrière la porte vitrée, couverte de complexes entrelacs, la boutique est artificiellement éclairée par des lanternes cuivrées qui ornent les murs. D'épais rideaux violets sont tirés devant les fenêtres. La tatoueuse, dont l'enseigne indique le titre de graphiste, est assise dans un coin de la pièce sur un confortable fauteuil, penchée sur une table de marbre blanc. De l'autre côté, trois tabourets sur lesquels des coussins sont posés entourent une sorte de couchette surélevée, près de laquelle se trouve une table en bois aux pieds sculptés de façon hélicoïdale. Le meuble le plus proche dispose de nombreux petits tiroirs. Sur chacun d'eux, une écriture calligraphique indique leur fonction. Lorsqu'Ellipse ouvre la porte, la femme assise devant elle ne bronche pas. Ses cheveux blonds sont agrémentés de mèches rouges et violettes. Son teint est très pâle, sous d'amples vêtements noirs. Elle porte de nombreuses boucles d'oreilles et un discret diamant percé sur une narine. Le haut qu'elle porte, aux manches retroussées au niveau du coude, laisse à la fois deviner une poitrine généreuse et un dessin tatoué sur son cou. Ses nombreux bracelets ne semblent pas la gêner dans le dessin qu'elle effectue au fusain sur une grande feuille de papier. Ellipse ne sait pas si elle doit l'interrompre ou non. Najarri, fatiguée, est restée dehors avec les sacs, sur un banc décoré devant l'entrée de la graphiste. Surelason ferme doucement la porte une fois rentré, restant en retrait. Aussitôt, la dessinatrice pose son fusain et s'adresse à ses visiteurs :

— C'est pour ?

— Bonjour, vous êtes Nums ?

— C'est c'qui est marqué sur la porte, ouaip.

— Désolée de vous déranger, j'aurais besoin de plusieurs renseignements… D'abord, est-ce que vous me reconnaissez ?

201

Nums plisse les yeux.

— Nope. J'devrais ?

— Je ne sais pas trop… Il est possible que vous m'ayez déjà vue, mais je n'en suis pas sûre. Je suis amnésique et je recherche des indices sur mon identité, avec l'aide de mon… guide, Surelason. Et comme j'ai un tatouage, vous pouvez peut-être m'aider.

— Ça s'peut. Faites voir ?

Ellipse fait glisser la bretelle droite de sa robe jusqu'à son coude en se retournant vers la femme.

— Pirate, annonce-t-elle négligemment.

— C'est bien vous qui l'avez fait ?

— Ouaip.

— Ça fait longtemps, vous pensez ?

— Deux ou trois ans, j'dirais. Ça faisait un bail que j'avais pas revu ces tatouages moches !

— Vous les trouvez moches ?

— Bah, ils sont basiques. Après, j'fais c'qu'on me dit, mais c'est naze.

— Vous savez qui vous a demandé de le faire ?

— Les pirates, tiens.

— Il y en a eu beaucoup ?

— Une vingtaine, j'dirais. P't-être plus.

— Ils sont tous venus en même temps ? intervient Surelason.

— J'ai que deux mains, à c'que j'sache.

— Je veux dire, en combien de temps est-ce qu'ils sont tous passés ?

— J'sais plus, pas longtemps. C'est vite fait ces machins-là, mais j'les ai enquillés pour en être débarrassée. J'aime pas

202

dessiner plein de fois le même motif. À la fin j'en avais trop marre. J'en ai envoyé quelques uns chez un collègue.

— Vous avez un collègue ?

— Ouaip. Arthou. Il est à l'autre bout du plateau. J'suis pas fan de son style mais il est cool.

— Donc il y en a peut-être une autre vingtaine qui sont allés se faire tatouer chez lui ? demande Surelason.

— J'sais pas, p't-être plus. J'les ai envoyés chez lui à la fin. Bon débarras. T'façon il dessine tout ce qu'on lui propose. Il est un peu trop cool.

— Ils vous ont dit pourquoi ils demandaient ce tatouage ? interroge Ellipse.

— C'te questionnaire ! sourit Nums.

— Oui, j'aimerais comprendre d'où je viens.

— Nous sommes en mission pour les arrêter, et on va se servir d'elle pour les prendre par surprise, dit Surelason.

— C'est bien. Mais montrez pas ce truc, j'en connais qui vous tueraient, amnésique ou pas.

— On est assez discrets jusqu'ici. On compte sur vous pour l'être également.

— Certes.

— Avec quoi est-ce qu'ils vous ont payé ? enchaîne Surelason.

— Des graines, des algues… Une guitare… Un couteau… Des bijoux, pas mal.

— Et vous êtes sûre que ce tatouage c'est le vôtre, et pas celui de votre collègue ?

— Certaine. Les siens sont plus brillants et moins bien contourés. Il y en a un d'Arthou qui est passé par là pour que sa pote se fasse faire le même, donc j'sais bien avec quoi j'compare. Celui-ci, c'est mon style.

— Est-ce qu'ils vous ont parlé d'eux, de leur organisation… ? demande Surelason.

— Non, et pis j'm'en fous.

— Et Arthou, dans quel quartier est-il ?

— Maroupian.

— Du côté de Repian ?

— Plutôt du côté des montagnes. Faut être sacrément motivé pour faire la route jusqu'à chez lui. Mais il est assez doué.

— Hum, dit Surelason, ce n'est pas si près que ça de chez ma sœur.

— Sérieux, s'exclame Ellipse, tu comptais encore traverser le plateau ?

— Je ne sais pas, j'examine toutes les possibilités.

— Z'avez traversé le plateau pour me voir ? J'suis honorée.

— On a traversé le plateau pour venir à Pian Cerega, précise Surelason. On a eu la chance de croiser un de vos clients, Brigg, qui nous a dirigés ici.

— Il est cool, Brigg. Il dessine bien. C'est lui qui m'a fait la danseuse, dit-elle en rabattant ses cheveux dans son dos, découvrant le tatouage sur son cou.

— Oui, vraiment joli, dit Ellipse.

— Si vous aviez eu le choix du dessin pour les pirates, qu'est-ce que vous auriez choisi ? demande Surelason.

— J'sais pas. Un crâne c'est bien, mais pas comme ça, plein et simpliste. Un crâne courbe et fantasque, avec des spirales et des fleurs, des couleurs chatoyantes qui contrastent avec la dureté du symbole. P't-être des yeux… Qui regardent sur le côté, un peu en haut, un peu pensif, voyez. Un peu plus gros éventuellement,

204

là j'ai fait pas trop visible parce que c'est quand même bien moche. Même Brigg quand il avait dix ans j'suis sûre qu'il dessinait mieux.

— Et pourquoi vous n'aviez pas le choix du motif ? ajoute l'homme.

— C'est comme ça : un jour, un gros type avec un air pernicieux est venu, il a dit j'veux ça, j'lui ai dit c'est moche, il a répondu j'm'en fous, j'lui ai dit c'est pas moi qui paie, il a posé ses perles, il a retiré sa chemise et il s'est assis sur le tabouret. J'ai pris le matos, j'lui ai demandé où il voulait ça, il m'a dit sur l'omoplate droite et toujours sur l'omoplate droite et pas de questions, j'ai dit j'm'en fous ça m'intéresse pas, j'ai fait le boulot et il est revenu plusieurs jours après pour dire qu'il était content et que j'allais avoir de nouveaux clients.

— Vous vous souvenez plus précisément de son apparence ? interroge Surelason.

— À part qu'il était gros ? Hmm, grand et barbu. J'aime bien les grands barbus d'habitude mais lui avait une tête de méchant.

— Vous pourriez nous le dessiner ? suggère Ellipse.

— Pas envie, trop flou. Pis j'ai pas qu'ça à faire non plus.

— Il ne vous a jamais parlé des pirates ? renchérit Surelason.

— Nope. C'est moi qui les appelais comme ça. Mais ils avaient rien dans le crâne alors je faisais de beaux contours et je leur remplissait le crâne ! s'amuse Nums.

— Pourquoi un crâne, d'ailleurs ? s'interroge Ellipse.

— Ils sèment souvent la mort, répond Surelason. Peut-être que ce tatouage avait pour objectif de conjurer le sort, ou de montrer leur appartenance.

— Vous avez encore le croquis ?

— J'en ai plein, ouaip. J'vais vous en filer un.

Nums se lève doucement et se dirige vers une grande armoire fermée à clef. Des étagères et des cases contiennent des croquis de diverses tailles. Elle fouille quelques instants, et sort un morceau de papier de mauvaise qualité. Ellipse reconnaît immédiatement son tatouage. Elle prend le croquis que Nums lui tend.

— Merci. Ça me fait tout drôle de le voir comme ça. J'ai rarement l'occasion de le regarder.

Nums ferme le placard à clef, et retourne s'asseoir sur son fauteuil.

— Est-ce que vous connaîtriez des personnes qui luttent contre les pirates ? ose Surelason.

— Hmm… Indirectement, ouaip. Ça fait d'ailleurs partie des raisons qui m'ont poussée à les envoyer chez Arthou. Pour l'image. À Maroupian il a pas ce problème, tout le monde s'en fout.

— Indirectement, c'est-à-dire ? demande Ellipse.

— Bah, le gouvernement se fout des pirates tant qu'ils viennent pas sur le plateau. Mais y a pas que d'ça qu'il se fout, y a aussi le temps libre, la création artistique, la nature sauvage… Ici, tout le monde lutte contre cette uniformisation de l'atmosphère et de l'organisation sociale des quartiers, chacun est maître de son propre bonheur. La Maison Mère, ils se prétendent fournisseurs de bonheur. J'ai p't-être pas l'air, mais j'suis bien plus épanouie que beaucoup de mes voisins dans les quartiers d'à côté. Ils vivent la vie qu'on leur impose sans se demander si ça leur correspond. Moi j'vis ma vie selon c'que moi j'm'impose. J'me connais mieux, j'sais qui je suis.

— J'aimerais bien savoir aussi qui je suis… soupire Ellipse.

— Donc vous connaissez des personnes qui luttent contre la Maison Mère ? reprend Surelason.

— Disons que certains aimeraient bien manifester pour que le gouvernement change sa manière de voir la vie. Qu'ils prennent en compte la créativité, la liberté... Et vous concernant, qu'il s'occupe des pirates.

— Vous pourriez nous indiquer où trouver ces personnes ? demande Surelason.

— La pirate veut lutter contre les pirates ? s'amuse Nums.

— La pirate n'est plus une pirate depuis qu'elle ne se souvient plus de son passé, rétorque Ellipse.

— Mon village a été attaqué il y a vingt-et-un jours. C'est pour ça que je suis ici. Pour rencontrer des personnes organisées et mettre fin aux actes de ces infâmes.

— J'y crois pas trop, mais j'vous soutiens de loin.

— On pensait aller au centre de Pian, pour trouver des personnes concernées par le sujet. Vous auriez des contacts à nous communiquer ?

— J'sais pas, j'vous connais pas et j'vois une pirate face à moi.

— S'il faut que je vous montre mon omoplate, lance Surelason, il n'y a aucun souci.

— Nan, c'est bon. Allez au hameau du Cœur et cherchez Banik. C'est la fille qui a les bras tatoués comme Brigg. Mais dites-lui pas que vous êtes pirate, elle connaît du monde ici.

— Le hameau du Cœur, c'est le village de Brigg ?

— Nan, ça c'est celui du Platane. Le Cœur c'est à sa droite en venant d'ici. Y a pas plus dense comme village. J'sais plus comment on y va directement, j'passe toujours par le Platane les rares fois où j'dois y aller.

207

— Très bien. Merci pour tous ces renseignements. On reviendra vous voir quand nous aurons terminé notre mission.

— Oui, pour lui tatouer un crâne de pirate… s'amuse Ellipse en montrant Surelason du doigt.

— Que dalle ! sourit Nums.

— Ça ne risque pas ! conteste Surelason.

— Bon, eh bien à bientôt dans une autre vie ! salue Ellipse.

— Bon courage, les justiciers !

○

Juchée sur le pic rocheux qui s'élève du plateau, la tour de pierre offre une vision panoramique sur ce dernier. Le temps, assez clair, permet d'apercevoir les falaises au loin, du côté de la paroi verticale qui descend sur une forêt dense. Où que le regard porte, des groupements d'habitations plus ou moins importants sont visibles, éparpillés dans la nature. À l'horizon, les constructions de la métropole sont nettement distinguables. Entourant le pied du pic, le hameau du Cœur est plus vaste que Thymrouge. Ses ruelles labyrinthiques et ses nombreuses impasses rendent son plan incompréhensible aux visiteurs. Ses nombreuses places éclaircissent le maillage urbain. Des végétaux colorent les toits plats sur lesquels quelques personnes circulent.

Surelason, accoudé à la solide barrière de fer encastrée entre deux pierres, est admiratif de la solidité et des constructions pour supporter les multiples pots en terre cuite qu'ils ont aperçus en entamant la courte ascension. De l'autre côté de la plateforme, Najarri, qui a des cernes sous ses yeux mi-clos, est recroquevillée dans un créneau. Absorbés par leurs pensées, ils ne prêtent pas attention à l'arrivée de la femme sur le chemin serpentant vers la tour. Ses cheveux blonds, zébrés de mèches noires, sont coupés au carré presque comme ceux d'Ellipse. Ses yeux verts, vifs et perçants, pétillent d'énergie. Ses oreilles sont autant percées de bijoux que celles de Nums. Un haut vert foncé assez basique laisse découvrir des bras ornés de motifs complexes et harmonieux. Ellipse remarque immédiatement qu'elle a un œil à l'iris vert dessiné en haut de chaque bras. Elle porte un ample pantalon marron foncé rentré dans des bottes sales et usées.

— On m'a dit une robe de soirée rouge, c'est difficile de se tromper ! Salut !

— Bonjour ! Vous êtes Banik, je suppose ?

— Tu supposes bien. On peut se tutoyer. Toi c'est Ellipse ?

— C'est ça. Et la fille qui dort là, c'est Najarri. Et lui…

Surelason, entendant la conversation, s'est approché.

— Bonjour, Surelason, enchanté.

— Salut. On m'a dit que vous vouliez me voir, alors me voici. Au seul point de rendez-vous possible ici pour les gens de l'extérieur !

— Oui, dit Ellipse, ce n'était pas facile de se repérer, heureusement qu'on a vite rencontré cet homme qui vous connaît.

— Très bien. On fait connaissance en redescendant et vous me dites ce qui vous amène ?

Banik est l'une des potières du village. La maison qu'elle occupe avec son compagnon et leurs deux enfants, est désordonnée mais propre. Sa terrasse est légèrement plus basse que celles de ses voisins, et comporte un petit atelier de poterie.

De nombreux légumes y sont cultivés dans des bacs en bois ou dans des pots. Entre des plants de tomates et de basilic, et un parterre d'aubergines blanches, un homme barbu aux cheveux bruns en bataille récolte une autre variété d'aubergines dans un panier en osier. Pieds et torse nus, il n'est vêtu que d'un pantalon en lin et d'une ceinture en cuir sur laquelle est accrochée le fourreau du couteau qu'il tient dans ses larges mains. Lorsqu'il se lève pour saluer ses visiteurs en rangeant sa lame, sa poitrine musclée dévoile le tatouage d'un oiseau en plein vol. Se présentant comme étant Granel, il a les traits tirés :

— Alors comme ça, vous venez rejoindre les rebelles ?

— Plus ou moins, tempère Surelason. On est venus pour arrêter les pirates. On ne sait jamais où ils sont, donc on cherche des personnes qui le sauraient. Et on s'est dit que le meilleur endroit pour savoir ce qu'il se passe sur ce continent, c'est Pian Cerega.

— Et ils ne vont pas pouvoir les arrêter seuls, ajoute Banik. Ils se joignent à nous pour faire pression sur la Maison Mère.

— Et si ça ne change rien, on fait quoi ? demande Najarri.

Banik et Granel se regardent.

— À Honoratoga, répond Banik, ils s'organisent. Si ça ne change rien, ils iront au contact depuis l'intérieur.

— C'est très dangereux, dit Surelason d'un ton perplexe.

— Mais les pirates aussi, rétorque Najarri. Si ça peut permettre de les arrêter…

— Je ne sais pas, réfléchit Surelason. Notre objectif n'est pas de renverser le gouvernement. Il consiste seulement à stopper les pirates.

— Et comment tu comptes faire tout seul ? lance Granel.

— Ils ont forcément un camp de base.

— Ils sont nomades. Ils n'en ont pas besoin.

— Ils sont organisés, et leur nombre varie. Ils ont un camp quelque part.

— Ils peuvent très bien recruter au fur et à mesure qu'ils se font occire.

— Impossible, ils doivent se faire tatouer l'épaule à Maroupian avant de pouvoir prendre part au cortège.

— Comment tu sais ça ?

— Par Nums.

— Et qu'est-ce que ça change ?

— Une fois que le nouveau pirate est tatoué, comment fait-il pour retrouver ses acolytes après autant de temps passé à rejoindre le tatoueur ?

Surelason fixe Granel d'un air assuré. Celui-ci est pensif.

— Il n'a pas tort, avoue Banik.

— Et pourquoi tu vas pas à Maroupian ? reprend Granel.

— Pour l'instant, on est là, à l'autre bout du plateau. On verra si on ne trouve rien.

— Ils doivent être dans un camp par là-bas, alors ? suggère Najarri.

— Pas forcément. Nums aussi en voyait certains. Ils vont se faire tatouer là où ils peuvent.

— Rien ne dit aussi qu'ils n'ont pas trouvé ou recruté un tatoueur de la plaine, ajoute Banik.

— J'ai une question, coupe Ellipse. Ça fait combien de temps que vous voulez renverser le gouvernement ?

— Ça doit faire environ un an, répond Banik. Depuis que les gens de la plaine sont venus au plateau pour se plaindre des pirates. L'inactivité de la Maison Mère sur le sujet nous a fait prendre conscience qu'en réalité, seuls leurs intérêts comptaient.

Les intérêts des templiers. Pouvoir obtenir une maison et de la nourriture sans contrepartie, par le seul fait qu'ils sont sensés prendre des décisions pour l'intérêt général et protéger Embilhen. Alors que leur vision de l'intérêt général est très étriquée et qu'ils ne protègent personne. Les gardes sont juste là pour envoyer les contestataires vider les toilettes.

— Il ne doit pas s'agir de tous les templiers, dit Surelason. Il y a une hiérarchie là-bas. Certains font juste ce qu'on leur demande, et peut-être qu'ils ont un pouvoir auprès des gouvernants pour les convaincre de s'occuper des pirates.

Ellipse à compris qu'il faisait allusion à son frère Dawosalin.

— Ça m'étonnerait, marmonne Granel, ils sont tous de mèche.

— Parfois, modère Surelason, les choses ne sont pas aussi mauvaises qu'on nous le fait croire. Durant notre trajet, j'ai même entendu dire, et vous êtes peut-être au courant de cette rumeur étrange, que les pirates étaient recrutés à Pian !

— C'est n'importe quoi ! s'emporte Granel.

— Non, dit Banik, crois-moi : je rencontre beaucoup de personnes et tout le monde se trouve bien ici. En plus, dans chaque hameau, on vit en petites communautés. Tout le monde se connaît, pas comme dans les autres quartiers. Alors, il y a des gens qui partent, évidemment, mais c'est leur décision. Personne ne rôde pour trouver des recrues. Pourquoi faire ?

— Avant de monter au plateau, intervient Ellipse, on a croisé un vieux qui disait qu'il n'y avait pas la paix à Pian Cerega, comme dans toute la métropole. Qu'est-ce qu'il voulait dire, à ton avis ?

— Encore un faible qui nous lâche, peste Granel.

— C'est à peu près ça, confirme Banik. Les métropolitains ne se sentent pas heureux, et nous quand on les croise, on essaie de se montrer outrés, de les inciter à se plaindre, à se révolter. Mais jusqu'ici, ça ne fonctionne pas, alors certains partent.

— Il avait une robe de templier, précise Surelason en levant le doigt.

— Certains templiers quittent la métropole à cause d'un désaccord, effectivement. C'est rare, mais ça arrive. C'est aussi pour ça qu'on ne peut pas changer les choses sans révolte dure. Les prises de conscience internes au gouvernement se terminent toujours par des départs.

— Et vous en connaissez ?

— Serviane est connue. Je ne sais pas pourquoi ni comment elle est partie, mais elle s'est exilée à Honoratoga. Elle essaie de s'organiser et de monter un plan pour une révolution.

— C'est encore au bout du monde, réagit Ellipse.

— Oui, répond Banik, mais par bateau c'est très rapide. Deux grosses journées sans vent, une petite journée avec du vent.

— Il n'y a jamais de vent favorable là-bas, grogne Granel. Ce sont les pirates qui naviguent dans le sens du vent.

— Tu te trompes, la dernière fois j'ai filé sans m'arrêter.

— Vous ne vous organisez pas, à Pian Cerega ? demande Surelason.

— On ne peut pas, on fait quand même partie d'Embilhen donc si des gardes nous surprennent à agir, on va tous terminer aux travaux forcés.

— Et qu'est-ce qu'ils disent de vos velléités de révolte ?

— Tant qu'on ne fait que parler, pour eux, tout va bien. C'est pour ça que je vous ai posé beaucoup de questions tout à l'heure. Les gardes ont toujours à peu près le même discours et la même allure. Vous auriez pu en être. Je crois qu'ils n'ont pas vraiment conscience du problème. Ils font leur travail de protection, c'est tout. Pour eux, on est simplement des marginaux qui ont besoin des technologies de la métropole. Mais ils passent régulièrement, et s'ils nous trouvent un peu trop organisés ou un peu trop véhéments, ils viendront construire chez nous.

— Qu'est-ce qui les empêche de le faire ? demande Ellipse.

— On leur fournit de la nourriture et des services qu'ils ne trouvent pas ailleurs, donc ils nous laissent tranquilles.

— Si j'ai bien compris, reprend Surelason, vous allez à Honoratoga pour vous organiser ?

— Certains d'entre nous, oui. Parfois. D'autres fois, ce sont eux qui viennent à notre rencontre, de passage sur la route de la métropole.

— Et ils s'organisent pour lutter contre les pirates, là-bas ?

— Notamment.

— Mon frère vit là-bas, intervient Granel. Il s'est fait voler une petite jonque, et dévaliser sa cabane. Ils naviguent de nuit, pour éviter se faire repérer, en se séparant sur plusieurs embarcations. Sur les îles, ils sont à découvert, alors ils vivent la nuit, éclairés par les étoiles. Si on a du matériel à protéger, quand on vit là-bas, soit on veille, soit on dort mal parce qu'on risque de se réveiller sans rien.

— Ils n'ont pas de gardes ? demande Surelason.

— Ils ont essayé. Ils se sont tous fait occire. Les pirates ont un ou deux arbalétriers et on ne sait jamais d'où ils viennent.

— Honoratoga construit une forteresse en ce moment, signale Banik.

— On ne sait pas si c'est contre les pirates ou contre l'hypothèse selon laquelle des gardes du gouvernement viendraient voir ce qu'il se trame là-bas, précise Granel.

— Je vois, note Surelason.

— Il faut aller là-bas pour notre mission alors, résume Najarri.

— Ça m'en a tout l'air, confirme Surelason.

— Je ne voudrais pas dire que vous avez fait toute cette route pour pas grand-chose, mais on ne peut malheureusement pas vous aider davantage ici. On a assez de problèmes diplomatiques pour ne pas se mêler aux histoires de pirates. Mais si vous vous joignez au mouvement à Honoratoga, vous rejoindrez un groupe qui a des intérêts communs avec vous.

— Et des informations, rajoute Ellipse.

— Voilà, dit Banik.

— Très bien, conclut Surelason. En attendant de poursuivre notre route, est-ce que vous pourriez nous indiquer où offrir des services contre le gîte et le couvert ?

— Ici. Granel ?

— Venez dans les champs avec moi, on va trouver de quoi faire.

●

La table en bois de la salle à manger occupe presque toute la pièce. Entre les verres de ses quatre cohabitants, Banik pose un plateau en terre cuite sur lequel trône une grosse brioche, une extrémité étant découpée.

— Tu n'as pas pu résister, comme d'habitude ! sourit Granel.

— Il fallait que je reprenne des forces, moi aussi ! J'y retourne, j'ai presque terminé.

— Je vous sers, dit Surelason en sortant son couteau.

— Je vous sers, moi aussi ? demande Granel en exhibant une bouteille d'hydromel.

— Avec plaisir ! réagit Ellipse en tendant son verre.

— Déjà ? rouspète Surelason.

Granel sert Ellipse avec un sourire en coin.

— On n'a pas bu hier soir, on s'est levés tôt ce matin, et Granel a dit qu'on avait bien travaillé, donc j'ai bien droit à une récompense.

— Tu vas bien tenir jusqu'à midi avec ça, dit Granel en se servant.

Najarri, qui paraît encore plus fatiguée que la veille, tend son verre également :

— Moi aussi j'ai besoin de tenir, s'il-te-plaît.

— Tu n'as pas l'air bien Najarri, dit Surelason, ça va ?

— Oui oui, je manque juste de sommeil…

— On n'a pas trop de route, aujourd'hui. Tu veux qu'on te laisse faire la sieste avant de partir ?

— Je ne sais pas, si je m'endors je n'aurai pas envie de me réveiller. Je me coucherai plus tôt ce soir.

— Pas l'habitude de se lever aux aurores ? demande Granel.

— Au contraire, comme je te disais hier soir, j'étais maraîchère avant de les rencontrer. Mais j'ai peu et mal dormi la nuit dernière, là j'ai mieux dormi mais encore trop peu. Quand je travaillais chez moi j'avais des rythmes plus réguliers, et puis je n'ai jamais autant marché de ma vie…

— Tu sais, tu es libre de rentrer chez toi si le rythme est trop difficile, dit Surelason d'une voix étonnamment douce.

— Je n'ai pas envie. Vous m'avez redonné la force d'avancer et l'envie de me lever le matin. C'est juste que… Je ne sais pas comment vous faites pour être toujours en forme.

— Tu as vu dans quel état j'étais, jusqu'à hier soir ? relève Ellipse.

— Mais tu as toujours les jambes pour avancer. Et toi aussi Surelason, on dirait que tu n'es jamais fatigué, jamais blessé.

— Pourtant, je peux t'assurer que j'étais bien content de passer trois jours à me déplacer en hippotaxi.

— Tu es blessée, Najarri ? s'inquiète Ellipse.

Najarri prend son verre à deux mains et fixe le liquide à l'intérieur.

— J'ai mal à un pied… Je m'en suis rendu compte hier soir. C'est comme s'il était coupé en deux, un peu…

— Ah ! intervient Granel. J'ai bien remarqué que tu boitais, oui. Je pensais que c'était habituel.

— Coupé en deux ? grimace Surelason. C'est pas très bon. On va aller te soigner. J'imagine que vous connaissez un médecin qui s'occupe de ce genre de problèmes.

— Bien sûr, répond Granel la bouche pleine de brioche.

Ellipse se saisit de la bouteille d'hydromel.

— Ellipse… tance Surelason.

— C'est bon, je ne vais pas tituber. De toute façon on partira après manger, manifestement.

Granel se lève :

— Allez, il faut que je retourne au champ. Je propose que l'un de vous reste m'aider jusqu'à midi, et que l'autre accompagne Najarri chez Ayou, le soigneur.

— Je vais avec elle, dit Ellipse.

— Bien. C'est assez simple : à droite en sortant, à gauche à la maison orange, à droite du tisserand sur la place, au bout à droite, et c'est la maison avec de bocaux en verre au bord des fenêtres.

— Je suis impressionné par la cartographie interne que vous avez développée en vivant ici, remarque Surelason.

— On trouvera bien, si tout le monde le connaît. Tu veux de l'aide pour marcher, Najarri ?

— Ça devrait aller, merci.

Après avoir pris un chemin totalement différent, guidé par les habitants croisés, elles arrivent devant une maison plus haute que les autres, parfaitement entretenue, avec un toit en pente et quelques contenants en verres de diverses couleurs posés sur les larges rebords de fenêtres. Un beau banc en bois est placé sous l'une des fenêtres. La porte blanche affiche un grand symbole peint d'un vert vif : une fiole à fond plat dont le goulot est relié à la tige d'une feuille ovale. Najarri frappe à la porte ; une voix grave et sereine lui répond en provenance d'une des fenêtres. La pièce dans laquelle elles entrent est un large couloir aux murs blancs d'une propreté impeccable. Le sol, parfaitement plan, est carrelé de petites tomettes hexagonales. De chaque côté, des bancs, des plantes grasses, des herbes aromatiques et une table basse sont disposés, jusqu'à des portes qui se font face, autour d'une troisième porte située sur le mur du fond. La porte de gauche s'ouvre ; un homme élégant et dynamique apparaît. Longiligne et athlétique, il a de grands yeux bruns et de courts cheveux châtain. Rasé de près, il est vêtu d'une blouse en coton d'un blanc éclatant, boutonnée sur un haut bleu. Celle-ci descend jusqu'à mi-cuisse sur un pantalon du même bleu, assez près du corps, qui paraît souple. Il porte de fines chaussures marron qui épousent parfaitement la forme de ses pieds. Étonnée par ce détail, Ellipse se dit que Najarri n'aurait pas pu se retrouver dans un endroit plus approprié. L'homme, très souriant, se tenant sur le seuil de la porte, les accueille d'une voix chaleureuse :

— Salutations, mesdames. Que puis-je faire pour vous ?

— Bonjour, dit Najarri. Vous êtes Ayou ?

— C'est moi-même, soigneur de sa gent.

— Je m'appelle Najarri et je viens vous voir parce que j'ai mal à un pied depuis quelques jours, et maintenant je boîte quand je marche.

— Eh bien, vous êtes au bon endroit. Et vous, madame ?

— Je l'accompagne juste, au cas où il faudrait l'aider à marcher. Mais j'ai une question : est-ce que vous savez guérir l'amnésie ?

— Oh ! C'est pour vous ?

— Oui.

— Je ne sais pas si je vais pouvoir faire quelque chose, mais je pourrai vous voir après la madame.

— Très bien.

— Je vous laisse patienter un instant, je termine ce que j'étais en train de faire, et je suis à vous.

— Merci, dit Najarri.

— Au plaisir.

L'homme disparaît derrière l'ouverture, tandis que Najarri s'assied.

— Najarri, j'ai un gros service à te demander.

— Je t'écoute.

— Je voudrais sortir trouver un coutelier. J'en ai assez de dépendre de Surelason quand on a besoin d'un couteau, mais je n'ai pas de quoi m'en payer un.

— Ah oui ! Je veux bien te donner une ou deux perles, vu que tu vas sans doute devoir m'aider à me déplacer.

— Parfait, merci. Tu peux compter sur moi. Je te rejoins ici.

La place qu'un passant pressé lui a indiqué est assez grande et plutôt calme. Elle croit visualiser que c'est par cette place qu'elles auraient dû arriver chez le médecin. Le bruit de l'eau qui s'écoule de la fontaine, mêlé au chant des oiseaux, lui rappelle la plaine. Elle entend des bruits de sabots qui se rapprochent. Une femme gracile aux longs cheveux châtains monte un cheval gris à la robe tachetée de points noirs. Elle accélère le pas en traversant la place, la tête haute. Ellipse se demande où elle se dirige ainsi, dans cet enchevêtrement de rues où le trot est compliqué, et de ruelles où le passage même d'un équidé paraît inenvisageable. En suivant la cavalière du regard, elle découvre un appentis sur lequel sont fixés des pointes de lances. Sous un côté de la structure, elle remarque deux meules de tailles très différentes. Elle contourne la fontaine pour s'en approcher. De l'autre côté des meules, un hamac rayé rouge et blanc est fixé entre un poteau de l'appentis et le mur du bâtiment. Un homme est allongé dedans, un chapeau beige en feutre aux larges bords lui masquant la majeure partie du visage. Il porte un pantalon bleu foncé et un haut blanc à manches courtes, probablement tous deux en coton. Ellipse, sur le seuil de l'appentis, l'interpelle :

— Hum, bonjour ?

L'homme soulève son chapeau. Il a les yeux verts, le regard perçant, de très courts cheveux noirs et une barbe courte.

— Salut, je peux vous aider ?

— Je cherche un coutelier.

L'homme bascule prestement ses deux pieds chaussés de bottes noires par-dessus son hamac, dont il s'extrait avec vivacité et une habitude flagrante. Ellipse, surprise, recule légèrement comme s'il s'agissait d'un spectacle. Les deux talons de l'homme touchent le sol en même temps. Il remet son chapeau et pose ses mains sur les hanches, au niveau d'une ceinture en cordovan foncé maintenue par une boucle en fer. Le torse bombé, il annonce :

— Parredas, pour vous servir !

L'intérieur de l'échoppe est une véritable collection. Des armes accrochées aux murs, des lames exposées derrière des vitrines. Des manches plus ou moins terminés, des fourreaux de multiples tailles et matières. Toutes sortes d'outils dont Ellipse ignorait l'existence, et dont elle comprend peu l'utilité. L'homme accroche son chapeau au manche d'une épée incrustée dans le mur de terre.

— Vous avez devant vous l'expert en équipement tranchant de tout le continent. N'écoutez pas les autres : ils racontent des bobards, rigole-t-il d'une voix théâtrale imitant un personnage sûr de lui.

— Je voudrais un couteau simple, pas trop encombrant, et qui peut servir à me défendre en cas de besoin.

— D'accord. Vous savez vous battre avec une lame ?

— Je pense que oui.

— Vous n'en êtes pas sûre ? taquine-t-il en la pointant du doigt.

— Je suis amnésique, et depuis que je me souviens je n'ai pas eu l'occasion de me défendre au couteau. Mais un maître d'armes a dit que j'avais une bonne technique au corps-à-corps.

— Qu'est-ce que vous entendez par corps-à-corps ?

— À mains nues, sans équipement spécifique.

— Très bien. Je peux vous aider à vérifier, si ça vous dit.

Il se dirige vers un bureau, sur lequel est posé un manche en bois sur lequel est fixé un long triangle de cuir. Il ouvre un tiroir, et en sort un second, similaire.

— Ce sont des couteaux d'entraînement, dit-il en tenant le manche de l'un d'eux à Ellipse. Dans la lame, j'ai mis des cylindres métalliques, pour se rapprocher du poids d'un couteau. L'extérieur de la lame, bien entendu, est en cuir. Je peux donc tenter de vous poignarder sans crainte, regardez.

Il enfonce la lame en cuir sur son ventre, et la retire sans le moindre dommage.

— Évidemment, l'équilibre n'est pas le même qu'avec une vraie arme, donc contentez-vous de le garder empoigné.

Ellipse examine le couteau. Parredas reprend :

— Disons que nous luttons à armes égales. Je vous menace de dérober votre veste. Admettons que vous teniez déjà le couteau entre vos mains. On verra pour l'étui et le mode de transport quand vous serez sûre que vous voulez un couteau.

— Ce matin j'en aurais eu besoin pour couper une part de brioche, alors ne voyez pas les choses en grand.

À peine a-t-elle terminé sa phrase que Parredas, qui tient son couteau de la main gauche, lui assène un coup à la main droite, où elle tient le manche. Elle l'esquive de justesse.

— Bon réflexe. Votre nom, si… vous vous en souvenez ?

— Ellipse.

— Bon réflexe, Ellipse.

Aussitôt, il fléchit la jambe gauche et son couteau en cuir fend l'air, effleurant le bras droit d'Ellipse. Elle recule et tente d'entailler le poignet de son adversaire alors qu'il revient sur ses gardes. Il place une feinte d'estoc vers son visage, et au moment où Ellipse tente de le parer, il abaisse la lame de cuir vers la main de son opposante. Ellipse, qui avait anticipé le stratagème sans comprendre comment, effectue un mouvement de l'épaule pour ramener son bras vers elle, et plie immédiatement le genou droit, de sorte à faire légèrement basculer son corps. Son couteau, tourné vers l'intérieur, touche le poignet de Parredas, qui bondit en arrière.

— Pas mal, sourit-il avec un air satisfait. Vous avez effectivement l'air entraînée. Vous m'avez blessé entre le pouce et l'index. La gravité de ma blessure dépend maintenant du couteau que vous allez choisir.

○

L'air maussade, Najarri sort du cabinet d'Ayou. Ellipse, qui regardait son couteau dans les moindres détails, le range dans son étui, attaché à la fine ceinture qu'elle vient d'acquérir. Près d'elle, un homme large d'épaules aux cheveux bouclés, la main enroulée dans un linge gris, regarde les plantes.

— Il dit que c'est sans doute une fracture de fatigue. Il faut que je me repose au moins cinq jours.

— Cinq jours ? Tu vas rester ici, alors ?

— Je ne veux pas, je veux venir avec vous… dit-elle avec le ton d'un enfant déçu.

Ayou réapparaît :

— Salutations, cher monsieur. Serait-ce une urgence ?

— Je me suis gravement entaillé la paume, grimace l'homme.

— Désolé madame, s'adresse-t-il à Ellipse, je vais devoir vous faire passer après monsieur.

— Je vais quitter le hameau, c'était juste pour savoir si on peut guérir d'une amnésie de vingt jours qui n'évolue pas.

— Vingt jours ! Ah, si ça n'évolue pas, il vous faudrait un très fort choc émotionnel. Une situation de votre passé qui s'impose à vous. Mais malheureusement, il y a peu de chances, désolé.

Le visage compatissant du médecin l'emplit d'un mélange de frustration et de soulagement. Elle ne sait pas si elle doit s'attrister de ne pas retrouver sa personnalité et ses connaissances antérieures, ou se réjouir de ne pas pouvoir retrouver l'état d'esprit de la femme malfaisante qu'elle a manifestement été auparavant. Elle n'est sûre que d'une chose : la quête ne sera pas terminée tant qu'elle n'aura pas retrouvé les pirates. Les seuls capables d'apporter des réponses aux interrogations qui hantent sa mémoire.

○

Ils auraient sans doute tourné en rond quelque temps avant de trouver la sortie du village, si Banik n'avait pas décidé de venir avec eux. Son petit sac à dos en feutre gris, plein à craquer, semble sous-dimensionné pour un périple annoncé de trois jours et demi. Deux couteaux de lancer sont également fixés sur chaque côté, dans des étuis en cuir entourés d'anneaux en cuivre. Après avoir déniché une canne en bois de robinier, elle les a invités à faire un détour par un hameau voisin, où un éleveur d'ânes satisfera certainement la volonté de Najarri de se déplacer sur une monture. Si la distance entre le hameau du Cœur et le hameau de l'Âne aurait paru raisonnable il y a quelques jours, elle devient une épreuve pour la blessée, qui progresse en claudiquant. Ellipse, qui porte sur son ventre l'équipement de cette dernière, n'est pas mécontente que le rythme soit ralenti. La charge de ses deux sacs à dos, à peu près équilibrée, lui donnent l'impression que le poids de son corps a doublé. Surelason, qui s'est fermement opposé à être ralenti de la sorte et qui exigeait que Najarri reste au hameau, marche seul en tête, disparaissant parfois au gré du tracé, s'arrêtant à chaque croisement pour attendre Banik.

— Altangara !

L'homme qui se retourne en entendant le nom crié par Banik est le plus petit des trois individus qui s'affairent autour d'un cheval bai nerveux, dont le museau est relié par une corde au tronc d'un grand chêne. Il se dirige immédiatement vers la barrière devant laquelle ses visiteurs attendent. Il porte de hautes bottes grises qui montent jusqu'aux genoux, un pantalon d'un gris moins foncé maculé de terre humide, et une chemise orange dont les manches sont retroussées jusqu'aux coudes. Légèrement bossu, il dégage néanmoins une impression d'agilité avec ses jambes relativement frêles. Ses cheveux châtains sont rasés seulement sur les côtés, de sorte à former une crête. Ses oreilles sont percées de deux gros anneaux. Un sourire illumine son visage, déparé par une voix rocailleuse :

— Banik !

L'homme tire la barrière et les deux connaissances s'enlacent amicalement.

— Comment va ?

225

— Plutôt bien, on manquait un peu de main-d'œuvre ces derniers jours, mais ces voyageurs sont venus nous aider un peu. Et toi ?

Altangara les salue de la main ; Surelason l'imite.

— Une jument, un peu nerveuse. On essaie de savoir. Que t'amène ?

— J'accompagne ces gens à Honoratoga, mais Najarri est blessée. Il lui faudrait une monture jusqu'à Fos.

— Par ici, dit-il en montrant l'enclos de l'autre côté du chemin.

L'homme marche d'un pas assuré, tout en tanguant à chaque pas.

— Pourquoi Honoratoga ? questionne-t-il.

— Je les amène chez les rebelles. Leur objectif est de liquider les pirates, donc ils peuvent s'entendre.

— Liquider ? À trois ? dit-il en s'arrêtant et en se retournant.

— C'est bien pour ça que je les emmène là-bas. Peut-être qu'ils ont un groupe qui prévoit déjà de traquer les pirates dans les îles.

— Savez ce que c'est, les pirates ? demande-il aux voyageurs.

— Des pillards nomades, répond Surelason. Ils ont saccagé mon village. Ils ont aussi saccagé celui de Najarri, et elle a perdu tous ses proches.

— À trois ?

— On cherche du renfort et des informations.

— Quatorze pirates ! Mon village tout cassé. M'ont attaché et jeté au fumier. Un cheval en moins, nourriture, alcool. Pian ? Réfugié ici. Plus jamais la plaine. Leur tête sur un piquet.

L'air contrarié et grave, il fixe Surelason. Puis il se retourne d'un bond soudain, reprenant sa marche oscillante vers un groupe d'ânes.

Délestée d'une bonne partie de ses biens, Najarri est cependant ravie de pouvoir s'asseoir et de retrouver une monture.

— Eh bien, dit Surelason, il a l'air particulièrement hostile aux pirates.

— Qui ne le serait pas ? rétorque Banik. Mais tu as raison, s'il n'avait pas son affaire ici, il aurait certainement demandé à vous rejoindre.

— Il a l'air un peu impulsif, note Ellipse.

— Complètement, confirme Banik. Je suis sûr qu'il essaierait de tuer n'importe qui lui disant simplement qu'il serait capable d'être un pirate.

— Tu as eu chaud, Ellipse ! taquine Najarri.

— Quoi ? Pourquoi ? s'interroge Banik.

— Ah oui ! J'ai rien dit ! rougit Najarri.

— Ça ne te dérangerait pas d'être une pirate ? s'offusque Banik en fixant Ellipse.

— Je ne sais pas quoi répondre… hésite Ellipse.

Elle regarde Najarri, qui baisse les yeux sur son âne.

— C'est quoi ton souci ? attaque Banik. Tu as entendu ce qu'a dit ce pauvre Altangara ? Et ça ne te poserait pas de problème de lui faire subir la même chose ?

— Surelason, se plaint Ellipse.

— Débrouillez-vous, répond l'homme en levant la main sans se retourner.

— Alors ? insiste Banik en se rapprochant d'Ellipse. J'attends tes explications ? Tu te verrais bien piller des villages et massacrer les innocents qui osent résister ? Je ne plaisante pas avec ça.

Ellipse fait un pas de côté pour s'éloigner de Banik, et met sa main en opposition pour la dissuader de la suivre.

— Détends-toi, je vais t'expliquer, c'est plus compliqué que ça en a l'air.

— Je vous avais bien dit de faire attention ! lance Surelason qui a repris de l'avance.

— C'est bon, on ne t'a rien demandé, égoïste ! Tu devrais être content que je me sente gênée de mentir !

— Je me détends, s'impatiente Banik d'une voix tendue. Je t'écoute.

— Comme tu le sais, je suis amnésique depuis une vingtaine de jours.

— Oui, et donc ?

— Avant, j'étais une pirate.

Banik s'arrête net, en écarquillant les yeux. Ellipse se tourne vers elle, recule, et s'immobilise également.

— Vous êtes des pirates ! Vous voulez infiltrer Honoratoga ! dit Banik en attrapant les deux couteaux fixés sur son sac.

— Ne nous met pas tous dans le même panier ! intervient Surelason en haussant la voix, avant de s'arrêter pour se retourner observer la scène.

— Tu te méprends, eux ils sont normaux. Moi aussi, maintenant. Je ne suis pas responsable de mon passé.

— Vous avez inventé une histoire d'amnésie pour nous apitoyer ! crie Banik en menaçant Ellipse de la pointe d'un couteau.

228

— Je suis vraiment amnésique, c'est pour ça que je suis là avec eux ! Calme-toi ! On a le même objectif maintenant !

— Prouvez-moi que vous n'êtes pas des pirates ! Montrez vos tatouages sur le dos !

Surelason pose immédiatement ses sacs et ôte sa veste.

— Je suis désolée, je ne vous cause que des ennuis… se lamente Najarri.

— Montre-moi ton dos, lui ordonne Banik. Je n'ai pas peur des pirates.

— C'est bon pour moi ? demande Surelason d'une voix blasée en indiquant son dos nu avec le pouce droit, tenant son épée dégainée de l'autre main.

— C'est vu, Surelason, confirme Banik. À vous, les filles, montrez-moi que je peux vous faire confiance.

— Allez, c'est bon, peste Ellipse.

Elle pose son sac en reculant à nouveau, sans quitter son interlocutrice des yeux. Elle ôte rapidement sa veste, et la jette par terre énergiquement. Elle dégaine son nouveau couteau, saisit la bretelle de sa robe avec la main opposée en pointant l'arme vers l'extérieur, et la fait tomber de son épaule en pivotant légèrement, suffisamment pour permettre à Banik de voir le crâne.

Instantanément, Banik jette l'un de ses couteaux en direction d'Ellipse. Peu surprise, elle esquive le coup d'un mouvement de côté. Tandis qu'elle se baisse pour se rapprocher prudemment de son opposante, Surelason trottine vers Banik l'épée à la main, en brandissant sa paume opposée face à lui :

— Arrêtez ! Vous n'êtes pas adversaires !

À la vue de l'homme en action vers elle, Banik bondit de ses appuis en se retournant, puis s'enfuit en courant dans la direction d'où ils viennent. Surelason poursuit son effort et augmente l'écart de ses enjambées. Najarri dirige l'âne vers eux.

— Rattrape-les ! lance Ellipse à Najarri.

— Il ne veut pas avancer plus vite, il est têtu !

Ellipse prend conscience de l'impact que peut avoir un simple tatouage sur la réussite de leur mission. Si Banik informe d'autres personnes qu'elle a un passé douteux, ils se feraient traquer. Leur mission serait terminée. Sa vie serait gravement compromise. Dans un sursaut, elle se précipite vers Banik et Surelason en courant pour tenter de les atteindre. Elle voit Banik qui se libère de son sac à dos dans les mollets de Surelason qui était presque arrivé à sa hauteur. Déstabilisé, Surelason est contraint de mettre son genou gauche et sa main libre au sol. Il se redresse immédiatement, au moment où Banik se retourne pour jeter son deuxième couteau sur l'homme. Mal lancé dans la précipitation, la lame glisse sur l'avant-bras gauche de Surelason, le tranchant l'entaillant légèrement. L'homme agrippe toujours son épée. L'ayant presque rattrapée, il place son arme à plat devant lui, touchant un talon de Banik. Déséquilibrée, celle-ci sort du chemin, dévale une pente enherbée, et saute par-dessus une rivière. Elle atterrit sur ses deux pieds, mais met du temps à se relever. Surelason, qui a lâché son épée pour l'imiter, saute un peu plus loin : il parvient à la bousculer en se réceptionnant, l'empêchant de prendre un bon départ. Il bondit sur elle et la plaque au sol. Il saisit le couteau de sa botte avec difficulté, moins à cause de ses légères blessures que suite aux chocs qui ont emmêlé les fixations.

— Tu ne peux pas nous trahir comme ça ! Elle mérite la mort ! hurle Banik en se débattant.

— Tu ne m'empêcheras pas d'accomplir ma mission ! tonne Surelason, assis sur le dos de son adversaire.

Ellipse reste sur la pente menant à la rivière, observant le combat se déroulant en face.

— Tue-moi, sale pirate, mais tout le monde saura que c'est toi et vous serez traqués à mort !

— Tu ne sais pas ce que tu dis ! J'ai capturé une pirate, et je l'ai amenée ici pour qu'elle collabore à leur élimination. Personne n'a réussi à les arrêter jusqu'ici, personne n'a jamais capturé de pirate vivant. Moi, j'en ai une ! C'est mon arme secrète, et grâce à cette arme, des centaines de villages et de hameaux seront vengés ; la plaine retrouvera la paix. Et si tu veux nous en empêcher, je n'aurai aucun regret à en finir avec toi, et personne ne retrouvera ton corps !

— Balivernes ! Elle va te trahir quand elle retrouvera la mémoire !

— Elle ne retrouvera pas la mémoire ! Ça fait vingt-deux jours qu'elle est avec moi. Qu'est-ce que tu sais d'elle ? Elle va m'aider à arrêter les pirates, et si elle retourne parmi eux, je n'aurai aucun scrupule à la tuer. Et si tu cherches à la tuer alors qu'elle est avec nous, c'est comme si tu défendais ces pillards assassins !

Banik cesse de se débattre.

— Ça va, je ne dirai rien, lâche-moi ! s'énerve-t-elle.

— Je suis désolé d'en arriver là, Banik, mais tu te trompes lourdement. On partage le même combat. Moi aussi j'ai envie de la tuer, parfois. Mais pour l'instant, elle est amnésique, et la personnalité qu'elle a depuis vingt-deux jours est la même que la nôtre. Je peux t'assurer que je me méfie, chaque jour. Je l'ai même agressée pour vérifier qu'elle ne jouait pas de double jeu, qu'elle ne me mentait pas. Ne ruine pas ce travail, j'ai besoin d'elle pour stopper la piraterie, et toi aussi tu as besoin d'elle pour stopper la piraterie.

— Je n'ai besoin de personne.

— Est-ce que tu me comprends, Banik ? Est-ce que tu comprends qu'il est dans notre intérêt à tous d'accomplir cette mission avec elle ?

— Lâche-moi.

Surelason desserre sa prise, et se lève doucement, restant sur ses gardes. Banik se tourne sur le dos, laissant apparaître son visage renfrogné.

— J'aurais réagi comme toi à ta place, Banik. Mais il faut savoir privilégier l'intérêt de tous, plutôt que la vengeance personnelle aveugle.

— Comment tu fais pour vivre avec une pirate depuis autant de temps ?

— Elle n'est plus une pirate. Tu nous parlais de Serviane. Fait-elle encore partie des templiers malgré qu'elle les ait quittés, malgré qu'elle s'oppose maintenant à eux ?

— C'est un choix conscient et volontaire.

— Qu'est-ce que ça change ?

— Qu'elle a expérimenté ce à quoi elle s'oppose. Celle-ci pourrait très bien se rendre compte qu'elle se sent mieux avec les pirates.

— Quand elle s'en rendra compte, ça voudra dire que la mission est presque terminée.

Banik s'assied. Elle remarque Ellipse, assise sur la pente de l'autre rive.

— Tu finiras comme eux ! lui lance-t-elle sur un ton agressif.

Ellipse ne réagit pas. Elle se sent profondément blessée. Le jugement hâtif de Banik la touche au point qu'elle se demande si elle a vraiment sa place parmi ce groupe. Les paroles dures de Surelason à son égard sont sincères, elle en est convaincue. Mais que peut-elle faire ? Si elle fuit, elle sera traquée. Surtout, elle n'a nulle part où aller. Nulle part, sauf cet hypothétique camp de pirates. Pour qui elle est déjà calcinée depuis bien longtemps. Qui trahit-elle le plus ? Les gens normaux, à qui elle cache son passé, sans être certaine qu'elle ne retrouvera pas le goût de les terroriser à l'avenir ? Ou les pirates, qu'elle va peut-être devoir saborder de l'intérieur ?

— Je ne t'empêche pas de lui en vouloir, dit Surelason en s'accroupissant auprès de Banik. Je veux juste que tu sois de notre côté, et que tu nous laisses poursuivre notre chemin discrètement. C'est comme ça qu'on réussira.

— Je ne vois pas comment je pourrai avancer dans un groupe avec une pirate.

— Les pirates ont tué la famille de Najarri. Toute sa famille, sauf elle. Et pourtant, elle est là, aujourd'hui, avec une femme qui aurait parfaitement pu participer au massacre de ses proches. Et tu sais pourquoi ?

— Tu vas me le dire.

— Parce qu'elle a appris à connaître Ellipse telle qu'elle est maintenant. Ellipse, maintenant, serait incapable de commettre de telles atrocités. Ce n'est plus la même personne. Elle s'est excusée, et elle souffre de ce passé.

— Je n'en ai rien à faire.

— Moi non plus, mais c'est tout de même significatif du changement. La pirate qu'elle était avant est morte. Ici, nous avons une personne normale avec un crâne sur l'épaule. Tu vois ?

— Ça va, je ne dirai rien, dit-elle en se relevant.

Surelason se lève également.

— Encore une fois, excuse-moi d'avoir dû te malmener.

— Désolée que tu te sois blessé. Maintenant, on va récupérer nos affaires, et je vais vous laisser poursuivre votre route.

— Je voudrais que tu viennes avec nous à Honoratoga, comme tu avais prévu.

— Vous demanderez à voir Serviane de ma part.

— Ça peut être très enrichissant pour toi, Banik. Tu apprendras à coopérer avec une personne que tu n'apprécies pas. Ça rend humble.

— Tu ne m'as pas l'air d'être le roi de l'humilité, ricane Banik.

— J'aimerais que tu restes avec nous et que tu arrives à passer outre l'envie de la tuer. Comme Najarri. Tu en sortiras plus forte.

— Ellipse, créatrice d'expériences inédites… intervient Ellipse en soupirant, le ventre noué par les événements.

— Je t'ai à l'œil ! répond Banik en pointant Ellipse d'un bras tendu.

— Allez mes ennemis, venez, reprend Ellipse en se levant. On va être en retard pour sauver le monde.

○

La tension est toujours palpable en fin d'après-midi, le groupe s'étant scindé en deux. À l'avant, Surelason et Banik n'ont pas cessé de débattre depuis qu'ils sont partis. Leurs tons sont toutefois cordiaux. Quelques pas derrière, Ellipse essaie de convaincre Najarri d'ôter le foulard en soie qui lui couvre le visage. Cette dernière, assez affectée d'avoir malencontreusement trahi sa camarade, ne pense plus à sa blessure que lorsque son âne décide de s'arrêter pour brouter. Tandis que des nuages assombrissent le ciel, un hameau apparaît progressivement, devant une forêt qui barre l'horizon. Il est constitué de huttes assez espacées les unes des autres. Construites avec divers matériaux, de tailles et formes variées, elles ont pour point commun une cheminée en brique située à l'opposé de la porte d'entrée. Chaque hutte est entourée de jardins, si bien qu'à certains endroits elles ont l'air d'avoir été posées au milieu des cultures. Au centre du hameau, six grandes huttes se font face, formant un cercle autour d'un puits. En se rapprochant, ils remarquent que l'une des six, un peu à l'écart, est en réalité un four à pain. Banik toque à la porte d'une hutte circulaire en terre, avec un haut toit en paille. Ellipse trouve qu'elle ressemble à une bougie géante. Un homme frêle aux cheveux gris dressés sur la tête ouvre la porte. Il a le visage rond, une fine moustache et une longue barbiche. Il porte une robe jaune pâle qui descend jusqu'à ses pieds chaussés de sandales légères. Il s'exprime d'une voix nasillarde posée et sourit en voyant son interlocutrice :

— Banik !

— Pique-ce-loup, répond-elle d'un ton empli de respect.

— Que puis-je ?

— Je vais à Honoratoga.

— Je m'y attendais, dit-il en se penchant légèrement afin de voir ses accompagnateurs par-dessus son épaule.

— Ils veulent arrêter les pirates. Je les conduis chez Serviane.

— Ils se préparent.

— Ils opèrent bientôt ?

— Je ne pense pas. Je t'en parlerais bien. Mais je n'ai plus que deux places, dans la hutte en bois avec d'autres aventuriers.

— Je dormirai dehors avec Ellipse, intervient Surelason.

— Vous pouvez tenir compagnie à votre âne dans l'étable, à la sortie de la ville.

— Très bien, répond Surelason.

— Est-ce qu'on mange chez vous ? demande Banik.

— Vous allez manger chez le vannier. Sa compagne est en déplacement et son fils est parti à Adalezian. Si vous savez construire une hutte, vous n'aurez rien à troquer.

— C'est la spécialité de Surelason, se satisfait Banik.

Pique-ce-loup fait signe à Banik de s'approcher, et chuchote à son oreille. Elle hoche la tête et se retourne vers ses congénères :

— Rapadura ?

— Moi ! réagit Ellipse.

Surelason, surpris par la demande de Banik, reste coi.

— Et pour Najarri aussi, ajoute Ellipse, ça la requinquera un peu.

— Trois pains de vesou, je vous prie.

— Demain à l'aube, répond Pique-ce-loup. Échange selon le travail que vous aurez fourni chez le vannier.

L'étable est construite comme quatre grandes huttes mises bout à bout, avec une large ouverture à la place de la cheminée. Ellipse a les épaules fourbues à force de manipuler des solives. Elle saute sur une botte de paille, seulement séparée de l'enclos de l'âne de Najarri par une rambarde en bois, étale un drap usé dessus et s'allonge. Elle relève la tête lorsqu'elle entend des bruits de pas. Elle croise le regard de Surelason, qui l'interpelle :

— Bon, maintenant on peut en parler.

— De quoi ?

— Devine.

— J'ai envie de goûter. J'ai bien le droit, non ?

— C'est une drogue. Tu vas te sentir euphorique, et après tu vas ressentir le manque. C'est un cercle vicieux.

— Je ne connais plus ce monde, je ne sais pas ce que j'ai goûté ou pas, je veux découvrir le goût de la canne et comprendre pourquoi c'est mal d'en manger. Tu me diras ce que tu veux, j'en ai commandé et je compte bien le manger.

— Et Najarri ?

— Elle est en petite forme, ça ne lui fera pas de mal…

— Elle sera encore moins bien lorsqu'elle aura envie d'en reprendre et qu'il n'y en aura plus. C'est très dangereux, ce que tu fais. Peut-être que toi tu peux le supporter, mais Najarri est fragile en ce moment.

— Oh, allez, elle fait bien ce qu'elle veut. Si ça se trouve elle n'aimera pas.

— Tout le monde aime le rapadura. Ce n'est pas comme l'alcool. C'est comme si on était programmés pour réagir positivement à tout ce qui est fait à base de canne.

— Et c'est quoi le problème de vouloir en rechercher d'autre ?

— Ça coûte cher et ça ne nourrit pas. Ça affaiblit l'organisme. Mais, soit ! Tu verras. Tu verras comme ton endurance sera réduite.

— Je verrai bien, oui. Pas de canaux, pas de source.

— Plaît-il ?

— Pardon, rigole-t-elle. Ça veut dire que je ne tiens que mes expériences pour vraies, pas celles des autres. Si je ne vois pas les canaux sortir du temple, je ne crois pas qu'il existe une source dedans. Si je ne vois pas de canaux, il n'y a pas de source.

— Quand on est amnésique, on ferait bien de se fier aux autres.

— J'en ai assez de dépendre de toi. Je t'ai déjà expliqué la même chose par rapport à mon nouveau couteau.

— Tu n'as pas le choix. Je t'ai à l'œil, et maintenant Banik aussi te surveille, et à cause de cette situation je dois à mon tour l'observer attentivement.

— Tant pis, je dormirai mieux que toi.

Elle s'allonge sur un côté, tournant le dos à Surelason.

●

5

La reine des nœuds

Elle a l'impression d'avoir dépassé le bout du monde. Les épais nuages gris, qui n'ont jamais laissé le soleil apparaître depuis l'aube, annihilent tout repère temporel. Bloqués par l'absence de vent, ils présagent l'imminence d'une forte averse, qui n'arrive jamais. L'atmosphère est lourde et silencieuse. Le paysage est presque le même où que l'on regarde : une immense prairie sauvage à perte de vue. Parfois, de puissants chevaux à la robe baie claire, au ventre et au museau blancs, trottent à proximité ; des juments et leurs poulains paissent paisiblement pendant que des oiseaux se reposent sur leur croupe ; un lapin s'enfuit. De temps en temps, elle repère un papillon ou une sauterelle. Mais depuis que la forêt marquant la limite sud de Pian Cerega a disparu derrière eux au détour d'une petite colline, leur chemin est le seul point de repère spatial. Seuls rompent la monotonie quelques buis épars, un groupe de pins au loin, et de rares chênes isolés. Le chemin, une petite bande de terre creusée au gré des passages à pied ou à cheval, est régulièrement balisé de cairns. En tête, Najarri et Banik discutent de la comestibilité des plantes vivaces qu'elles croisent. Cette dernière cueille beaucoup de plantain et de chénopode, qu'elle entasse dans un sac en toile harnaché à la selle de l'âne. Najarri, bien plus en forme que les jours précédents, parle parfois à sa monture. Peut-être pour l'encourager ; peut-être pour créer une complicité que la bête ne fait aucun effort pour essayer de lui rendre. Quelques pas derrière, talonnée par Surelason, Ellipse languit à son tour de ne pas avoir l'impression que le paysage défile.

— Surelason…

— Oui ?

— Tu n'en as pas marre, toi ?

— De quoi ?

— De marcher comme ça pendant des jours et des jours… Sans savoir si tu vas atteindre ton but, sans savoir si c'est réellement ton but.

— Ça fait des années que je fais des aller-retours réguliers entre Taunarga et Embilhen. Cette mission, c'est l'aventure ultime. Et l'aventure, ça stimule.

— Qu'est-ce qui te stimule ?

— Eh bien… Je ne croise jamais les mêmes personnes. Les paysages… Ils changent au fil des saisons. J'aime cet effort, la marche. Je me sens… équilibré. Le mouvement, c'est ce qui fait de nous des êtres vivants.

— Tu n'as jamais envie de t'arrêter et de rentrer chez toi ?

— J'ai toujours envie de rentrer chez moi. C'est ce qui me motive à avancer, peu importe la direction : une fois que j'ai terminé ma mission, je rentre chez moi.

— Moi j'en ai marre… J'aime bien découvrir le continent, mais à chaque fois qu'on va quelque part en espérant avoir terminé, l'arrivée s'éloigne en riant. Le plateau, la bibliothèque, Pian Cerega, maintenant Honoratoga… C'est frustrant. Je veux juste retrouver mon histoire.

— La fin de notre quête ne dépend pas d'un emplacement précis. Même quand on aura localisé le camp des pirates, qui te dit que ça ne sera pas le début d'une nouvelle aventure pour toi ? Qui sait ce que tu feras, une fois qu'ils seront tous neutralisés ?

— Je ne sais pas… Je n'ai pas choisi d'être là, je ne fais que subir les événements. J'aimerais choisir ma vie.

— Tu peux toujours partir, mais tu risques de regretter de ne plus pouvoir obtenir de réponses à tes questions.

— Donc je ne peux pas partir. C'est bien ce que je dis.

— Je peux te faire la morale ?

— C'est gentil de prévenir, ironise-t-elle.

— Ce sont les effets du rapadura.

— De quoi ?

— Ton mal-être actuel.

— Najarri en a mangé aussi, et elle est plus motivée que jamais.

— Elle profite du voyage. Elle n'a jamais été aussi loin. Elle n'aurait jamais découvert ces belles étendues interminables par elle-même.

— Moi non plus je n'ai jamais été aussi loin. Depuis Taunarga.

— Vous n'êtes pas dans la même situation.

— Elle a même oublié qu'elle est blessée au pied, depuis qu'elle monte son âne !

— La drogue amplifie les côtés négatifs. Tu iras mieux demain.

— Tu dis toujours ça. Tu m'énerves.

— Je préfère te voir énervée que triste. Ça montre que tu as du caractère. Et pour ce genre de quêtes, il en faut.

— Je rêve ou tu me fais un compliment ?

— Prends-le comme tu veux.

— Regardez, intervient Najarri, il y a une maison !

Au milieu d'une immense portion plane montant légèrement vers une petite crête coupant toute visibilité vers ce qui se trouve au-delà, une petite construction en tuf est érigée. Minuscule dans ces contrées étendues à l'infini. Un point blanc immobile sur un océan vert.

— Qu'est-ce que c'est, Banik ? demande Surelason.

— La seule maison de la prairie !

— On est bientôt arrivés ? questionne Najarri.

— Non, on en est loin ! C'est à peu près le quart du trajet.

— Oh, se lamente Ellipse, je croyais qu'on y était avec cette crête là-haut…

— Tu n'es pas rendue à demain soir !

— Quelle est l'utilité d'une construction ici ? reprend Surelason.

— Bonne question. Pourtant, ça fait longtemps qu'elle est là.

— Elle doit simplement servir d'abri pour la nuit.

— Je ne pense pas, la plupart des gens voyagent ici à cheval et font le trajet en une journée.

— Peut-être qu'à une époque c'était pour se protéger des loups.

— Il y a des loups ? s'inquiète Najarri.

— Pas jusqu'ici à ma connaissance, précise Banik, mais ça pourrait.

— Il y en avait dans la forêt qu'on a traversée ? s'étonne Ellipse.

— On aurait pu en croiser, mais ils ne s'aventurent pas trop près des gros sentiers. En plus, ils n'attaquent que les humains solitaires, ou accompagnés d'un âne. Parce qu'ils attaquent les ânes.

— Oh ! s'exclame Najarri.

— Et les chevaux ? s'enquiert Ellipse.

— Rarement, ils sont trop gros pour eux. Et les chevaux d'ici sont particulièrement massifs, comme vous avez pu le voir.

— Oui, dit Surelason, et ils ont une robe originale, que je n'avais croisée nulle part ailleurs.

— Comme Ellipse ! s'amuse Najarri.

— On ne peut pas attraper un cheval pour aller plus vite ? dit Ellipse.

— Non, répond Banik. Pas ceux-là. Personne n'a jamais réussi à les discipliner. Ça doit être dans leur caractère. Et pourtant, beaucoup on essayé. Des spécialistes reconnus, comme l'éleveur de Turgian. Mais ils ne veulent pas être montés, ils sont réticents à toute tentative de dressage.

— C'est dommage, dit Surelason, ils ont l'air rapides.

— Tant mieux pour eux, reprend Banik, ils sont libres.

La maison, dont l'ouverture principale est dépourvue de porte, est aussi large que longue. Le mur du fond comporte une petite ouverture de la taille d'un visage. Le sol, surélevé, et le plafond, très incliné vers le fond, sont du même matériau que le reste de la construction. Le mur de l'entrée est deux fois plus haut que celui qui lui fait face, contre lequel une personne de grande taille ne tiendrait pas debout. Le bâtiment, vide mais étonnamment propre, ne pourrait pas contenir plus de six personnes, ou la moitié en position allongée. Surelason regarde par la petite ouverture :

— On voit d'autres cairns.

— Heureusement qu'ils sont là, répond Banik. On en trouve jusqu'à une rivière qui provient d'un canal d'Adalezian, et qu'on suivra jusqu'à la baie de Fos Mundridol. Normalement on devrait l'atteindre avant la nuit.

— Najarri dit qu'on devrait manger ici, relate Ellipse. Je l'aide à descendre ?

— Pas longtemps alors, répond Surelason. On ne sait pas où on en est dans l'avancement de la journée.

○

Elle a cru que la fine pluie qui les a surpris pendant un court instant allait compliquer davantage la tâche. Celle de devoir inlassablement poser un pied devant l'autre sans voir les environs évoluer. Pour se donner du courage, elle regarde les hautes herbes et la végétation au sol. Elle s'imagine géante, survolant la jungle qui chatouille ses mollets, esquivant de justesse les sauterelles et les habitants les plus petits de cet univers étonnant. Ainsi, le paysage passe beaucoup plus vite.

Lorsque Najarri a commencé à fredonner, elle a eu envie de l'imiter. Mais elle ne se souvenait d'aucune parole, aucun air, à l'exception de quelques bribes qui demeurent dans son esprit depuis la place principale de Carrando, ainsi que quelques auberges. Alors elle l'écoute. À l'entame des premiers mots d'une comptine, Banik l'accompagne immédiatement, et Surelason ponctue les rimes en reprenant les dernières syllabes. Les trois comparses rient de bon cœur. Ellipse se sent à l'écart. Certes, ces mélodies sont sympathiques et parfois drôles, mais elle les perçoit plutôt comme une référence commune qu'elle ne maîtrise pas. Finalement, Najarri se rend compte de la situation.

— Tu ne connais plus de chansons, Ellipse ?

— Non.

— C'est dommage ! Tu veux qu'on te les apprenne ?

— Pourquoi pas !

— Je suis sûre que tu te souviens d'une chanson de pirate, intervient Banik. Ça chante quoi, un pirate ? La gloire du sang, la destruction des familles ?

— C'était mieux quand tu chantais, rétorque Ellipse.

— Je ne connais pas de chanson de pirate, moi. Seulement des belles chansons. Tu as honte de celles que tu connais, c'est ça ?

— Je n'en connais pas.

— Dis-le que tu te rappelles de paroles trop horribles pour nous les avouer !

— Arrêtez ! s'interpose Najarri.

— Oui, intervient Surelason, sinon j'entonne un air pour motiver les troupes sur les chantiers !

Sans attendre, il hausse la voix pour réciter une chanson rythmée et répétitive faisant intervenir un public pour doubler la fin des vers, ce qui ne manque pas d'amuser Najarri et de détourner l'attention de Banik. Ellipse est déçue par le comportement de la femme. Néanmoins, elle profite simplement de leurs chansons pour se distraire sur le long chemin sensés les mener là-bas, au loin, derrière les nuages.

•

Allongée sous un pin à l'écart, afin de permettre à Banik de la surveiller depuis son hamac, elle ne parvient pas à se rendormir après avoir été réveillée par des fourmis sur ses jambes. L'aube naissante lui permet à peine de distinguer son sac, accroché à une branche. La fatigue qu'elle ressentait la veille découlait vraisemblablement de la lassitude du paysage, qui n'a pas varié de la journée, à l'exception de la maison en tuf du midi et de la rivière du soir. Elle se sent plutôt en forme physiquement. Elle a envie de courir pour sortir de cette prairie infinie, mais elle ne ferait que s'épuiser inutilement. Et alors ? N'aura-t-elle pas le temps de se reposer sur le bateau ? Est-ce qu'elle ne serait pas mieux à son rythme, loin de Banik qui la considère comme une ennemie, loin de Surelason qui la considère comme un accessoire de sa mission ? Est-ce que Najarri a encore besoin d'elle dans cette immensité verte ? Elle a furieusement envie de se lever et de partir seule. Longer la rivière jusqu'à la baie. C'est facile. Un moment de solitude. Mais qu'en diront-ils ? Peu importe ce qu'ils en diront. Najarri la comprendra, et c'est tout ce qui importe. Elle sera la première arrivée à Fos Mundridol. Ce sera un test d'émancipation.

Banik ronfle légèrement et de façon discontinue. Surelason a le sommeil profond, comme elle l'a déjà expérimenté la dernière fois en s'extirpant de la cabane. Najarri est trop loin. Son sac, en revanche, est assez près. Elle se lève prudemment, la pointe de ses pieds nus sur l'herbe moelleuse. Elle soulève son sac d'une main. Il est lourd, mais elle parvient à l'extraire de son support presque silencieusement, doucement, pour fondre les bruits qu'elle fait dans ceux de l'environnement : le faible vent, et quelques insectes dont elle n'identifie pas les cris ponctuels. Elle attrape ses chaussures au passage, et s'éloigne délicatement, prêtant attention à la discrétion de chacun des pas qu'elle effectue. Alors qu'elle ne distingue plus les sacs de ses compagnons dans la semi-obscurité, elle endosse le sien, et s'éloigne encore. Elle met ses chaussures, et trottine autour des pins en les gardant à distance, pour se rapprocher de la rivière.

○

Plus sereine qu'à sa dernière fugue, plus confiante en ses capacités, c'est l'inconfort de la course avec un sac sur le dos qui l'a ralentie. Elle sent qu'elle aurait pu courir des heures à ce rythme peu élevé si elle était moins équipée. Est-ce que cela signifie que lorsque les pirates attaquent des villages par surprise, certains d'entre eux restent en arrière pour porter les équipements ? Pourquoi Altangara s'est-il fait voler un cheval alors que personne n'a indiqué en avoir vu avec les pirates ? Elle n'a aucune idée de la manière dont ils sont organisés, mais si son hypothèse s'approche de la réalité, il ne fait pas de doute qu'elle faisait partie des assaillants plutôt que des équipementiers. Elle est certaine que Banik et Najarri n'auraient pas suivi son rythme très longtemps. Surelason aurait tenu, mais jusqu'où ? En doublant un groupe de pins sur une petite colline à sa gauche, très similaire à l'endroit qu'elle a quitté à l'aube, elle a l'impression qu'elle vient juste de rejoindre la rivière. Les nuages se dissipent au fur et à mesure qu'elle avance. Est-ce qu'elle doit prendre le temps de manger ce midi, au risque de se faire rattraper ? De toute façon, elle sera bien obligée de les attendre à Fos Mundridol pour prendre le bateau... Elle s'éloigne un peu du cours d'eau pour monter vers un chêne, dont elle mange les jeunes feuilles. En tournant autour, elle cueille et mange aussitôt du plantain et de la porcelle enracinée. Lorsqu'elle la reverra, elle n'aura aucun mal à remercier Najarri d'avoir amélioré sa connaissance des plantes sauvages. Elle pourrait même remercier Surelason de lui avoir appris à filtrer l'eau avec un morceau de tissu. Et pourquoi pas remercier Banik ? Aurait-elle eu envie de cette petite escapade si elle n'avait pas dû camper près d'une personne qui a envie de la tuer ? Elle sourit en buvant sa gourde, faisant couler de l'eau sur sa robe. Elle regarde en arrière, et poursuit son chemin en marchant d'un pas assuré, en chantonnant la mélodie que Najarri lui a apprise la veille.

○

L'immense cairn, qui fait presque sa taille et dont les pierres à la base sont aussi grosses que son sac, n'est pas là par hasard. Surplombant les environs, il offre un aperçu des quatre directions qui partent du sommet rocailleux sur lequel il est juché. De l'autre côté, une rivière similaire à celle qu'elle vient de traverser, surmontée du même petit pont de pierre. À sa droite, la rivière en question remonte presque parallèlement à celle qu'elle a suivie jusqu'ici. Les deux cours d'eau sont séparés par une petite crête rocheuse qui s'enfonce progressivement dans la prairie, formant un mur naturel, comme si les deux chemins devaient restés cachés l'un de l'autre. En aval, le second cours d'eau disparaît derrière une colline dominée par un grand pin courbé par le vent dominant. Le premier cours d'eau, qu'elle a dépassé, chute brusquement du haut de la falaise. Entre la chute et la colline au pin courbé, elle retrouve la végétation qu'elle connaît de la plaine : elle distingue des buis et de petits chênes des garrigues. La falaise est nettement découpée : elle a l'impression que la terre disparaît brusquement, et ne voit toujours pas la mer. Elle sent pourtant l'odeur de l'iode et entend le cri d'un goéland. Pour son plus grand plaisir, le vent est de retour. Le vent qui marque le mouvement, qui lui indique qu'il est temps d'avancer. En faisant le tour du monticule, elle découvre deux panneaux de bois croisés. Ils sont fixés sur un poteau enfoncé dans le sol, peu profondément étant donné que deux pierres maintiennent sa base. Chacun indique une direction, dont le nom est gravé dans le bois. Le panneau du haut indique « Poganka » vers la rivière au loin et « q. Adalezian » vers celle qu'elle a franchie. Celui du bas indique « p. Fos Mundridol » vers la falaise et « q. Prellan » à l'opposé. Elle se demande pourquoi indiquer les directions ici, où cela reste plus évident qu'ailleurs. Sans chercher de réponse, elle s'éloigne du cairn et descend en direction de la falaise, sur un chemin désormais clairement défini par des gravillons.

Au fur et à mesure qu'elle marche sur le faux-plat montant l'emmenant vers l'inconnu, la végétation se raréfie. Plus elle s'approche du bord de la falaise, et plus elle ressent l'excitation de découvrir ce qui se cache derrière. Enfin, elle aperçoit la mer au loin. Ses grandes îles vertes ou jaunes ou blanches, selon la présence et la nature de la flore. Elle doit se rapprocher à quelques pas du bord de la falaise pour enfin distinguer ce qui se cache derrière : une calanque très encaissée sur les côtés, de forme plutôt carrée, au milieu de laquelle deux quais en T s'éloignent d'un port. Ce n'est qu'une fois au bord qu'elle constate que le chemin se poursuit : il descend brusquement et de façon assez raide au milieu d'une végétation xérique dominée par des pins, obliquant progressivement vers la droite pour longer la paroi. La route disparaît sous les pins, puis réapparaît en-dessous, suggérant une épingle quelque part. Elle est ensuite invisible depuis là où Ellipse se tient, sur ce qui doit ressembler à un sommet vu de la vingtaine de bâtiments alignés en contrebas, coincés entre la paroi la moins raide et une minuscule plage. Plongée dans l'ombre à cette heure avancée de la journée, la calanque semble déjà endormie. Ellipse se retourne et ferme les yeux, profitant de la chaleur du soleil. Au bout de quelques instants, elle se retourne pour jauger le chemin qu'elle doit emprunter. Elle descend les premiers pas prudemment, vers l'obscurité.

○

Le port est assez calme et contient une dizaine d'embarcations, presque toutes dotées de voiles repliées. Au bout de l'un des quais, elle distingue des mouvements sur une petite jonque, et décide d'aller voir ce qu'il s'y passe. À chaque pas, elle observe les bateaux amarrés qu'elle croise, essayant de deviner comment ils se manœuvrent. La dernière jonque, qui ne pourrait accueillir que trois ou quatre personnes, dispose pourtant de deux voiles. Sur le bateau, deux tonneaux, ainsi qu'un homme plutôt jeune coiffé d'un petit béret d'un bleu vif, laissant deviner de courts cheveux châtain. Il essaie de démêler une corde d'amarrage. Son physique plutôt fin laisse néanmoins apparaître une musculature sèche. Il porte un haut sans manches blanc et une culotte courte blanche en lin. Chaussé de hautes bottes en cordovan, l'une de ses jambes est empêtrée dans la corde, et il grommelle à chaque geste. Entendant les pas d'Ellipse sur le quai, il lève ses grands yeux bleus sur elle. Amusée par la scène, Ellipse sourit :

— Je peux vous aider ?

— Je sais pas, vous êtes forte en démêlage ? demande-t-il en levant la jambe, l'extirpant avec difficulté du cordage, qu'il maintient au sol avec son pied libre et la main opposée.

— Pas plus que vous, mais vous n'avez pas l'air de vous en sortir ! dit-elle en montant prudemment sur le bateau.

C'est la première fois qu'elle monte sur un navire depuis l'amnésie. Tandis que le marin, qui s'est emmêlé l'autre pied dans les cordes, perd son équilibre et chute sur le bois, Ellipse découvre une nouvelle sensation : la flottaison. Sûre d'elle, confortée par sa connaissance de l'existence d'un itinéraire en bateau pour les pirates, elle s'avance vers la corde qui retient les pieds de l'homme. Elle tire énergiquement des parties de celle-ci pour la démêler et libère les jambes du marin. Pendant qu'il se relève, elle analyse la corde.

— Ça va, s'étonne-t-il, vous avez fait option nœuds on dirait !

— Tenez ce bout.

Un court instant après, la corde est parfaitement enroulée autour d'un poteau du quai et fixée au bateau. L'homme serre un dernier nœud avant de se redresser, les mains sur les hanches :

— Bon, voilà. Merci beaucoup, heu… jeune femme !

— Ellipse.

— Ellipse ! Moi c'est Danogalk. Da-no-galk, articule-t-il. Je répète parce qu'en général les gens écorchent mon nom, pas toujours, mais souvent ; je dis pas ça parce que t'avais pas l'air d'avoir compris, hein. Ellipse, alors. Je crois pas qu'on se soit déjà croisés. Si je peux faire quelque chose pour toi, c'est avec plaisir !

— C'est la première fois que je viens, je suis sensée me rendre à Honoratoga avec la navette de demain matin. J'attends mes compagnons de route. Ils m'ont parlé d'une auberge mais je préfère rendre service plutôt que de troquer des objets. Vous savez où je peux trouver ça ?

— Non, heu oui, dit-il en regardant partout autour de lui. On peut se parler sans formule de politesse ? Je sais pas, on se connaît pas mais on est tous égaux, non ? En plus tu es aussi jeune que moi. Enfin je le vois comme ça. Je travaille pour beaucoup de monde, mais y a pas besoin de formule de politesse pour être poli. Mais si ça te dérange je m'adapte hein, pas de souci, je voudrais pas t'importuner, on se connaît pas. Mais je te rassure, d'habitude je m'en sors mieux avec cette foutue corde !

— Si tu le dis ! sourit Ellipse.

— Bien ! C'est bien…

Il semble réfléchir et chercher ses mots, fixant le port. Ses mains effectuent des gestes nerveux.

— Donc, reprend Ellipse, les services ?

— Oui ! Les services ! Heu… T'es jamais venue ici alors ?

— Non, je viens de la plaine de l'autre côté d'Embilhen.

— Ah d'accord ! Eh bien… En fait ici, on est pas vraiment à Embilhen, mais on est pas vraiment sur les îles, comment dire… Tu vois autour, on cultive rien, on doit se fournir ailleurs. Alors certains troquent leur pêche, ou leurs lits. Voilà. Ou leurs voyages ! En bateau, évidemment. Et on sait tout faire, donc pas besoin de services. Tu vois, ma jonque, c'est moi qui l'ai construite, presque tout seul. Il y a une île pleine de bambous sur la route vers les marais. Tu verrais ça ! Les bambous ça se troque bien. Ça ne t'intéresse pas, hein ?

— Si, au contraire ! Je découvre les spécificités locales.

— D'accord, mais je voulais dire, tu ne vas pas aller chercher du bambou à la nage.

— Quoi ?

— Comment tu as fait pour traverser Embilhen avec des services ?

— J'étais accompagnée par des compagnons de route qui troquaient pour moi…

— C'est vrai, tu me l'as dit. Je m'en rappelais, pourtant. Et tu ne vas pas à l'auberge avec eux ? Et ils sont où, d'ailleurs ?

— Je leur ai faussé compagnie. J'avais besoin d'être un peu seule. Mais normalement on part d'ici ensemble demain. Et j'aimerais bien passer la nuit ailleurs qu'avec eux.

Il pose une main sur l'épaule d'Ellipse, et affiche un air peiné. Sa voix s'adoucit :

— Tu t'es fâchée avec eux ? Ça ne va pas ?

— C'est compliqué…

Il fait brusquement un pas en arrière, manquant de trébucher sur un solide coffre en bois :

— Pardon, ça ne me regarde pas ! Enfin, je suis curieux, n'est-ce pas ? Mais si tu as besoin d'aide, voilà, je suis là !

— J'ai besoin d'un endroit où dormir, et je…

— D'ailleurs, coupe-t-il en bombant le torse et en levant un doigt, si tu veux que je t'aide à te venger, je m'y connais très bien en pièges ! Quiconque osera s'en prendre à la reine des nœuds aura affaire à moi ! La reine des nœuds... Tiens, pas mal, ça !

— Danogalk ! l'interpelle-t-elle, amusée.

— Oui ! Ça se dit comme ça. Heu, je veux dire, pardon, je t'ai coupé. C'est malpoli ! Mais il est tard et je suis fatigué. Je peux t'inviter chez moi, mais c'est tout petit et tu me connais pas, et j'ai rien à te faire faire pour te nourrir.

— Le ménage ?

— Non, non. Enfin je veux bien, mais je suis un peu maniaque, donc c'est déjà fait. Mais c'est une qualité ! J'aime bien les pièges, et si tu n'es pas maniaque, tu ne prends rien.

— Tu manges des animaux terrestres ?

— Ah ah, ce n'est pas courant ici-bas, hein ? En fait, je vais souvent dans la forêt entre Embilhen et Nortoriga. Et il faut bien survivre. On se débrouille ! De toute façon, ces querelles idéologiques, ça me passe au-dessus. Tout le monde a besoin de tout le monde. Les idées des uns et des autres, ça me regarde pas. Mais t'offusque pas, je mange que du poisson ici ! Mais j'ai pas grand-chose à t'offrir, je vais pêcher demain. Là je réparais un truc. Bon, j'ai toujours des sardines fumées…

— J'ai récolté beaucoup de plantes dans la prairie, on peut partager ce qu'on a.

— Oui oui ! C'est bien. Tu es parfaite. On va faire comme ça. Viens, on va prévenir tes amis.

Il attrape une veste bleu foncé posée au sol. Trop grande pour lui, sa coupe lui confère cependant une certaine élégance. Il enjambe la coque de sa jonque, et pose un pied sur le quai.

— Ce ne sont pas vraiment mes amis, dit Ellipse en le suivant. Et ils ne sont pas encore arrivés. Je les verrai demain, ne t'inquiète pas.

Il s'arrête, se retourne, et examine son bateau rapidement mais dans les moindres détails.

— Je ne m'inquiète pas. Je vérifie.

Il contemple ensuite les îles à l'horizon, coincées entre les parois de la calanque. Des reflets violets zèbrent un ciel parsemé de nuages qui s'assombrit de plus en plus. Danogalk regarde furtivement Ellipse :

— Il est beau, ce soir.

— Oui. C'est un des plus beaux que j'ai eu l'occasion de voir depuis que je suis partie.

— Tu es partie d'où ?

— De Taunarga, sur la côte ouest.

— Ça me dit quelque chose.

— Tu es déjà allé par là-bas ?

— Non. J'ai dû en entendre parler.

— De Taunarga ? Tu confonds peut-être, s'amuse-t-elle.

— Hmm… Ça se peut. Bon, on est partis ?

— Je te suis.

La maison de Danogalk est une petite cabane en bambou sur pilotis, à l'extrémité nord de la petite plage. Légèrement à l'écart des autres, elle est la seule à ne pas avoir de mur mitoyen, et la seule à ne pas être construite en pierre. Sur la plage, quelques poissons sèchent sur des claies, majoritairement des congres. L'accès à la cabane s'effectue avec une échelle en corde attachée à une petite plateforme sur pilotis, fixée au seuil de la porte. Elle tombe juste au niveau où arrive la mer.

— Tu sais grimper ? Si tu sais pas grimper je t'aide. J'ai fait cette échelle quand le pin qu'il y avait, juste là, est tombé sur mon escalier. Depuis le temps qu'il menaçait et que j'avais pas envie de l'abattre. Bon, il a épargné ma structure, c'est déjà ça. Mais là j'ai pas trop le temps d'en refaire un, alors j'ai fait une échelle de corde. Bon, j'ai le temps, en fait. Mais j'ai d'autres priorités.

— Et les gens du village, ils ne peuvent pas t'aider à refaire ton escalier ?

— C'est un peu chacun pour soi, ici. Tu vois la grande maison, à côté de l'auberge, avec le toit pointu ?

— Oui.

— C'est la famille des commandeurs. C'est pas qu'ils le sont vraiment, mais c'est un peu eux qui décident de ce qu'il se passe ici, de qui peut venir s'installer ici, tu vois. C'est eux qui ont construit l'auberge, avec le vieux Nœud-de-bois, qui est mort l'année dernière. Ils sont venus ici pour créer ce qu'ils appellent un pôle économique. Oui, ils parlent bizarrement. Ils ont juste besoin de végétaux à manger, pour le reste ils n'ont plus besoin de rien, alors ils délèguent tout contre du poisson, des barques, des voyages, des nuits, du séchage ou du fumage. Ils ont tout construit ici alors ils se prennent pour les rois. Mais moi, comme je t'ai dit, je considère tout le monde égal, alors des fois je travaille avec eux, et des fois je vais voir ailleurs. Alors ça plaît pas à tout le monde. Je t'en prie, dit-il en indiquant l'échelle.

Ellipse grimpe avec une certaine aisance.

— Hé, s'étonne Danogalk, tu grimpes bien aussi. Tu as l'air forte. Je suis content, parce que sinon tu te serais pas forcément sentie en sécurité là-haut. Enfin je dis ça, j'en sais rien, mais moi à ta place, j'aurais pu me sentir isolé si j'étais coupé d'une sortie rapide chez une personne que je connais pas. J'espère que je te fais pas peur en disant ça ! Rassure-toi, je respecte tout le monde. C'est pour dire que t'as l'air plutôt intrépide, donc tant mieux, je te mets pas mal à l'aise en te proposant de dormir chez moi, hein.

— Ça va, j'ai connu pire et je m'en suis sortie.

— Tant mieux !

Danogalk grimpe à son tour.

— J'ai pas encore construit de toboggan pour une évacuation rapide. Mais c'est en projet. J'ai beaucoup de projets. On dirait pas comme ça, hein ? Tu peux entrer, je crois que c'est ouvert.

L'unique pièce dispose d'une seule ouverture en plus de la porte : une fenêtre donnant sur la mer. La configuration des lieux et le minimalisme de l'ameublement lui rappellent terriblement la cabane du pêcheur de Taunarga. Une lampe-tempête très similaire est fixée au mur opposé à celui de la fenêtre. Cependant, comme annoncé par l'hôte, les lieux sont propres et bien rangés. Une petite table carrée entourée de deux tabourets contient des bougies et une plante grasse en pot. Derrière la porte, côté mer, une paillasse sur un lit en bois dont les dimensions laissent songeur quant à sa capacité d'accueil : est-ce un lit une place assez large ou un lit deux places assez étroit ? De l'autre côté de l'ouverture, un meuble en bambou à étagères fermées par des rideaux en tissu bleu foncé. Au fond, un épais rideau gris barre les deux tiers du mur, et une plante grimpe à un treillis fixé sur le tiers restant.

— C'est très… minimaliste. Mais joli. J'aime bien.

— Ne t'en fais pas, j'ai une cuisine et une salle de bains ! Tu aimes les surprises ?

— Pas vraiment.

— Ah. Bon. Eh bien, c'est pas grave ! Ouvre le rideau et découvre ma pièce secrète.

Elle tire le rideau, qui coulisse sur une tringle, elle aussi en bambou. Il s'ouvre sur une ouverture aussi large que haute, et sur un deuxième rideau, encore plus épais.

— J'ouvre aussi ?

— Oui oui ! dit-il en ôtant son béret.

Il le lance sur un crochet en métal fixé sur les murs. Ellipse regarde le béret heurter le bas du crochet et tomber à terre. Danogalk prend un air dépité. Ellipse en rajoute :

— Raté !

Alors qu'il s'apprêtait à le raccrocher normalement, Danogalk le lance en sa direction :

— Tiens, tu essaieras, on va voir si tu t'y prends aussi bien avec les bérets qu'avec les cordes !

Ellipse rattrape le couvre-chef au vol en souriant, et ouvre le rideau. Celui-ci s'ouvre sur une autre pièce, plus petite, au sol plus bas, avec une ouverture sur chacun des murs. Côté mer, une étagère contenant des couverts est fixée au mur. Dessous, deux seaux en fer vides, près d'une petite cheminée en tuf encastrée dans un coin. De l'autre côté, de l'eau s'écoule d'un tube de bambou. Deux pots en céramique, l'un au-dessus de l'autre, qui accueillent la fontaine, débordent. Ils sont posés dans une grande auge, dans laquelle Ellipse remarque l'eau s'infiltrer sous le pot sans que le niveau augmente. Entre l'entrée et l'auge, divers balais sont accrochés au mur. Ellipse met le béret sur sa tête.

— Qu'est-ce que c'est que ça ?

— C'est l'eau courante !

— L'eau courante ?

— Oui, voilà. C'est comme ça que je l'ai appelée. C'est moi qui ai inventé ce système. Sans vouloir me vanter, c'est plutôt génial. C'est mieux que les systèmes de pompes fatigantes et de béliers hydrauliques bruyants de la métropole, crois-moi ! C'est plus complexe que les cuves des hôtels puisque je ne stocke pas l'eau, elle repart dans le trou sous les pots, donc ça ne risque pas de déborder. Je joue avec la gravité...

— Je ne comprends rien à ce que tu racontes !

— On a de l'eau douce qui sort de la falaise à trois endroits dans la baie. Des fuites des canaux filtrées par le sol, d'autres sources, je sais pas trop ; peu importe, je sais pas comment ça marche là-dessous. Bref, c'est là. Il y en a une petite derrière, là, juste un peu plus haut. J'ai construit un pont en bambou pour amener l'eau ici. C'est pas loin ! Bon, c'était pas facile. Mais, ils sont pas jaloux les autres, la grosse fuite arrive en plein milieu. Tu as dû passer devant en arrivant !

— Oui, j'ai vu une cascade sortir de la falaise.

— Voilà ! Eh bien là, c'est pareil, mais ça coule moins. Mais ça me suffit ! Tant que ça ne déborde pas. Mais ça n'arrive pas souvent. Bon, ça arrive, d'accord, quand le trou est bouché par des saletés qui ne passent pas sous les pots. Mais je soulève les pots, et le tour est joué. C'est très profond là-dessous, l'eau m'y arrive à la poitrine alors qu'on est juste à côté de la plage. Bref, si tu veux boire la nuit, pas besoin de descendre !

— Tu bois souvent la nuit ?

— Le matin ça marche aussi !

— Ça sert pour se laver aussi ?

— Ça peut, mais je me lave plutôt sous la fuite principale, avec les autres. Je montre que je fais toujours partie de la communauté ! Par contre, je vais te dire un secret : je m'en sers aussi de toilettes...

— C'est vrai ? rigole Ellipse.

— Je l'ai appelé la chasse d'eau ! Mais il faut enlever les pots et s'assurer qu'ils soient pleins pour évacuer le tout, on ne mélange pas les chevaux et les sardines…

— Ça a l'air amusant !

— Ce n'est pas le but, mais bon, tant mieux ! Et l'avantage, c'est qu'avec l'odeur de poisson séché, c'est tout le temps parfumé !

— Parfumé, ça dépend pour qui.

— Oui, mais bon, il vaut mieux un endroit propre qui sent le poisson qu'un endroit poisseux qui sent le propre.

— Hum…

— Je sais que tu es d'accord avec moi ! Allez viens, je t'offre un verre et on va voir ce que tu as ramené !

Il passe son bras autour d'elle pour l'inviter à se retourner et changer de pièce. Danogalk heurte la marche entre les deux pièces lorsqu'il passe la porte, puis ferme le rideau de la pièce principale. Ellipse ôte le béret de sa tête, le montre à Danogalk, et le lance vers le crochet.

— Raté ! disent-ils en chœur.

Les assiettes, serrées sur la table d'où la plante grasse a dû déménager temporairement, sont copieusement remplies. Dans chacune, une sardine fumée, cachée sous des feuilles de plantain et de pissenlit, surmonte un monticule de riz mélangé à une purée de glands et surmonté de graines de lupin. Ellipse en goûte une cuillerée.

— Alors, ça te rafraîchit la mémoire ?

— Hmm non, mais ça ne m'est pas étranger. Je pense que je devais en manger de temps en temps.

— Tu parles des glands ou du lupin ?

— Les deux, mais le lupin j'ai déjà redécouvert.

— Ça fait encore un indice sur ton origine : beaucoup de chênes.

— Oui, mais comme je te disais, je voyageais sans doute sur de longues distances…

— Comme les pirates ! s'amuse-t-il.

Ellipse avale de travers et tousse. Danogalk s'inquiète :

— Ça va ? C'est de ma faute ? J'aurais pas dû dire ça, hein ? Pardon si tu as subi leurs vilaines activités… Bois de l'eau !

Elle descend rapidement le contenu de son gobelet en céramique, et reprend ses esprits. Danogalk la rassure :

— Bon, on change de sujet. Mais si tu as besoin d'en parler, je te l'ai dit, je ne juge pas les gens, tout le monde est égal. C'est le poisson ? Tu as avalé une arête ?

— Non, je… Je ne m'attendais pas à cette remarque. Rien de grave.

— D'accord, on en parle plus ! Je vais te chercher de l'eau.

Il se lève précipitamment, se retournant pour revenir prendre le verre d'Ellipse qu'il avait oublié d'emmener, et se dirige à nouveau vers la cuisine. À son retour, Ellipse l'interrompt au moment où il ouvrait la bouche pour parler :

— On ne change pas de sujet. J'ai quelques questions sur les pirates, si tu permets.

Danogalk se raidit. Il pose le gobelet rempli, s'assied en silence, et crispe ses couverts. Elle attend qu'il soit installé :

— Est-ce que tu sais quelque chose sur eux ?

— Pas plus que tout le monde.

— Tu ne les as jamais croisés ?

— Heu… Si. Mais j'ai jamais rien de valeur sur moi et je cherche pas à jouer au petit malin, alors au pire ils me prennent des poissons.

— Quand est-ce que tu les as croisés, la dernière fois ?

— Heu… Je sais pas… Je compte pas vraiment le temps, tu vois… Tu cherches à savoir quelque chose ?

— Je me renseigne.

— Et toi, tu les as croisés ?

— Pas encore.

— Ah, donc l'amnésie c'était après l'attaque de Taunarga ?

— Hum, oui.

— Tu n'as pas peur de les croiser, quand tu auras rejoint les rebelles ?

— Non. Les croiser, c'est le but de ma nouvelle vie.

— Ah, oui. Il faut avoir un but dans la vie, je suppose. Enfin, on vit bien sans aussi. Mais les rebelles ils vont plutôt aller au temple, non ?

— Je ne sais pas, mais moi je veux retrouver les pirates. C'est aussi l'objectif de mes compagnons. Les rebelles, on les rejoint pour savoir ce qu'ils peuvent faire pour nous.

— Donc si je comprends bien, ils t'ont rien fait, les pirates. Alors pourquoi tu veux les traquer comme ça ? Je veux dire, c'est louable hein, mais les voyageurs avec qui je discute quand je vais aux villages-relais, c'est la dernière chose dont ils ont envie, de les retrouver. C'est qu'en fait, ils sont trop forts. Non ? Il y en a beaucoup qui passent par là-bas pour fuir la plaine et s'installer au plateau. Des gens de la plaine, pas des pirates. Ou alors il faut pas essayer de résister quand ils viennent. Ils sont trop forts, vraiment. Tu vas créer un groupe de contre-attaque avec les rebelles ?

— S'il le faut, sans doute.

— Ils ont des arbalétriers, tu te feras découper !

— Oui, c'est ce qu'on m'a dit.

— J'essaie pas de te dissuader, hein. Et tu as l'air courageuse, mais je trouve ça un peu suicidaire quand même.

— Tu ferais comment pour les arrêter, toi ?

— Heu…

Il prend une énorme bouchée de nourriture. Ses yeux regardent dans toutes les directions autour d'Ellipse. Elle reprend :

— Tu as créé des systèmes inventifs ici. Tu dois bien avoir une idée.

— Hmm… Mais non…

— Tu ne les arrêterais pas, c'est ça ? Parce que tu considères tout le monde comme égaux ?

Il prend une autre bouchée, alors qu'il n'a pas terminé d'avaler la première.

— Hmm ?

— Tu t'entends bien avec eux ?

— Hmf… Ch'uis pas pirate !

— Je m'en doute. Tu es bien trop gentil. Tu as essayé de les rejoindre, c'est ça ?

Il secoue la tête négativement. Ellipse le laisse avaler, et met sa main au-dessus de sa fourchette lorsqu'il essaie de prendre une autre bouchée.

— Tu me caches quelque chose, ça se voit.

— Mais non ! Pourquoi tu dis ça ? Je fais ma vie tranquillement, et des fois je les croise, c'est tout !

— Tu rougis.

263

— C'est parce que ta beauté m'époustoufle ! rétorque-t-il en croisant les bras, la mine bougonne.

Ellipse rigole, et reprend d'une voix douce :

— Non, sérieusement. Je sais pas si c'est le fait de découvrir le monde depuis mon amnésie ou si j'étais comme ça avant, mais je suis plutôt réceptive à mon environnement, et je cerne de mieux en mieux les personnes. Ose me dire que tu ne me mens pas.

— D'accord : je ne te mens pas.

— Non, sincèrement, si tu me caches quelque chose dis-le. Si ce n'est pas le cas, peut-être que je deviens paranoïaque. Je ne te force pas à le dire. C'est juste pour savoir.

— Heu… Je te le dirai après manger.

— La fin du repas va être pénible. Tu ne veux pas ça.

— Oh allez, c'est bon ! s'agace-t-il. De toute façon tu es du bon côté de la porte, si tu veux t'enfuir en sautant parce que je te fais peur. C'est dommage, tu avais l'air sympathique…

— Danogalk…

Il se redresse soudainement, et d'une voix pleine d'assurance :

— Je travaille avec les pirates, voilà !

Il se replie progressivement sur lui-même, penaud :

— Mais ça m'arrive pas souvent, et j'ai pas le choix, et c'est pas de ma faute, et tu comprends, il faut bien survivre, alors si tu les tues, je sais pas trop ce que je deviendrais, enfin ça sera peut-être plus difficile, comme c'était avant, c'est que la vie est dure, et tu vois, au village…

— Je vais pas te manger ! l'interrompt-elle en haussant la voix, écarquillant les yeux en le fixant.

— Mais j'ai pas peur que tu me manges, conteste-t-il. De toute façon personne ne te croira si tu leur dis ça.

— À qui est-ce que tu veux que je le dise ?

— Je sais pas, aux commandeurs ? Tout le monde est égal pour moi. Je ne trahis personne, d'accord ? Je travaille pour eux parce qu'ils me le demandent, et parce que si je le fais pas ils auront sans doute envie de me tuer. C'est tout. Alors tu gardes ça pour toi, sinon j'ai plus qu'à me réfugier dans la forêt et m'y terrer comme un ermite.

— J'en ai croisé un, d'ermite, en montant au plateau après Carrando. C'est la personne la plus heureuse que j'ai croisée de mon voyage.

— Ah, mais non ! s'agace-t-il. J'aime le contact. C'est pour ça que je t'ai accueillie aussi, tout le monde t'aurait renvoyée vers l'auberge. Alors tu vois bien, il faut garder ça pour toi, hein ?

— Tu aimes le contact ? sourit-elle. Tu veux te battre ?

— Je sais me battre, mais j'aime pas ça. Mais on ne va pas en arriver là, évidemment ?

— Je vois vraiment pas pourquoi je te dénoncerais, détends-toi.

— Oui, mais maintenant la relation est déséquilibrée. Tu n'as pas un secret à me dire, toi ? Comme ça on est égaux ?

— Hum…

— Allez ! Une grande voyageuse qui sait faire des nœuds à la perfection a forcément quelque chose à cacher !

— J'ai un gros secret, oui. Vu ce que tu viens de me dire, j'ai plutôt intérêt à te l'avouer.

— Ah, très bien !

— Mais avant, j'ai besoin que tu me précises un peu ce que tu viens de me dire.

— Oh, tu es dure en affaires !

— Crois-moi, ça vaut le coup.

— Bon, si tu veux.

— Tu travailles pour eux, donc.

— Oui…

— Mais concrètement, tu fais quoi ?

— Je peux pas te le dire… Vraiment, je joue ma vie si je te le dis !

— Et est-ce que tu sais si les pirates ont un camp de base ?

— Ah mais non, je peux pas te le dire non plus ! Je sais pas !

— Je ne te demande pas de me dire où il est. Est-ce qu'ils en ont un ? Oui ou non, et après je te dévoile mon secret.

Il lève le menton, les bras croisés derrière la nuque :

— Je te connais pas et je dois te faire confiance, et je t'ai dit quelque chose que personne ne sait à part les concernés et un ami à Poganka. Tu vois un peu le dilemme terrible ?

— Je te le promets. Je ne dirai rien, et je te dévoile mon secret dès que tu réponds à ma question.

— Quelle question ? dit-il en défiant Ellipse du regard.

— Le camp, répond-elle en levant les yeux au ciel.

— C'était pour voir si tu t'en souvenais.

— Je suis amnésique, pas stupide.

— Ça, j'ai bien remarqué que tu étais futée. Belle et futée. Et inconnue, en plus. Me voilà bien embarqué, modeste génie que je suis…

Ellipse sourit, et s'impatiente :

— Je t'ai quand même bien raconté ma nouvelle vie pendant qu'on cuisinait… Alors ?

— Oui ! Alors heu… Le camp des pirates… Oui, ils en ont un, mais je sais pas où il est, voilà. À toi.

— On va s'entendre, mon cher Danogalk.

Elle se retourne sur son tabouret, tournant le dos à la table.

— Tu pars pas !

— Je pars pas, je me retourne. Tais-toi et observe.

Ellipse saisit la bretelle droite de sa robe avec la main opposée et la descend jusqu'au coude.

— Ha ! s'exclame Danogalk en se levant, renversant son tabouret. Une pirate ! Une pirate secrète !

— Assieds-toi, dit calmement Ellipse en se remettant face à son assiette.

Il relève son siège et se rassied.

— Mais qu'est-ce que tu fais là ? Tu es vraiment amnésique ?

— C'est justement parce que je suis amnésique que je suis ici. L'attaque de Taunarga dont je t'ai parlé.

— Oui.

— C'est là que je suis devenue amnésique. C'est le pêcheur chez qui je me suis réveillée qui m'a assommée pendant l'attaque.

Le visage de Danogalk s'illumine :

— Han ! Je vois !

— Mes collègues, ils veulent les arrêter parce qu'ils leur ont fait du mal. Je suis sensée servir d'appât dans cette histoire, de guet-apens ou que sais-je.

— Et toi, qu'est-ce que tu espères ?

— Aucune idée. Je le saurai quand j'y serai.

— Au camp ?

— Oui.

— Oh là là…

— Quoi ?

— S'ils apprennent que c'est à cause de moi que tu arrives là-bas, ils vont me tuer.

— Je ne dirai rien, ne t'en fais pas. Ils t'ont parlé de moi ?

— Non. Je me rappelle pas d'une Ellipse.

— C'est normal, ce n'est pas mon nom de pirate.

— Ah, oui, tu l'as oublié aussi… Mais je me rappelle pas t'avoir vue.

— Je suis maquillée, je me suis coupé les cheveux, et ce ne sont pas mes vêtements à la base.

— Non, tu ne me dis rien. Comment aurais-je pu t'oublier ? dit-il en haussant rapidement plusieurs fois les sourcils, un sourire en coin.

— Amnésique ? sourit Ellipse.

— Ha ! Au contraire, j'ai une excellente mémoire. Il vaut mieux, pour les pièges.

— Donc tu sais où est le camp ?

— Je crois que je parle trop…

— En me ramenant là-bas, tu seras peut-être un héros. J'étais peut-être très importante.

— J'ai pas envie d'être un héros, ça suppose qu'on a des ennemis. Moi j'essaie de donner le meilleur de moi-même à chaque instant à tout le monde. Bon, c'est pas toujours évident…

— Donc tu sais où il est, tu m'as encore menti ?

— Je mens jamais d'habitude, hein ! Mais là c'est parce que je tiens à ma vie ! Et d'ailleurs toi aussi tu m'as menti pour la même raison !

— C'est vrai. Mais c'est quand on frôle la mort qu'on se rend compte de la valeur de la vie.

— Hmm… Et heu, qu'est-ce que tu comptes faire, alors ? Y aller ? Toute seule ? Je veux bien t'y amener, mais je rentre pas avec toi.

— Tu es déjà rentré ?

— Non, je l'ai découvert par hasard en sillonnant la forêt. Les gardes m'ont vu, mais je les connaissais déjà avant. Ils me font plutôt confiance, et de toute façon ils ont besoin de mes compétences.

— Quelles compétences ?

— Je te dirai sur le trajet. D'accord ? Tu veux y aller quand tu reviens d'Honoratoga ?

— Hmm…

Elle regarde son assiette et réfléchit. Après un instant, elle répond :

— Je verrai demain.

●

Les rayons de soleil de l'aube traversent la pièce, l'éclairant au point de la réveiller. Bien qu'ils aient discuté jusqu'à tard le soir, y compris après s'être couchés, Ellipse ne se sent pas fatiguée. Savoir le camp des pirates aussi facilement accessible, grâce à cette rencontre inopinée, lui redonne de l'énergie. Pourtant, elle appréhende. D'autant plus que ses compères doivent certainement l'attendre à l'auberge. Elle regarde Danogalk, couché sur le côté, le dos contre le mur pour lui faire de la place sur la paillasse. Ils ont dormi très proches l'un de l'autre à cause de la forme du couchage, creusée au milieu, mais elle ne s'est jamais sentie en insécurité. L'homme est torse nu, et un dessin discret représentant sa jonque est tatoué sur sa poitrine, juste sous l'épaule. Elle trouve que sa peau est belle, et pense qu'il doit certainement en prendre soin autant que de sa cabane. Tirée de ses pensées par le cri d'un goéland, elle se lève doucement. Comme chaque matin où elle a pu s'en occuper, elle prend sa fidèle sacoche jaune pâle contenant son nécessaire de toilette, et notamment un maquillage qui lui sera sans doute fort utile maintenant qu'elle a quitté le plateau.

Elle doit au moins signaler à ses compagnons qu'elle prend un chemin différent. Ils iront à Honoratoga s'ils le souhaitent, mais pas elle. Elle va rejoindre le camp avec Danogalk. Elle le connaît depuis une soirée seulement, mais son intuition lui dit qu'elle peut lui faire davantage confiance qu'à ses partenaires de route. Il s'est montré très respectueux envers elle, et parfois particulièrement bienveillant. Ce n'est pas Surelason qui aurait proposé de dormir par terre sur une pile de vêtements, pour pouvoir lui prêter son lit. C'est la deuxième fois qu'elle part furtivement d'une cabane en hauteur, mais cette fois, elle espère que son hôte ne lui en voudra pas de s'être éclipsée de la sorte. Elle ferme son sac, le met sur son dos, prend ses chaussures à la main. Elle ouvre la porte, jette ses chaussures sur le sable, et descend l'échelle de corde.

L'auberge dispose de quatre niveaux, le dernier se trouvant sous un grand toit pointu en ardoise qui dénote dans le paysage. Parfaitement blanche, ses fenêtres carrées sont délicatement boisées. La porte, cependant, est construite de multiples tiges de bambou. Assise sur une pierre taillée en carré entre les deux quais, son sac à ses pieds, Ellipse fait directement face à la porte. Près d'elle, un homme à la barbe fournie vêtu d'une épaisse robe jaune la dévisage, puis monte sur un bateau. Une femme aux cheveux bouclés vêtue de hautes bottes marron clair rentrées dans une combinaison indigo passe devant elle en la regardant de haut en bas, et emprunte l'un des quais. Ellipse ne voit pas l'âne de Najarri, et se demande s'il a pu trouver refuge derrière une maison, ou s'il est resté en haut de la falaise pour la nuit. Comme elle s'y attendait, au bout d'un court instant d'attente, Surelason est le premier à sortir de l'auberge. Il ne porte pas de sac.

— Ellipse !

Il semble à la fois soulagé et contrarié. Elle se lève sans répondre, et croise les bras. Il pose sa main sur son bras :

— Qu'est-ce qui t'a pris ? Qu'est-ce qu'il t'es arrivée ? Où est-ce que tu étais ?

— Lâche-moi.

— Tu te rends compte de la difficulté que j'ai eue à convaincre Banik qu'on allait vite te retrouver ?

— Il est garé où, l'âne ? dit-elle en regardant autour d'elle.

— Il n'a pas voulu descendre. Banik disait qu'une monture sur deux refuse de descendre.

— Et Najarri ?

— Les filles sont parties à Poganka. Pour te chercher, déjà, mais aussi parce que la pente est plus raisonnable par là-bas. Ça nous fait perdre une journée de marche et une demi-journée de bateau, mais l'essentiel est d'arriver à Honoratoga. Je vais chercher mon sac et on remonte, elles n'ont pas dû camper très loin de la rivière suivante. On a toute la journée pour les rattraper, et visiblement, tu en es largement capable.

— J'ai d'autres plans, désolée.

— Quoi ? Comment ça, d'autres plans ?

— Je vais au camp avec un gars d'ici.

— Au camp ? Quel camp ?

— À ton avis ? sourit-elle.

Il réfléchit, surpris.

— Au camp…

271

Il regarde autour de lui et murmure, l'air incrédule :

— Au camp des pirates ?

— Tu peux venir si tu veux, je pense qu'il y a de la place.

— Comment tu... Qui t'a dit ça ? Qui est-ce que tu as rencontré ?

Un vieil homme avec une longue barbe et une robe à capuche noire sort de l'auberge, une valise en cuir à la main. Il passe à hauteur de Surelason :

— Bonne journée ! Content que vous vous soyez retrouvés !

— Bonne journée à vous aussi, et bon voyage !

Le vieil homme se dirige vers l'un des quais, où un marin fait monter une femme sur son bateau, une grande jonque dotée d'un petit bâtiment en son centre. Surelason reprend :

— Donc tu n'es pas là pour prendre la navette ? Tu m'expliques ?

— Je ne sais pas combien de temps il faut pour y aller. Je demanderai à Danogalk. Mais là, il dort.

— Qui est Dano...galk ?

— Un marin indépendant qui vit dans la cabane sur pilotis, là-bas.

— C'est un pirate ?

— C'est un marin indépendant.

— Comment est-ce qu'il connaît le camp ?

— Je peux pas te le dire, mais il sait où il se trouve.

— Tu en es sûre ? Il n'essaie pas de t'enlever, ou je ne sais quoi ?

— Je lui fais plus confiance qu'à toi.

— Ah oui ? Tu accordes ta confiance à un inconnu, et pas à la personne chargée de te protéger depuis le début ?

— J'ai pas besoin de toi pour me protéger. Ça fait vingt jours que je découvre ce monde, et en vingt jours j'en ai vu beaucoup.

— Vingt-cinq.

— Si tu le dis.

— Je vais rencontrer cet homme, pour voir si on peut le croire. S'il ment, on prendra la navette de ce midi pour Poganka.

Le marin qui a embarqué des passagers sur sa jonque s'époumone :

— Honoratogaaa ! Honoratogaaa !

Ellipse reprend :

— Et si tu crois ce qu'il te dira ?

— Je doute fort que le premier venu dans ce village connaisse le camp des pirates. Ça me paraît un peu gros, ton histoire.

— Et si tu le crois quand même ?

— J'aviserai.

— Je vais voir avec lui. Je te retrouve à l'auberge.

○

Assise sur un tabouret, elle termine de manger une pêche quand il se réveille. Il grimace, s'étire, et regarde Ellipse :

— Ô vision de rêve, la reine des nœuds en robe de soirée !

— Je ne te savais pas poète.

— Ça m'arrive quand je suis détendu. Tu vas me dire, ça doit pas être souvent. Ah, ça veut dire que j'ai bien dormi, alors. Il est tard ? Bah, peu importe. Ça va, Ellipse ?

— J'ai bien dormi aussi. C'est vrai qu'on était très près mais je ne t'ai pas trop senti bouger.

Il s'assied sur le lit, se lève doucement, et prend le temps de s'étirer davantage.

273

— Je t'ai entendue partir, mais j'étais bien, alors je me suis pas réveillé. Je pensais que tu prendrais la navette pour Honoratoga. J'étais un peu triste mais ça me regarde pas, tu fais ce que tu veux. Mais tu es là, alors tu as changé d'avis ?

— J'étais partie à l'auberge pour attendre mes compagnons de route.

— Ah ! Oui. Et ils ne sont pas là ?

— L'homme qui m'accompagne depuis Taunarga, Surelason, était là. Les filles sont parties à Poganka parce que l'âne n'a pas voulu descendre.

— Ce sont des choses qui arrivent, par ici. Tu fais quoi, alors ?

— Ça dépend ; tu fais quoi, toi ?

— Je peux t'emmener au camp. Il faut que je sorte pêcher, de toute façon.

— D'accord.

Il boit un verre d'eau, et se dirige vers la pièce annexe. Lorsqu'il revient, Ellipse l'informe :

— Surelason veut te rencontrer. Il ne veut pas croire que tu connais l'emplacement du camp, parce que jusqu'ici on n'avançait pas à grand-chose, et toi tu débarques et tu nous donnes tout de suite la solution.

— Qu'est-ce qu'il veut ?

— Venir avec nous, j'imagine.

— Mais il veut arrêter les pirates, lui ? Je sais pas, j'ai pas trop envie, moi. Ça marche bien avec eux.

— D'ailleurs, c'est quoi ton rôle auprès d'eux ?

— Je te dirai quand on ira, je t'ai dit…

— Il va te poser la question.

— Je lui répondrai pas ! boude-t-il.

— Selon ce que tu fais avec eux, tu pourrais avoir aussi intérêt à les arrêter.

— Et toi ? Tu as intérêt à les arrêter ?

— Je ne sais pas. Ça dépend de beaucoup de choses : leur accueil, leurs motivations, la mienne, est-ce que je retrouve la mémoire là-bas ou pas… Est-ce que je trahis mes nouveaux compagnons, ou est-ce que je trahis mes anciens compagnons… Je ne peux pas le savoir. Il faut que j'aille là-bas, c'est tout. Mon instinct et mon intuition feront le reste. Et toi ? Qu'est-ce que tu gagnes à travailler avec eux ?

— Ils me laissent tranquille, déjà ! Et des fois, ils me filent à manger qu'on a pas ici.

— Du rapadura ?

— Non, pas ça ! Ça me rend tout faible et après j'ai l'impression d'aimer manger que ça. Tu as déjà essayé ?

— Oui. J'aime bien, ça met dans un état… différent.

— Ils ont plein d'alcools aussi. La plupart du temps je le troque ensuite, mais pas l'hydromel, ça j'aime bien ! Et toi ?

— J'ai remarqué que j'aimais beaucoup aussi… Et qu'est-ce que tu leur offres en échange ?

— Bah, je leur rend service, voilà.

— C'est-à-dire ?

— Oh… Je chasse un peu, je les conseille sur les îles où dormir, je leur ai appris quelques pièges à animaux, ce genre de choses !

— D'accord.

— Je ne lui dirai pas, j'ai pas envie de lui parler ! Et toi non plus. Il va mettre ma vie et mon avenir en danger.

— Moi non plus j'ai pas trop envie de lui parler, sourit-elle. Mais il est là, alors il faut faire avec. On a la même mission, à la base. Donc quand tu seras prêt, on ira le voir à l'auberge.

— Mais non !

— Je lui ai dit que j'avais dormi là, il va venir te voir de toute façon.

— La journée commence bien, ironise-t-il. J'aime pas l'auberge ! Il n'a qu'à venir sur la plage. Il est gentil ?

— Heu... Ça dépend avec qui.

— On peut lui faire confiance ?

— Hmm, ça dépend pour quoi...

— Dans quelle situation je me suis mis... Toujours se méfier des pirates...

— Je ne suis plus une pirate.

— Il a pas un secret pour équilibrer, lui ?

— Non, mais il les garde bien. Mais évite de trop lui en dire quand même, on ne sait jamais.

○

Assise sur le sable, entre les deux hommes qui se toisent, Ellipse fait face à la mer. Un coup de vent rabat ses cheveux sur son visage ; elle les cale derrière l'oreille. Le soleil lui fait face, reléguant ses compagnons au rang d'ombres. L'eau du port, d'où un petit bateau de pêche s'éloigne, scintille. Surelason a un genou à terre, et pose un bras sur l'autre genou. Danogalk est assis en tailleur. Ellipse a les jambes repliées et couchées, et se tient sur le bras gauche. Surelason prend la parole :

— Alors comme ça, vous êtes marin indépendant ?

— On peut dire ça comme ça. C'est ce que tu lui as dit ? demande-t-il à Ellipse. Ça me plaît bien, confirme-t-il à Surelason. Marin indépendant. Pêcheur, chasseur, cueilleur, explorateur. Et inventeur aussi, mais il paraît que ça se dit pas trop. Vous faites quoi, vous ?

— À Taunarga, j'étais constructeur. En ce moment je suis investi d'une mission dont Ellipse a dû vous parler.

— Oui, oui. Constructeur ? C'est bien, ça. J'étais constructeur aussi, avant d'arriver à Fos.

— Où étiez-vous ?

— À Embilhen.

— Très bien. Dans quel quartier ?

— Heu, c'est pas important, non ?

— Là, intervient Ellipse, il essaie d'avoir des indices sur le lieu du camp.

— Tu ne me facilites pas la tâche, Ellipse ! gronde Surelason.

— De toute façon, j'ai pas envie de vous le dire, sinon ils vont me tuer.

— C'est justement pour éviter qu'ils vous tuent qu'on va les trouver.

— Ils sont trop forts, vous allez vous prendre un carreau et ça sera fini.

— Pas du tout. J'ai une arme secrète. Je peux le dire ? demande-il à Ellipse.

— Oui, je lui ai montré.

— Déjà ?

— J'aurais pas su qu'il connaissait l'emplacement si je lui avais pas montré ! Il m'avait dit qu'il ne le connaissait pas, à la base.

— Je me méfie, dit Danogalk, vous auriez fait pareil !

277

— Bon, bref, coupe Surelason. Vous comprenez pourquoi avec Ellipse, il sera facile de rentrer vivant.

— Vous en savez rien... Si ça se trouve ils se sont débarrassés d'elle...

— Ce n'est pas ce qui a été rapporté par les personnes sur place au moment de l'attaque, en qui j'ai une totale confiance.

— Alors c'est quoi, ton plan ? s'enquiert Ellipse, dubitative.

— C'est très simple. Notre ami nous indique où se trouve le camp. Ensuite, on va à Honoratoga, et on constitue une équipe avec Serviane pour l'infiltrer. Vous êtes le bienvenu dans l'expédition, Danogalk.

— Ça, je sais pas...

— Ellipse nous fera passer pour des personnes intéressées pour rejoindre les pirates. On leur dira qu'elle est amnésique, et qu'à défaut de rencontrer des pirates, elle a constitué un groupe de personnes qui souhaitent le devenir.

— Mais je vais pas venir, hein ! Et vous direz pas que c'est moi qui ait donné l'emplacement.

— Si vous voulez. On dira qu'on l'a trouvé par hasard, ou que sais-je.

— Bon, intervient Ellipse, et une fois qu'on est dans le camp, tu comptes faire quoi ?

— Déjà, je m'excuse par avance, mais on devra réfléchir à un moyen de te faire taire, au cas où tu choisirais de prendre le parti des pirates. Tu comprends, pour éviter la trahison. La mission est trop importante.

— Tu n'y arriveras pas. Tu sais que je suis plus forte que toi.

— Je ne serai pas seul à te surveiller.

— Ça ne changera rien. Vous serez tous dans un traquenard.

278

— Quand ils constateront que tu es amnésique, il sera facile de te faire passer pour folle ou hystérique.

— Mouais… Et en admettant que tu arrives à faire tranquillement le tour du camp, tu fais quoi ensuite ?

— De nombreuses options existent. Prendre des otages, opérer un renversement du pouvoir, mémoriser l'organisation et les armes à disposition pour éventuellement revenir avec une armée…

— Ah non, ça me plaît pas du tout, votre histoire ! Une armée ? Personne n'a jamais réussi à faire ça sur le continent ! Qui voudrait mourir pour les intérêts de personnes qu'il ne connaît pas ?

— À Honoratoga, il y en a.

— De ce que Banik disait, précise Ellipse, ils n'ont quand même pas l'air prêts à mourir. Ils sont juste déterminés à se faire entendre. Et la situation n'est pas la même, ils contestent la Maison Mère. C'est-à-dire, des sédentaires sans armes qui ne se cachent pas. C'est tout l'inverse.

— Quoi qu'il en soit, on sera suffisamment nombreux à pénétrer dans le camp pour en extraire des informations et les transmettre. Combien sont-ils, d'ailleurs ?

— Je sais pas, répond Danogalk, je suis pas rentré. Autour de l'entrée du camp, c'est plein de troncs plantés dans le sol comme des piquets. Ça fait une barrière, c'est bien caché.

— C'est donc dans la forêt. Hum… Même si on ne parvient pas tous à rentrer, il y aura au moins une personne pour accompagner Ellipse. Ils seront probablement perturbés par son retour, donc ils voudront le récit des aspirants pirates. Et ils seront intéressés par les candidatures. C'est une évidence.

279

— Hmm, tu as l'air bien sûr de toi, mon grand... Ils vont t'envoyer te faire tatouer, c'est tout ce que tu auras gagné.

— On connaît Nums, et comme elle nous l'a dit, elle fait ce qu'on lui demande, peu importe ce qu'elle en pense. Donc je ferai un tatouage effaçable, sur la peau et pas en-dessous. Et on reviendra pour les attaquer de l'intérieur.

— Je suis très fort en pièges, si vous avez besoin.

— Je croyais que tu ne voulais pas t'en mêler ? s'étonne Ellipse.

— S'il faut aider, je suis là. J'aide tout le monde.

— Tu nous amènerais au camp rapidement ?

— Si vous voulez ! Une fois j'ai emmené trois passagers. Le bateau est plein, mais ça tient ! Bon, c'était juste pour faire un tour, aussi. Mais tant qu'on avance dans le bon sens ! Vous revenez après Honoratoga ?

— Je ne peux pas dire, répond Surelason, ça dépend où est situé le camp.

— Ah... Oh, je sais pas, il faut que je réfléchisse. Je veux bien vous emmener tous les deux, mais pas une armée.

— On y va tous les deux, affirme Ellipse.

— Quoi ? Non, ce n'est pas le plan. On va d'abord à Poganka.

— Je t'ai dit que je partais avec Danogalk.

— Non, tu pars avec moi. On est en mission pour l'avenir de la plaine, pas en promenade.

— Tu ne sais pas où est le camp et tu ne peux pas y rentrer, donc tu es bien obligé de me suivre. Maintenant qu'on approche du but, c'est moi qui prend les choses en main.

— Parce que tu sais où il est, toi ?

— À peu près. Je sais où chercher.

— Ah bon ? réfléchit Danogalk. Ah oui, je crois que je vois comment tu l'as deviné…

— Tu y retournes souvent et tu y poses des pièges… sourit Ellipse.

— Oui, sourit-il en baissant les yeux, bien vu. Je parle trop… La zone est grande, précise-t-il à Surelason, mais moins que le continent, donc elle pourrait finir par le trouver. Elle a l'avantage sur vous, là.

— Macarel ! jure-t-il.

— Allez hop, dit-elle en se levant. En route ! Combien de temps on met pour aller là-bas ?

— Deux jours et demi, répond Danogalk.

— Parfait. On part cet après-midi, et on arrivera de nuit. C'est bien, d'arriver de nuit ?

— C'est plus dangereux pour ce qui est des loups, mais c'est moins repéré…

— Attends un peu, intervient Surelason en se levant. Tu es consciente que tu abandonnes Banik et Najarri ? Elles nous attendent à Poganka !

— On dira aux passagers de la navette de ce midi de les prévenir. Une blonde zébrée avec les bras tatoués et une petite rousse sur un âne, ça doit être facile à trouver.

— Alors maintenant, ça te pose un problème d'être accompagnée d'autres personnes ? Qu'est-ce que tu as en tête ?

— Ah, mais tu me fatigues ! Tu veux aller au camp, oui ou non ?

— Oui, et je compte bien y entrer avec toi !

— Et donc, c'est quoi le problème ?

— Les filles nous faisaient confiance et voulaient nous aider. Maintenant qu'on approche du but, tu refuses leur aide ?

281

— Banik me déteste et Najarri est blessée. Tu veux aller au camp : tu me suis ; tu ne veux pas : tu prends la navette. Débat clos.

Elle tourne le dos à Surelason et se dirige vers l'échelle de corde. Celui-ci la suit en l'interpellant vainement et l'attrape par l'épaule. Elle se baisse en se retournant, les jambes fléchies. Le regard noir, elle ignore les tentatives de Surelason de la faire changer d'avis. C'est sa vie qui est en jeu. La réponse à toutes les questions qu'elle se pose est à deux journées d'ici. Elle s'appuie sur le sable avec une main et tend brusquement la jambe opposée vers les chevilles de Surelason, les frappant de côté. L'homme vacille au choc, et tombe en arrière sur le sable.

— Tu ne me touches pas, et surtout pas par derrière. Dernier avertissement. La prochaine fois, je te jette par-dessus bord dès que j'en ai l'occasion.

○

6

De l'eau et des biscuits secs

Le vent presque nul rend la navigation facile pour Danogalk, qui en profite pour pêcher à l'aide de nasses et de filets, mais frustrante pour Ellipse. Elle aimerait souffler sur les voiles de la petite jonque, souffler jusqu'à ce qu'elle s'envole comme les goélands qui leur tournent autour depuis qu'un premier poisson a été mis dans une caisse au fond salé. Elle ne comprend pas les manœuvres maritimes effectuées par Danogalk, mais se sent plutôt à l'aise sur l'eau. Elle a à peine la place de circuler sur l'embarcation, coincée entre un tonneau et un mât, et doit en permanence penser à baisser la tête lorsqu'elle s'approche des lattes qui maintiennent les voiles. Au moins, l'étroitesse de la coque ne permet pas à Surelason d'effectuer des gestes brusques. Assis contre un tonneau rempli d'eau douce, un bras posé sur son sac, il semble vexé d'avoir été enrôlé dans ce voyage.

— Fais pas cette tête, lance Ellipse, tu vas terminer ta mission plus tôt que prévu.

— On verra.

— Tu boudes, mais j'étais pas obligée de te prévenir, et pourtant je l'ai fait.

— Je ne sais pas quoi en penser.

— Tu vois, j'ai souvent été dans le même état d'esprit après tes coups tordus.

— Ça n'a rien à voir.

— Si tu ne sais pas quoi faire, souffle donc sur les voiles.

Il ne répond pas. Danogalk montre une nasse vide qu'il tient à la main :

— Tu sais pêcher, Ellipse ?

— Non ! Enfin, je ne crois pas.

— Pas du tout ?

— J'ai jamais essayé depuis mon amnésie. Mais j'en ai très envie !

— Viens, je vais t'apprendre la ligne, dit-il en échangeant à ses pieds la nasse contre une canne à pêche.

— Avec plaisir !

— Et toi Surelason, tu sais pêcher, je suppose ?

— Oui. Dans mon village on pêche à la senne.

— Ah, tiens donc ! Ici on est plutôt équipés en filets maillants, comme tu peux le voir derrière. Mais je préfère les nasses. D'ailleurs, si tu en entends bouger de ton côté, n'hésite pas à les sortir ! Tu sais chasser, aussi ? Avec des pièges, je veux dire ?

— Non.

— Je vous apprendrai !

— Formidable ! s'extasie Ellipse.

La petite île qu'ils ont contourné est recouverte de fougères à l'endroit où ils ont accosté, sur le seul versant qui ne soit pas trop escarpé. Après avoir sorti, roulé et caché le tonneau d'eau douce, Danogalk tombant malencontreusement à l'eau au passage, ils traversent les fougères pour se diriger vers un promontoire rocheux surplombant une petite forêt de chênes entourée de pins. La connaissance des lieux du marin épate Ellipse. Armé d'une machette, il est à peine ralenti dans ses pas, et regarde droit devant lui. Comme elle, Surelason suit en observant le paysage qui les entoure. Derrière l'île, les falaises abruptes du plateau barrent l'horizon, rendant quelconque la pente qu'ils grimpent. En se retournant, elle voit l'archipel s'assombrir au rythme des nuages qui s'amoncellent. L'île aux fougères, plongée dans l'ombre depuis leur arrivée, est particulièrement silencieuse, à l'exception du bruissement d'un feuillage dont elle n'a pas réussi à deviner l'origine. Arrivés au rocher visé, dont un côté est parsemé de lichen sec, Danogalk range sa machette et ajuste son petit sac à dos en toile de jute. Le rocher est haut d'environ trois fois sa taille.

— Bon, vous savez escalader ?

— Décidément, remarque Ellipse, tu aimes bien dormir en hauteur !

— C'est pour pas déranger la faune ici, ils sont plutôt nocturnes et craintifs. Je chasse pas sur cette île, c'est pas intéressant. Et il y en a qui sont mignons. Comme toi ! Et d'ailleurs, tout à l'heure, j'essaierai de vous montrer un curieux petit animal qui vit là. Et sur quelques autres îles par là-bas. Il faut l'attendre donc c'est pas facile, si on bouge trop il fuit. Mais il vaut le coup d'être vu, il est assez unique en son genre ! Sinon, là-haut c'est bien. J'ai mis plein de mousse, il y a quelque temps. J'en remet un peu si ça suffit pas. Je verrai bien. Ça sera confortable, normalement !

285

— Pour monter, d'accord, dit Surelason en regardant le sommet du rocher. Pour descendre, je suis perplexe.

— Tant qu'il pleut pas, pas besoin de corde, ça accroche bien ! Tu as des bonnes chaussures, je vois. Enfin, tu peux dormir ici si tu le sens pas en haut, je te force pas.

— Non, je vais monter.

— Alors, tu peux commencer si tu veux. Je connais les prises, donc je vous guide d'en bas, et après je vous rejoins.

Assise sur un tronc d'arbre mort près de Danogalk, l'obscurité les enveloppe de plus en plus. À certains endroits, des groupes de lucioles se révèlent. Immobiles, ils murmurent face au petit chemin frayé jusqu'à cette petite clairière où le sol est meuble et où une fourmilière est installée.

— Tu me dis ce qu'on attend, maintenant ?

— Chut ! Sois patiente. J'en ai déjà vu un ici. La fourmilière l'attire, et les vers aussi.

— Dis-moi au moins à quoi il ressemble !

— Pas à Surelason, je te rassure !

Au moment où elle cesse de rigoler, une fougère bouge. Danogalk pose sa main sur l'épaule opposée d'Ellipse. Un petit animal rond et velu, ressemblant vaguement à une poule, s'approche en dodelinant. Il enfonce rapidement son bec, long et pointu, à divers endroits du sol, comme pour le sonder. Ellipse croit deviner qu'il capture un ver, puis il disparaît derrière la fourmilière. Ils restent quelques instants crispés, puis Danogalk tire une petite lampe à huile de son sac posé à ses pieds. Il l'allume et la pose devant eux.

— Tu l'as bien vu ?

— Oui ! C'était très étrange ! Une petite boule de poils sur pattes qui remue dans tous les sens ! Je n'en ai jamais vu comme ça… C'était une sorte de poule ?

— Tu as déjà vu des poules avec ce bec ? taquine Danogalk en pointant son doigt sur le nez d'Ellipse.

— Qu'est-ce que c'était ?

— Un aptéryx.

— Jamais entendu ce nom !

— Il n'y en a que sur certaines îles par ici, et pas ailleurs sur le continent.

— Il était tout mignon… J'avais peur qu'il casse son bec !

— C'était pas grand-chose, hein. Mais c'est très rare d'en voir. Je veux dire, c'est pas facile. Il faut venir sur la bonne île, attendre la nuit qu'il chasse, trouver un endroit où il pourrait manger… Tu as de la chance, des fois j'essaie d'en voir et j'y arrive pas. Ils sont furtifs. Ils ont l'air tout mous et pourtant, tu as vu, ils sont très dynamiques.

— Oui, c'était… Étonnant. Je n'y connais rien, je ne peux pas savoir si c'est rare ou pas, donc je ne peux pas trouver ça aussi fou que tu as l'air de le penser. Mais je n'en avais vraiment jamais vu. Je me souviens des autres animaux que j'ai croisé. Pas celui-ci.

— Ça t'a plu un peu, quand même ? Dis-moi hein, sinon, si l'occasion se présente encore, j'irai tout seul.

— Non non, dit-elle en lui prenant la main, j'ai pris goût à la découverte. J'étais assez surprise, je ne m'attendais pas à ça.

— Ah, j'imagine bien ! Je suis content, parce que tu m'as dit que tu n'aimais pas les surprises.

— J'ai dit ça, moi ? sourit-elle.

— Oui.

— Si tu le dis ! Mais c'était une surprise agréable, alors c'est pas pareil.

— Ah, tu me rassures. Donc tu peux aimer les surprises.

— Pourquoi, tu en as d'autres en stock ?

— Heu… J'en ai une, là, éventuellement…

— Ah oui ?

— Ça se pourrait bien… sourit-il.

Les yeux d'Ellipse brillent de plus en plus lorsqu'il s'approche doucement d'elle. La lueur de la lampe fait danser une moitié de chaque visage, jusqu'à ce qu'ils se rejoignent.

●

Serrés dans la petite tente en feutre fermée sur les pieds de Surelason, ils se satisfont au moins d'avoir passé la nuit à l'abri. La pluie, légère mais continue, a tambouriné toute la nuit au-dessus de leur tête. Quelques bourrasques les accueillent lorsqu'ils sortent un par un, emmitouflés sous une cape de pluie. Fatiguée après une nuit de piètre qualité, Ellipse reste dynamique grâce à la perspective de trouver rapidement le camp. Danogalk, peu perturbé par les conditions météorologiques, démonte seul le matériel. Surelason, peu coopératif, ne décroche pas un mot jusqu'à leur retour sur le bateau. Les gouttes de pluie, qui se raréfient, se font progressivement remplacer par des rafales de vent qui semblent provenir de tous les côtés, bousculant les corps pour tenter de les faire tomber à l'eau. Danogalk, qui doit s'affairer à régler la voilure à chaque changement du vent, paraît malgré tout serein. Au loin, Ellipse remarque que l'île qui leur fait face se resserre vers la falaise, tout en s'élevant de façon de plus en plus abrupte. Surelason, toujours assis au même endroit, le remarque également :

— Tu vas prendre les gorges d'Embilhen ?

— Aha ! Tu es impatient, hein ?

— Tu peux me le dire maintenant, je ne vais pas me sauver.

— À ton avis, où est-ce qu'on va ?

— Il y a deux options : les gorges vers le nord, ou contourner l'île vers l'est. Et je crois savoir que le vent ne permet pas de naviguer vers l'est à cet endroit.

— Pas avec une petite jonque, c'est sûr !

— Tu as déjà pris ce défilé ? s'inquiète-t-il.

— Bien sûr ! répond-il fièrement.

— Avec ce temps ?

— C'est le temps parfait pour avancer !

— Ellipse, tu n'en as pas conscience, mais on se dirige tout droit vers un défilé que personne n'emprunte parce qu'il est beaucoup trop dangereux.

— Et alors, rétorque-t-elle, tu es marin ? C'est le chemin, non ?

— Justement, je trouve étonnant qu'on puisse naviguer vers le nord de ce côté-ci du continent.

— Alors, dit Danogalk, c'est pas très simple, mais ça s'explique. En fait, le défilé, c'est le seul endroit de l'archipel où le vent souffle du sud vers le nord.

— Comment est-ce possible ? demande Surelason.

— C'est le vent dominant est-ouest qui est détourné. Il se prend la falaise, et c'est pour ça que là on est un peu dans des vents bizarres. Des fois on est poussés vers le nord, quand on longe la falaise. C'est pour ça qu'on peut avancer, ici. Bon, dans l'autre sens ça serait beaucoup plus rapide. Enfin, c'est déjà pas mal.

— Oui, mais ici on avance vers le nord grâce au vent d'est combiné à l'inclinaison des voiles. Dans le défilé, il n'y a plus de vent d'est !

— Justement, le vent d'est heurte la falaise, et passe dans le défilé par cette entrée. Donc il se transforme en vent sud-nord. Tu sais ce qu'il y a, derrière le défilé ?

— Le camp des pirates ?

— Non, rigole-t-il, pas déjà ! Non, il y a le golfe de Nortoriga. Et lui, il est protégé du vent du nord par la forêt, tu vois. C'est un peu pentu par là-bas, en plus. C'est à côté des montagnes, quoi. Et il est un peu protégé du vent d'est par les îles. Alors il n'y a pas assez de vent dans le golfe pour rentrer par l'autre côté du défilé. Donc c'est le vent d'ici qui y rentre. Et voilà. Tu vois ?

— Vaguement… Je suis curieux de découvrir ça, mais je comprends. Par contre, ça ne change rien au fait que personne n'emprunte les gorges parce qu'elles sont très dangereuses.

— Oui, mais bon, hein. Il faut bien passer par là.

— Si on coule, je ne te sauverai pas.

— Bah, on ne coulera pas. J'ai jamais eu de problème. Je dois être le seul à passer à cet endroit, mais je le connais par cœur. Les pirates ils n'y passent pas, d'ailleurs ! C'est pour ça qu'ils font le tour du continent dans ce sens.

— Oui. Bon. Je suppose que nous n'avons pas le choix que de faire confiance à ton expérience de navigation.

— Je fais moins de bêtises en mer que sur terre, hein ! Pas vrai, Ellipse ?

— Hum, je ne te connais pas depuis assez longtemps pour répondre de façon catégorique, mais j'ai bien l'impression que c'est vrai.

— Voilà, bon. Alors, rassuré, l'homme de garde ?

— Pas vraiment, mais on fera avec.

Poussés par le vent dans leur dos, ballottés par le niveau de l'eau qui les fait tanguer, ils avancent à une vitesse trop grande pour pouvoir se reposer et relâcher leur attention, surveillant les rochers et anticipant les courbes du défilé, à peine plus large que trois ou quatre jonques alignées. Danogalk est concentré et son visage, mouillé par la pluie fine qui n'a cessé de les accompagner depuis le début d'après-midi, commence à se renfrogner. Fatigué par les efforts constants qu'il met en œuvre, ses gestes sont pourtant fluides et il est évident qu'il connaît très bien le chemin qu'ils empruntent. Souvent, il a déjà anticipé la manœuvre de son navire au moment où Surelason signale un obstacle potentiel, un rétrécissement du défilé, ou un virage appuyé. Ellipse, qui le seconde parfois, pense à peine à la journée pénible qu'ils sont en train de passer. Admirative de la technique de Danogalk, perturbée par la nervosité de Surelason, elle a totalement confiance en la réussite de cette traversée. Il ne peut pas en être autrement. Son intuition lui signale que le moment tant attendu approche. Alors que le défilé s'ouvre sur un passage plus large à la base, menant à un virage qui masque la suite du parcours, Danogalk réduit la voilure et s'écrie :

— On va dormir là !

— Quoi ? s'exclame Surelason.

— Le renfoncement à gauche, ma jonque tient dedans. J'y ai déjà pêché.

291

Plus lentement mais difficilement, le bateau s'approche d'une grande cavité creusée dans la falaise. Le marin, qui tient fermement le gouvernail, demande à Ellipse de vérifier rapidement que les sacs de sable suspendus aux bords de la coque permettent toujours d'amortir un éventuel choc. Surelason s'affaire autour de l'ancre, une pierre oblongue attachée à l'extrémité d'un solide morceau de bois croisée d'un autre bois identique et reliée à l'avant du bateau par une grosse corde. Danogalk intervient :

— On peut pas mouiller ici, ça n'accroche pas !

— Comment tu comptes faire ?

— Amarre au lasso sur le rocher pointu ! dit-il en désignant une corde à ses pieds.

— Je ne sais pas faire ce nœud !

— Donne-moi la corde !

Il noue la boucle en manquant de coincer ses doigts dedans, et la jette à Surelason. Après cinq tentatives et alors que le bateau est entré dans le renfoncement, plutôt protégés de la pluie et du vent, ce dernier parvient à entourer le rocher visé. Danogalk l'imite avec une corde à l'arrière de la jonque, sur un rocher plus petit. Stabilisée mais tanguant toujours, l'embarcation reste cependant calée à l'entrée du creux de la falaise. Le marin souffle et titube vers le tonneau d'eau douce. Il l'ouvre et en boit une louchée.

— Quelqu'un a soif ? dit-il en levant la louche en inox.

— Moi ! répond Ellipse.

— Soif d'aventure ?

— Ça ne t'arrive jamais d'être fatigué ? sourit-elle.

— Je me reposerai quand on sera à la cabane !

— Quelle cabane ? demande Surelason.

— Celle que j'ai construite dans la forêt, là-bas. Dans les arbres, pour se protéger des ours !

— Des ours ? s'inquiète Ellipse.

— Hein ? Oui, mais non, t'en fais pas. J'en ai jamais vu, c'est juste qu'on est pas loin des montagnes par là-bas, alors ils peuvent tout à fait traverser la rivière. Et la route qui la longe. Enfin c'est loin encore, mais ça peut. De toute façon il y a des loups, alors j'allais pas faire une cabane au sol.

— Tu nous emmènes dans un défilé mortel, et ensuite dans un endroit avec des ours et des loups ? réagit Surelason.

— Et des pumas, aussi. J'en ai vu un, une fois. Il m'a pas vu, heureusement, mais j'étais pas tranquille !

— Tu es cinglé ! s'amuse Ellipse.

— Ça te fait rire, toi ? s'irrite Surelason.

— Oh, c'est bon, qu'est-ce que ça change d'avoir peur ? Je cours plus vite que toi de toute façon !

— Ah, la montagne, c'est pas aussi gentil que la prairie au-dessus de nos têtes, hein ! Et encore, là-haut, c'est pas toujours serein…

— J'aurais préféré prendre plus de temps mais passer par la prairie, signale Surelason.

— De ce côté du plateau aussi, il y a des loups… Et des serpents, et un tas d'insectes volants pas très recommandables.

— Entre Pian et Fos, on s'en est très bien tirés.

— Ils sont plus haut, entre Vercillirgan et là où la falaise redevient une pente. C'est pas gai par là-bas, je te le dis !

— Si on était nombreux à passer par là-bas, ils iraient ailleurs.

— Heu, non, c'est pas comme ça que ça se passe, hein ! C'est nous qui allons ailleurs quand on peut pas s'adapter aux autochtones, ou qu'on peut se faire dévorer.

— Dites les gars, coupe Ellipse, je vous sens tendus ; on s'inquiète de comment on campe ce soir, plutôt ?

— Bah c'est simple : on campe là !

— Ah bon, on dort sur le bateau ?

— Je vois pas bien où dormir ailleurs, dit Surelason.

— Oui hein, y a pas. J'ai un hamac qui traîne au fond du coffre là, je m'en sers rarement en mer mais j'ai déjà testé entre les deux mâts et ça passe. Si tu le veux, tu pourras t'y mettre !

— Non merci, je préfère le sol.

— On tient à deux, dans ton hamac ? demande Ellipse.

— Jamais essayé, mais ça m'étonnerait !

— Viens on essaie ce soir, et si c'est trop serré on dort sur Surelason.

— Je sais pas, on risque de le craquer…

— Allez, c'est solide, et tu n'es pas beaucoup plus lourd que moi.

— Bon, alors au cas où ça devait craquer, on couche Surelason sous le hamac.

— Ça me va !

— Je vous entends !

— Surelasooon ? Tu veux bien te coucher entre les deux mâts ?

— Ellipse, tu veux bien te planter une lame dans le pied ?

— T'es pas gentil !

— J'ai passé l'âge de faire l'enfant.

— Tu sais pas quel âge j'ai, si ça se trouve je suis plus vieille que toi.

— Ça m'étonnerait.

— Qu'est-ce que tu en sais, d'abord ?

— Tes mains.

— Quoi, mes mains ?

— Tes mains sont jeunes. C'est comme ça qu'on estime l'âge d'une personne.

— Ah bon ? C'est vrai, ça ? demande-t-elle à Danogalk.

— Heu, c'est pas totalement fiable, mais c'est très souvent vrai quand même !

— Fais voir tes mains ?

— Bon, dit Surelason, pendant que vous vous amusez, je vais préparer à manger.

— Excellente idée, je suis affamé ! Mais alors attention, mets bien le couvercle de la boîte à gâteaux sous le réchaud, sinon tu risques de brûler ma jonque ! dit Danogalk en montrant ses mains à Ellipse.

●

Entassés sur le pont, seulement amortis par les quelques vêtements parfois humides qui leur soutiennent le bas du dos, ils se lèvent dès les premières lueurs du jour, ignorant la fatigue des dernières nuits. La pluie, toujours présente, a martelé la surface de l'eau et les rochers alentours pendant l'intégralité de la période nocturne. Le bateau, qui est resté à l'abri, n'a pas eu le temps de sécher qu'il doit déjà repartir. Ellipse n'y pense pas, et se réjouit simplement d'avoir passé la nuit dans les bras de Danogalk. Revigorée après un petit-déjeuner copieux à base de poisson séché et de pain complet, fort heureusement très bien stocké grâce à l'organisation du marin, parfois brouillonne mais sans faille jusqu'ici, Ellipse se porte volontaire pour dégager les amarres des rochers sur lesquels elles sont fixées. La nage étant périlleuse, elle fait glisser la première corde sur le rocher pointu à l'aide d'une solide rame, qui ne sert qu'à ce genre d'opérations selon Danogalk, avant que Surelason la récupère. Le marin se charge de couper la seconde à bout de bras, tiré vers l'intérieur du bateau par Ellipse pour éviter qu'il ne tombe à l'eau. Danogalk manœuvre prudemment pour sortir de la cavité, et retrouve un vent plus faible que la veille.

En début d'après-midi, alors que la faim les tiraille, une vaste étendue d'eau se devine enfin au bout du corridor. Le vent a presque disparu, et rend la navigation de plus en plus lente. La pluie est fine mais incessante. Danogalk prévoit que la température augmente soudainement dans le golfe, où l'atmosphère est habituellement assez lourde, ce qui ne manque pas d'épuiser ses passagers par cette simple pensée. L'ambiance est calme sur la jonque. Chacun est trop fatigué pour entamer une discussion. Le regard de Surelason se rallume cependant au fur et à mesure que le golfe approche. Ellipse scrute la falaise au loin, pour comprendre de quelle façon elle se termine, mais elle ne voit rien de probant. Enfin, au bout de cette longue traversée, la paroi abrupte de l'île sur leur droite disparaît brusquement, s'ouvrant sur un large espace coincé entre des paysages très variés. Au bout de la falaise à gauche, le temps couvert ne permet pas d'apercevoir les montagnes que Danogalk signale, mais elles peuvent être devinées par les collines boisées de plus en plus hautes qui s'étalent à l'horizon jusqu'au détroit de Nortoriga. Le détroit, limite entre le continent et l'archipel, invisible de leur point de vue, se situe à l'opposé du golfe par rapport à leur position. Ils aperçoivent cependant une autre île aux parois abruptes non loin de celle qu'ils viennent de quitter. Danogalk indique à Ellipse où distinguer l'île sauvage faisant face au village-relais de Nortoriga, bâti sur la partie continentale du détroit. Elle croit l'identifier. En entendant Surelason ouvrir la boîte contenant les ustensiles de cuisine, Ellipse tourne son attention vers ce dernier, lui rappelant que les environs enfin sécurisés vont leur permettre de se rassasier.

— Il ne reste plus grand-chose, signale Surelason.

— Hé, j'avais pas prévu de partir, et pas avec autant de passagers !

— C'est le dernier repas ? s'inquiète Ellipse.

— La dernière ration, plutôt, corrige Surelason.

— Il y a pas mal de poisson dans ce golfe, informe Danogalk. Mais il en reste, non ?

— Cinq petits. Deux portions et demi. La seule chose qu'il reste en quantité suffisante, ce sont tes biscuits durs comme du roc, mais ce n'est pas ça qui va nous nourrir.

— Bon, ça ira bien pour ce midi, non ? Ce soir on sera dans la forêt. Quand on arrive, c'est le meilleur moment pour chasser, parce qu'on n'est pas attendu. Au pire, je pose mes pièges ce soir, et on prendra forcément quelque chose dans la nuit.

— Tu ne chasses pas qu'au piège ?

— Non, je chasse à l'arc aussi, mais c'est beaucoup plus difficile.

— Il y a un arc sur ce bateau ? dit Surelason en regardant autour de lui.

— Il y en a deux ! Ils sont bien cachés ! Les flèches aussi, d'ailleurs il faudra que j'en taille de nouvelles. Si ça vous dit, je pourrai vous apprendre.

— Oh oui ! s'exclame Ellipse.

— Si on a le temps, grommelle Surelason. On n'est pas en vacances.

— Je te rappelle que c'est moi qui dirige, rétorque Ellipse. Tu veux finir à l'eau ?

L'homme lui lance un regard noir et, sans un mot, s'attelle à préparer le maigre repas.

Approchant d'un petit quai en bois, le bateau est la seule indication d'une présence humaine à proximité. La forêt, assez broussailleuse, laisse toutefois apparaître quelques passages vers le mince rivage caillouteux du golfe. Requinqués par une belle prise de Danogalk au milieu de l'étendue, tous ont les traits tirés. La pluie a cessé depuis quelques instants, et l'air humide est plus frais à l'approche de la forêt.

— C'est toi qui a construit ce ponton ? demande Surelason en ôtant sa cape de pluie.

— Non, mais j'y ai participé ! Les pêcheurs de Nortoriga y mettaient des bateaux à l'époque. Avant les pirates, quoi. Maintenant ils restent dans le détroit, et ils viennent pêcher dans le golfe depuis leur port. Je pense que les pirates s'en servent, parce que des fois j'ai retrouvé des cordes. Ou peut-être que c'étaient des pêcheurs intrépides !

— Donc les pirates volent des bateaux au village à chaque fois qu'ils en sont rendus à prendre la mer ?

— Plus ou moins ! Certains disent qu'ils vont d'île en île avec des barques roulantes, d'autres se plaignent de vols, d'autres prétendent qu'ils ont vu un gros navire sur une île perdue par là-bas derrière, alors on sait pas : peut-être que tout est faux, peut-être que tout est vrai…

— Des barques roulantes ? s'étonne Ellipse.

— Oui, des bateaux-chariots, quoi. Deux essieux fixés sous la coque, et le tour est joué ! Enfin, je suppose, j'ai jamais vu. C'est pas mon idée hein ! Je te vois pensif, Surelason.

— Il n'y a pas des passeurs, de ce côté-là de l'archipel ?

— Oui, sur certaines îles, il y a des passeurs en barques. J'en connais. Maintenant ils font comme moi, ils discutent même pas et ils les passent.

— Tu passes ?

— Non, je pêche !

— Donc ils n'ont pas de navire propre ?

— Je sais pas, peut-être plus bas. Ils ont tellement de bateaux à Honoratoga, ils en prennent peut-être un là-bas.

— Tu sais ce qu'ils en font, de leur embarcation, quand ils ont fini leur traversée ?

— Je sais pas, ils la troquent ? À mon avis, ils font comme tout le monde : quand ils veulent aller à l'ouest ou au sud, ils prennent la mer ; quand ils veulent aller à l'est ou au nord, ils attendent que le vent tourne ou alors ils prennent les îles. Et comme ils veulent pas attendre, eh bien ils remontent pas.

— Je croyais qu'on ne pouvait pas aller au nord à part dans le défilé ? soulève Ellipse.

— Au sud de l'archipel on peut, le vent du nord est détourné par certaines îles et il est moins puissant. C'est pour aller d'Honoratoga à Nortoriga, ou plus au nord vers Aptou, que c'est impossible. Sauf par le défilé ! Ou sinon par les îles, mais c'est plus long et c'est l'aventure. Plus loin, c'est pas des falaises comme ici, mais c'est pas moins dense pour autant !

— Bon, et tu vas laisser ton bateau là, comme ça ? s'interroge Surelason.

299

— J'ai une cachette dans un arbre, un peu plus loin. J'y mets un arc et quelques flèches et éventuellement autre chose. Parfois mes biscuits, quand je pars un certain moment ou que je sais pas où les pirates en sont dans leur tour. Là je vais rien mettre, vous allez prendre l'autre arc et on prend toutes les flèches. Je laisse que les tonneaux. Au pire ils me volent de l'eau et des biscuits secs, alors bon !

— Pourquoi ils ne volent pas ton bateau ?

— Bah, ils l'ont déjà fait, mais je l'ai retrouvé dans le détroit. Ils s'en servent pour aller aux passeurs, j'imagine. Ou pour voler un bateau plus grand. Qui sait.

— Un bateau plus grand, ça m'étonnerait. Tu sais comment on remonte un bateau entre Honoratoga et Aptou, en théorie ?

— Heu, non. Je me suis jamais posé la question.

— On fait le tour du continent. Dans le sens de déplacement des ombres. Donc en distance, c'est vingt ou trente fois plus long que si on pouvait naviguer vers le nord.

— Ah bon, ça se peut, ça ? De faire le tour du continent ?

— Techniquement, oui. Et en navigant dans le défilé, tu viens de me démontrer que c'était possible dans l'autre sens, bien que ça ne marche pas pour les navires imposants.

— Il faut pas trop s'éloigner des côtes, alors !

— Certes.

— Donc on peut aller des marais à Turia ?

— En longeant les côtes, c'est jouable. Personnellement je ne le ferais pas, je n'ai pas envie de me retrouver dans un tourbillon ou de me prendre un rocher sous-marin, mais au niveau du vent si on gère bien les voiles ce n'est pas un obstacle.

— C'est fou ! On en apprend tous les jours ! Hein, Ellipse ?

— Si tu le dis.

— Ça va pas ?

— On peut se baigner là-dedans ? Elle est bonne ?

— Oui, bien meilleure que dans le défilé !

— C'est assez profond ?

— En bout de quai, largement.

— Je te laisse amarrer et tu me rejoins ?

— Heu, oui, bonne idée !

— Parfait !

Elle ôte immédiatement ses bottines, sa ceinture puis sa robe, du côté opposé au quai en approche, et saute à l'eau.

Elle ne voit pas Danogalk réapparaître lorsqu'il plonge devant elle. Soudain, elle prend peur en sentant des balayages au niveau de ses mollets. Elle rigole finalement en réalisant que l'homme tente de lui attraper les chevilles sous l'eau. Il remonte derrière elle et l'enlace. Elle l'embrasse furtivement puis se dirige vers le quai. Elle grimpe une vieille échelle en bois fixée au bout de celui-ci, et s'apprête à plonger quand Surelason l'interpelle :

— Tu vas te faire repérer dans cette tenue si tu ne restes pas dans l'eau.

— C'est bon, il n'y a personne !

— Il pourrait y avoir des pirates. Il se peut qu'ils t'aient abandonnée volontairement et que ça ne les arrange pas que tu sois vivante. Ou des personnes venues ici pour chasser, ou que sais-je. Dans les deux cas, en faisant du bruit et surtout en exhibant ostensiblement ton tatouage, tu risques de te prendre une flèche.

— Viens donc te baigner, au lieu d'être grognon tout le temps !

— Je me laverai ce soir.

— Tu ne sais pas t'amuser !

— Je ne suis pas là pour ça. J'approche du but, alors j'aimerais que tu ne gâches pas tout.

— Allez viens, dit-elle en l'attrapant par le bras.

— Non ! résiste-t-il.

— Allez, un homme à la mer ! insiste-t-elle en le tirant.

Il se défait de son emprise d'un mouvement du bras, et recule d'un pas :

— Ça suffit.

— Alors, nargue-t-elle, c'est pas agréable de se faire palper pour aller là où on ne veut pas aller, hein ?

— Ça n'a rien à voir !

À peine sa phrase terminée, il se rue soudainement vers les hanches d'Ellipse, les deux paumes en avant, la poussant hors du quai. Elle crie brièvement et n'a pas le temps de se retourner avant d'entrer dans l'eau. Une fois remontée à la surface, elle lui lance en rigolant à moitié :

— Salaud ! Je te déteste !

— Si c'est ton marin qui t'avait poussée, tu n'aurais pas dit ça !

— Allez, c'est bon, va dans ton coin ! Tu ne sais pas ce que tu rates.

Danogalk s'approche lentement en souriant.

— Nooon, c'est pas vrai, j'aurais jamais osé te faire ça…

Il pousse brusquement ses mains sur la surface de l'eau pour l'éclabousser, et ajoute :

— C'est pas mon genre !

Il recommence en riant. Ellipse l'imite :

— Alors, le marin, tu n'aimes plus l'eau ?

○

La cabane de Danogalk n'est pas qu'une simple plateforme construite autour du tronc d'un imposant chêne. Elle dispose également d'un toit sur la moitié de la construction, et de deux murs perpendiculaires. Une échelle, constituée de bâtons noués à chaque extrémité par une même corde, permet d'y accéder. Les murs contiennent des piquets permettant d'y fixer un hamac.

— Bon, c'est pas que je veux pas avoir emmené mon hamac pour rien, c'est juste que comme vous voyez, c'est pas très grand. Alors vous dormirez sur le bois, en-dessous de moi. Mais rassurez-vous, il est solide, aucun risque que je vous tombe dessus pendant la nuit ! Et vous pourrez vous trouver des branchages pour que ce soit plus confortable.

— C'est vraiment pas mal pour une structure construite tout seul, remarque Surelason. Je reconnais que tu t'y prends bien. Tes madriers ont l'air bien calés, le plancher me semble de niveau…

— J'ai mis une grosse journée, donc c'est assez basique, mais oui, je suis content du résultat !

— Pourquoi tu l'as mise aussi haut ? demande Ellipse.

— Pour les pumas, il paraît que ça saute haut. Et les ours aussi, c'est grand un ours. Bon, il faut que j'aille poser mes pièges. Vous dépecez le coq ?

— Ça, je sais pas faire, réagit Ellipse.

— Moi je sais, signale Surelason. J'aime pas ça parce que c'est dégoûtant, mais je sais.

— Comment tu sais ça alors que tu n'en manges pas par éthique ?

— J'ai appris à Embilhen avec un de mes frères.

— Tu n'en manges pas du tout ? s'enquiert Danogalk.

— J'évite quand j'ai le choix, mais si je n'ai pas le choix, je ne vais pas être contre. Il faut bien manger.

— Bon. Ellipse, tu sais allumer un feu ?

— Oui !

— C'est parfait. Tiens ! dit-il en tendant à Surelason le coq sauvage, transpercé d'une flèche, qu'il tient par les pieds. Vous criez pas trop dessus, ça attire les bêtes féroces !

— Oui oui, répondent-ils en chœur avec agacement.

Au crépuscule, le volatile a été presque intégralement dévoré pour les repaître. Fatiguée par la traversée, le manque de sommeil et ses jeux aquatiques avec Danogalk, Ellipse fixe le feu de façon hypnotique, confortablement enveloppée dans les bras du marin. Surelason, qui était parti quelques instants, annonce à son retour qu'il monte se coucher.

— On devrait y aller aussi, non ? murmure Danogalk.

— Apprends-moi plutôt à poser un piège…

— Tu crois que tu es assez réveillée pour ça ? rigole-t-il.

Elle écarquille les yeux en le fixant. Il rit de plus belle.

— Tu sais faire un nœud coulant ?

— Non, c'est quoi ?

— Le nœud du pendu, tu connais ?

— Quoi ? s'interroge-t-elle d'un air perplexe.

— C'est le nœud qu'on utilise pour les collets. Je vais te montrer.

Il se lève et se dirige vers son sac. Il en éparpille la moitié du contenu sur le humus et extrait enfin deux longs crins de cheval. Il s'accroupit près d'Ellipse.

— Normalement, il faudrait que ça soit plus rigide, comme du fil de fer, mais c'est pas pratique à transporter. Des fois j'en ai, mais pas là, ça fait un moment que je suis pas allé à Nortoriga. Au village, je veux dire. Bref. Tiens.

Il lui montre la technique pour effectuer un nœud coulant, qu'elle répète avec son crin.

— Ça n'est pas très compliqué, dit Ellipse.

— Oui, enfin non, enfin ça dépend. Les nœuds, c'est pas compliqué à comprendre, mais il y en a plein et il faut vraiment pratiquer tout le temps pour s'en souvenir et pour savoir dans quel contexte on a besoin de tel ou tel nœud.

— Et ensuite, tu l'accroches à une branche ?

— Oui, alors ça c'est bien pour attraper des lapins, il y en a plein ici en plus. Ça fait cette hauteur-là quand ça se déplace, alors il faut mettre le collet à la même hauteur. Et l'astuce, c'est de trouver un endroit fréquenté. Dans cette forêt il y a des endroits assez denses comme là-bas, et des endroits où il n'y a que des arbres comme ici. Dans les buissons c'est bien parce que les chemins se resserrent, et donc ils sont obligés de passer dans le collet si on le met sur leur passage, parce qu'ils peuvent pas passer à côté vu qu'il n'y a pas de place, tu vois ce que je veux dire ?

— Je vois, dit-elle en défaisant et refaisant son nœud.

— Tu viens ? Je vais te montrer. Dans les buissons là-bas, j'ai rien posé, je suis allé plus loin. Tu as vu ma torche ?

— Ici.

Ils s'éloignent de la cabane. Après quelques explications de Danogalk, Ellipse pose son collet. Elle se sent fière. Elle envie l'indépendance de son compagnon, sa débrouillardise et sa capacité d'adaptation à différentes situations. Il lui permet de prendre son envol, là où Surelason lui attachait les ailes. Enlacés, elle attrape son béret lorsqu'ils s'embrassent, et le jette au sol. Sous la lueur de la torche coincée dans un arbre, son monde se résume désormais aux mains de Danogalk qui parcourent son corps.

●

Le soleil ne pénètre pas sous les houppiers, mais la luminosité et le chant des oiseaux rappellent que l'aube est déjà passée. Un sommeil profond, sur un mélange de branchages recouverts par sa cape de pluie, lui a permis de ne pas être dérangée par la fine pluie qui a repris durant toute la nuit. Danogalk remonte la réveiller.

— Bonjour, belle reine des nœuds et des collets.

— Bonjour, répond-elle en n'ouvrant qu'un œil et en souriant.

— Tu as vu, il a disparu.

— De quoi ?

— Bin, Surelason. On s'est levés en même temps, mais il est parti je sais pas trop où. Et il est pas revenu. Ça fait un moment, déjà.

— Bon débarras, dit-elle en se recouchant.

— Il a dû lui arriver quelque chose... Il m'a dit qu'il revenait...

— Qu'il aille au malin.

— Il connaît pas cette forêt ; il risque vraiment d'y aller, au malin... Il faut le retrouver pour le sauver.

— Il est peut-être parti chasser.

— Il a pas pris d'arc, rien... Il a laissé son épée et son petit sac où il avait des réserves de nourriture.

— Alors il est constipé.

— Tout ce temps, quand même… Tu sais, ça fait un moment que tu dors !

— Si tu le dis.

— Je sais à peu près où il est parti, il a laissé des traces. Il faut partir à sa recherche.

— Et sinon, tes pièges ?

— Oui ! Mes pièges. Dans une fosse j'avais un renard et un lapin. Évidemment, le lapin s'est fait manger, mais j'ai dû le sortir aussi parce que je ferme mes trappes avec des planches quand je m'en sers pas. Je comprends pas comment ils ont pu être deux à tomber. Peut-être que le lapin est tombé en premier, et comme il est plus petit, il n'avait pas découvert tous les feuillages qui masquaient le trou. En tout cas, j'espère que ça donnera meilleur goût au renard, parce que c'est vraiment pas bon le renard.

— Et les collets ?

— J'ai pris un autre lapin. Ça sera pour ce midi. Le tien il a rien donné. Mes assommoirs n'ont rien pris non plus, j'en ai un qui a fonctionné mais peut-être que la bête était trop grosse.

— On fait quoi, maintenant ? Il est loin, le camp ?

— Non non, il est pas loin, mais il faut rattraper Surelason.

— C'est pas mon problème.

— Il t'a amené jusqu'ici, quand même. Sans lui, tu serais pas là aujourd'hui. Tu lui dois bien d'aller le sauver.

— Il m'a violentée plusieurs fois et il se sert de moi.

— Mais tu t'es un peu servie de lui aussi. Alors c'est légitime, sans doute, parce que tu étais amnésique, mais tu peux pas le laisser comme ça, il risque de croiser un ours !

Elle soupire, l'air blasée.

307

— Vas-y, le rejoindre, si c'est ce que tu veux. De toute façon tu veux pas rentrer dans le camp. Je peux me débrouiller sans toi aussi.

— C'est pas le rejoindre, c'est le sauver. On abandonne pas son épée sans raison.

— Il a pris son sac à dos.

— Tu l'aurais pas pris, toi, à sa place ? Il me connaît pas et il sait que j'aide les pirates, donc il doit penser que je pourrais très bien m'enfuir avec son sac.

— Tu es très imaginatif.

— C'est pas vrai ?

— Bon, tu viens au camp avec moi, ou tu vas jouer les héros tout seul ?

— Tu me déçois, Ellipse. C'est bien ton côté pirate qui ressort, là.

— Quoi ? N'importe quoi !

— Il y a un homme, près d'ici, qui est probablement en danger. Et toi, ça t'est égal. Tu as un objectif et tout ce qui se trouve sur ton chemin, tu le crèves ou tu le laisses crever. Tu commences à savoir ce que tu veux, hein ?

— Je croyais que tu ne jugeais pas les gens.

— Mais j'aide tout le monde. Je suis sûr que Surelason a besoin de notre aide, sinon il serait déjà revenu. Cette forêt est dangereuse. Alors c'est normal que j'aie envie de savoir ce qu'il est devenu, pour le sauver si c'est encore temps. Tu vois ? Et toi, quel est ton rôle par rapport à la vie d'un homme ? Qui est-ce que tu veux être ? Une femme qui sauve son bourreau d'une mort certaine, parce que la vie est plus importante que vos querelles ? Ou une pirate qui laisse les gens mourir et qui poursuit sa mission sans s'en soucier ? Comme toi, quand tu as été abandonnée à ton sort à Taunarga ?

Le ton anormalement sérieux de Danogalk résonne dans son esprit. Est-elle donc pirate au fond d'elle ? Son ancienne personnalité est-elle plus qu'un comportement social ? A-t-elle envie d'être celle qu'elle pensait ne plus être, et qui ressurgit pourtant ? A-t-elle cependant envie de rester celle qu'elle est devenue, au risque de vivre dans la confusion ? Danogalk reprend :

— C'est quoi la valeur de la vie pour toi, Ellipse ? Toi, qui est passée tout près de la mort ? On peut laisser mourir quelqu'un parce qu'on n'est pas d'accord avec lui ?

L'air grave de son compagnon la vexe, mais elle se retient de le montrer. Lui ne masque pas sa mine peinée.

— Descends, ordonne-t-elle froidement.

Hagarde, ses yeux sont fixés sur les feuillages sur lesquels a dormi Surelason. Le marin l'observe sans un mot. Au bout de quelques instants, il soupire, puis descend calmement.

○

Aux aguets à chaque bruissement, marchant d'un pas feutré, Danogalk observe toutes les directions en avançant, sa machette à la main. L'enchevêtrement de buissons du bord de côte s'efface progressivement. Ils serpentent entre les troncs des arbres, qui filtrent un soleil légèrement voilé. Ellipse cramponne l'épée depuis qu'elle a esquivé un sanglier qui la chargeait, près d'un petit étang. Alors qu'elle n'en a aucune idée, elle a néanmoins l'impression qu'ils s'éloignent du camp. Qu'elle ne va pas dans la bonne direction. Mais Danogalk suit des traces de pas au sol, qu'il pense être celles de Surelason. Après une pente courte mais assez raide, où le sol redevient relativement plat, il s'arrête brusquement. Il effectue un geste de la main à Ellipse pour qu'elle ne le double pas, puis en ajoute un autre lui signifiant de ne pas faire de bruit. Arrivant doucement à sa hauteur, elle comprend.

Perché de travers dans les embranchements d'un chêne tordu en bordure d'une petite clairière, Surelason est encerclé par cinq loups. Son sac à dos est éparpillé sur le sol, près d'un sixième loup gisant ensanglanté. Il ne porte que sa veste en cuir, sa chemise blanche imbibée de sang étant enroulée autour de sa cuisse gauche, où son pantalon est déchiré. Ellipse voit d'ici que le couteau habituellement dans sa botte est fiché dans la nuque du loup mort. Le reste de la meute tourne autour du tronc en grognant.

— Qu'est-ce qu'on fait ? dit Ellipse.

Danogalk ne répond pas, se contentant de mettre son doigt devant les lèvres, puis indiquant ses oreilles. Il fait signe à Ellipse de descendre doucement. Quelques pas plus bas, le marin lui murmure :

— Ils entendent très bien. Il les a bien énervés à tuer l'un deux, alors ça va être compliqué de les faire fuir. Ils sont trop nombreux pour qu'on leur donne nos prises, il va falloir que j'en abatte discrètement. Il faut vraiment que je refasse des flèches.

Remonté au niveau de la zone de danger, Danogalk bande son arc, et décoche une flèche qui se fiche directement dans l'épaule d'un canidé, le blessant sérieusement. Surpris, ses congénères se redressent, alors que l'homme se tient immobile, prêt à recommencer. Ellipse s'avance à sa hauteur. Une lueur d'espoir se lit dans les yeux de Surelason. Certains loups geignent ; l'un d'eux grogne toujours. Danogalk s'avance prudemment, prêt à tirer sur ce dernier. Les animaux restent en retrait. Le marin décoche une flèche sur le grognard. Les trois canidés restants reculent, puis fuient la zone, suivis par le blessé. Danogalk s'approche de Surelason :

— Il ne faut pas rester là, l'odeur de cadavre peut attirer des bêtes qu'on a sans doute pas envie de rencontrer. Tu peux marcher ?

— Je pense, mais il va me falloir des béquilles.

— On fera ça en bas, on va te porter pour s'éloigner d'ici.

Ellipse rassemble les affaires de Surelason et les entasse en vrac. L'homme descend de l'arbre en grimaçant, reprend son sac, et passe ses bras autour des épaules de ses accompagnateurs.

— On va se poser pour manger et on retourne chez moi ce soir, dit Danogalk. Je sais pas trop où on est par rapport au camp, donc on ira demain.

○

Assise contre Danogalk qui l'enlace, lui-même adossé à un arbre, Ellipse soupire.

— Tu es pas très loquace aujourd'hui, remarque l'homme.

Elle ne répond pas.

— Ça va bien se passer, moi ça m'est égal que tu sois pirate ou pas, donc peu importe ta décision, tu seras pas seule.

— Je ne sais pas...

— Qu'est-ce qui te fait peur ? L'une des deux hypothèses te fait peur, c'est ça ?

— Il y a beaucoup plus que deux hypothèses.

311

— Ah bon, sourit-il, tu veux rejoindre les pirates à mi-temps ?

— Je ne sais pas comment gérer cette situation… Je suis au croisement entre deux mondes incompatibles.

— Pourquoi ils sont incompatibles ?

— Je me suis sentie vivre en traversant le continent jusqu'ici, j'ai passé des bons moments. Même si je vais jusqu'au bout de la mission avec Surelason, peut-être qu'il y a des questions qui resteront sans réponse. Peut-être même qu'il y aura encore plus de questions. Et il faudra que je trouve ma place dans cette nouvelle vie.

— Je vais t'en trouver, de la place ! J'ai plein de projets.

— Mais je ne sais pas si ça correspond à qui je suis vraiment. Peut-être que je me sentirai soulagée demain, mais je me dis que j'aurai trahi Najarri et toutes les personnes qui nous ont aidées… Et Surelason un peu, aussi… Même si c'est moins dérangeant…

— Pense à autre chose, chuchote-t-il en lui embrassant le cou.

— J'ai tellement envie d'être à demain, mais j'appréhende tellement aussi…

— Alors pense à maintenant, répond-il au creux de son oreille tout en caressant son ventre.

— Je ne sais pas où tu vas mais il ne va rien se passer ce soir. Pas d'humeur.

— Hum, oui, je comprends.

— Tu viens au camp avec moi, alors ?

— Il faut bien porter Surelason.

— Hmm…

— Oui, c'est pas très valorisant de candidater à la piraterie quand on est blessé, hein ?

— C'est ce qu'il t'a dit ?

— Il m'a rien dit. Mais à part les infiltrer pour obtenir des renseignements, je vois pas trop ce qu'il peut faire tout seul. Il va faire le tour du camp tranquillement, et ensuite il va rameuter une armée d'Honoratoga pour les anéantir.

— Tu crois ?

— Il avait pas l'air content que tu ailles pas à Honoratoga avec lui.

— Sans doute… Et qu'est-ce que tu comptes faire s'il détruit le camp ?

— Heu… Je sais pas, peut-être que je peux me construire une vraie cabane dans le coin, pas loin de Nortoriga. J'en ai marre de Fos. Il y aura de la place pour des pêcheurs si les pirates disparaissent. Enfin bon, si la reine des nœuds préfère aller ailleurs, j'étudie toute possibilité !

— Oh, tu as changé d'avis sur le sujet ? Tu pourrais te passer des pirates ?

— Bah, disons que j'essaie de trouver du positif à chaque hypothèse. Comme ça, pas d'appréhension ! J'accueille les événements avec enthousiasme. C'est pour ça que pour toi, tout ira bien. Si tu en as pas conscience, je te dirais pourquoi tout va bien !

— C'est gentil, sourit-elle.

— Bon, on va se coucher ? Plus on se couche tôt, plus on sera au camp tôt !

Elle l'embrasse rapidement, puis se lève.

●

7

Déguisée en dame du plateau

Le vent souffle au-dessus de leurs têtes, au cœur d'une forêt de moins en moins dense. La pente, souvent douce, est ininterrompue. Surelason, qui a insisté pour ne pas prendre de béquilles, s'aide toutefois d'une canne. Il fait des efforts pour masquer sa douleur, mais sa respiration anormalement sonore, au rythme de son boitement, le démasque. Danogalk, qui avance toujours aussi prudemment, s'arrête soudain au bord d'une crête. Il met ses mains sur ses hanches. Ellipse ressent une montée d'adrénaline. Ils se trouvent au bord d'un petit cirque naturel, dont les parois abruptes ne s'adoucissent qu'à deux endroits : face à eux, où un petit chemin serpente de façon similaire à la calanque de Fos Mundridol, et à leur droite, où les parois de moins en moins hautes sont progressivement complétées par des poteaux de bois. Ces derniers forment une barrière jusqu'à deux cabanons en bois sur pilotis, de chaque côté d'une imposante porte. La végétation du cirque est éparse, alternant entre des massifs de conifères, de petites prairies sur lesquelles des chênes et des châtaigniers isolés se dressent fièrement, et quelques bandes de cultures. Plus loin, elle distingue trois petites charrettes, autour desquelles paissent deux chevaux. De petites cabanes en bois sont construites çà et là, tandis que quatre grandes tentes entourent le centre du camp, où deux ruisseaux provenant chacun d'une cascade se rejoignent. Ellipse se tient le ventre avec une main.

— Ça va, Ellipse ? demande Danogalk.

— Je… J'ai peur.

Il passe son bras autour de son épaule.

— L'inconnu, ça fait peur, hein. Mais toi, tu es déjà dans l'inconnu. Maintenant, il faut aller vers le connu !

Un aigle les survole furtivement.

— On était obligés de monter jusque là ? peste Surelason.

— Eh bien, c'est que l'entrée est très compliquée à trouver. En prenant de la hauteur, je savais que je finirais au bord du cirque et qu'on pourrait se repérer.

— Où sont les arbalétriers ?

— Heu, il y en a un en face normalement, mais je le vois pas. Et sinon ils sont à l'entrée.

— Tu sais comment on entre sans se faire trouer ?

— Oh non ! Je suis jamais entré. Mais la fois où je me suis retrouvé en face, j'ai été averti qu'il fallait plus que je bouge, et ensuite le gars est venu me voir.

— D'accord.

— On redescend, alors ? se lamente Ellipse.

— Oui oui, mais cette fois, on sait précisément où on va.

Derrière les arbres, ils distinguent à peine la grande porte en bois indiquant l'entrée du camp, construite au-dessus du ruisseau qui sort du cirque. Soudain, ils entendent une voix d'homme près d'eux :

— Halte ! Personne ne bouge !

Ils s'immobilisent aussitôt. Danogalk rentre sa machette dans l'étui fixé sur son sac à dos, et montre ses paumes. Un jeune homme au teint basané s'extrait d'un buisson. Il porte des bottes noires, un pantalon vert foncé auquel est attaché un glaive d'un côté et un carquois de l'autre, et un haut sans manches noir sur un léger plastron de cuir noir. Le crâne rasé, la mine expressive et paradoxalement bienveillante, il est armé d'une belle arbalète. Il regarde Danogalk de haut en bas, puis fait de même avec la robe d'Ellipse. Ses yeux s'écarquillent et un réflexe de recul s'empare de lui lorsqu'il croise son regard.

— Oh macarel ! Qu'est-ce que tu fais là ? C'est qui eux ? Oh attends attends, je peux pas décider tout seul, reste là !

Il se retourne et appelle en direction des deux cabanons sur pilotis :

— Oh, Lizanti ! Ohé ! Lizanti !

— Quoi ? Répond une voix agacée derrière le portail.

— Lizanti, y a Gabrale qui est revenue toute seule ! Viens !

— Quoi ! s'étonne-t-elle.

Ellipse est sous le choc. Son cœur bat à vive allure. Elle connaît donc son véritable nom. Qui est sensée être Gabrale ? Pourquoi est-ce surprenant de la revoir ? Pourquoi sa présence déstabilise-t-elle le garde ? Les milliers de questions qui fusent dans sa tête ne font qu'ajouter de la confusion à l'incompréhension de la situation. Elle essaie tant bien que mal de garder son calme en respirant lentement et profondément. Ses deux compères restent immobiles. Leur état d'esprit s'est

317

brusquement inversé : Danogalk est particulièrement tendu, et Surelason paraît étonnamment sûr de lui.

La femme qui ouvre une petite porte incrustée dans le grand portail est également armée d'une arbalète. Nettement plus âgée que son très jeune collègue, elle a des yeux bleus perçants et de longs cheveux châtain foncés, des bottes noires et un pantalon marron foncé. Son haut à manches courtes d'un vert sombre est finement dentelé. Elle porte un plastron de cuir similaire à celui de l'homme. L'expression de son visage hâlé est grave et se transforme en surprise à la vue d'Ellipse :

— Oh fant, Gabrale ma petite ! Qu'est-ce que tu fais fagotée comme ça ? Qui c'est que ces deux zigotos ?

— Eh, moi je la laisse pas rentrer, hein. Après, son père va croire que je suis de son côté. C'est pas contre toi Gabrale, tu connais ton père…

— Ho, hé, tu vas la laisser causer un peu, oui ? dit la femme d'une voix chantante. J'ai pas peur de son père moi. Je la fais rentrer, j'assume.

— Alors, ajoute le jeune homme, qu'est-ce qu'il s'est passé ? Tu as fugué ? Hé, en vrai je t'admire trop, mais bon, je me mêle pas de ça, tu connais ton père…

— Oui, dis-nous. Et où est-ce que tu es allée pêcher ces recrues ?

— Je… Je peux pas voir mon père avant ?

— Vous êtes tatoués ? demande Lizanti aux deux hommes.

— Pas encore, réplique Surelason.

— J'ai une histoire très particulière à raconter, se reprend Ellipse. Il faudrait que je la raconte seule à seule avec une personne en qui on a tous confiance.

Les deux gardes échangent un regard.

— Elle les a tous butés, et Mizinar aussi, murmure presque le jeune homme d'une voix suffisamment audible par tous.

— Oh, Amaredim, tu nous fatigues. Va écouter son histoire pendant que je surveille les deux autres, lui répond-elle en braquant son arbalète sur Surelason.

— Attendez, intervient Surelason. Pourquoi on n'entendrait pas la version, nous aussi ?

Il fixe Ellipse avec un regard de défi. Elle lui rétorque :

— Tu restes là, je t'ai dit que c'est moi qui décide. Je te ferai rentrer et sortir du camp vivant. C'est tout ce qui compte, non ?

— Hé on la reconnaît bien là, hein ? ricane Amaredim. Même déguisée en dame du plateau, on sait à qui on a affaire !

— Vas-y, se résigne Surelason.

— Viens, Amaredim, dit Ellipse.

Ils s'éloignent de quelques pas.

— Assieds-toi, ça va te faire un choc.

— Non ça va, j'aime pas être assis. Dis, c'est quoi cet accoutrement ? C'est qui eux ?

— L'homme avec un béret, c'est Danogalk. C'est un marin qui dit qu'il a déjà eu affaire à vous quelques fois.

— À nous ? s'étonne-t-il en posant une main sur son torse.

— Oui, à nous, quoi, bafouille Ellipse en faisant de grands gestes.

— Ouais, ça me dit un truc. Ouais, je vais pas trop sur la côte moi, mais j'en ai entendu parler. Un marin qu'il faut pas abattre parce qu'il peut être utile.

— Voilà. C'est lui. L'autre, c'est Surelason, je l'ai rencontré en route.

— D'accord. Ouais, c'est un descendant de Sentinelle lui aussi, ça se voit. Il a une belle peau furtive !

— Si tu le dis.

— Et qu'est-ce qu'ils font là ?

— Ils m'ont aidé à revenir ici, parce que j'étais un peu... désorientée.

— Quoi, tu t'es perdue ? Et les autres, ils sont morts ?

— Les autres, je ne sais pas, ils m'ont abandonnée.

— Ah wow, sérieusement ? sourit-il. Mizinar t'a lâchée, il a pris le groupe tout seul ? Comment il a fait ?

— Quelqu'un m'a assommée sur une plage de la côte ouest, et ils sont tous partis.

— Vas-y, t'as encore essayé de les monter contre ton père ? T'es trop forte !

— Hum, je ne sais pas. Quand j'ai perdu connaissance, j'ai aussi perdu une bonne partie de ma mémoire. Donc l'emplacement du camp, mon rôle ici... J'ai tout oublié. Alors ces hommes m'ont aidé à revenir pour m'en souvenir et reprendre ma place.

Il semble sous le choc.

— Nooon ?

— Puisque je te le dis.

— Nooon, pas toi ? Tu me testes ?

— Je t'assure.

— Et pourquoi t'es habillée comme ça ?

— Pour pas qu'on me reconnaisse dans la plaine.

— Non mais c'est bon, arrête de jouer, dis-moi plutôt pourquoi je devrais faire rentrer les deux, là.

— Parce qu'ils peuvent confirmer ce que je viens de te dire. Si tu ne me crois pas, va demander à Surelason, seul à seul. Tu verras qu'il tient le même discours que moi.

— Oh, tu me fais douter, là ! C'est à moitié crédible ton histoire, et puis bon, on te connaît, hein !

— Surelason ! appelle Ellipse. Viens me remplacer !

L'homme arrive.

— Qu'est-ce qu'il se passe ?

— Donne ta version des faits.

— Sur notre présence ici ?

— Oui.

— Tu lui as dit ? demande-t-il en posant son index sur sa tempe.

— Oui.

— Elle s'est fait assommer sur la plage de Taunarga il y a maintenant trente jours, et depuis elle est amnésique. Alors je l'ai aidée à revenir ici, parce qu'elle était perdue.

— Wow, s'exclame Amaredim en observant Ellipse, tu es vraiment amnésique, alors ?

— C'est ce que je viens de te dire.

— Tu l'as aidée à revenir ? demande l'arbalétrier à Surelason. Tu es qui et tu viens d'où ?

— Je m'appelle Surelason et je viens du quartier Repian. J'ai été expulsé vers Taunarga il y a cinq ans. Je dois donc accomplir un exploit pour justifier mon retour permanent à Embilhen. Le voici, dit-il en montrant Ellipse de la main.

Ellipse est surprise par ses paroles. Voici pourquoi il était si confiant : il a inventé une histoire pour mettre les pirates de son côté.

— Repian ? Bon, ça va. Et comment tu connaissais le camp, déjà ? s'interroge Amaredim d'un air perplexe.

— Je ne le connaissais pas. On a fait des rencontres qui nous ont mené jusqu'ici, et on a eu la chance de croiser Danogalk. C'est lui qui nous a guidés pour permettre le retour de... heu... Gabrale... au camp.

— Aha, je vois... Sérieusement, j'ai toujours du mal à vous croire les gars, mais c'est bien ficelé votre histoire. Et le marin là-bas, pourquoi il veut rentrer ?

— Il voulait pas spécialement rentrer, répond Ellipse, mais je l'apprécie beaucoup donc je l'invite chez moi.

— Ah ouais, rigole-t-il, tu crois que ça se passe comme ça, hein ?

Il se met à rire fort.

— Amaredim ! crie Lizanti.

— Hé, pouffe-t-il, c'est pas parce que le groupe est en tournée qu'il faut croire que c'est les vacances, ici !

Sans cesser de s'esclaffer, il se redresse et se dirige vers l'entrée. Ellipse le retient par l'épaule :

— Amaredim, dis-moi juste une chose. Si tu es au courant, bien sûr.

— Envoie !

— Est-ce que je suis célibataire ?

Il éclate à nouveau de rire, plié en deux.

— Amaredim ! gronde Ellipse.

— Ah c'est bon, ça ! Les retrouvailles avec Gassor vont être chaleureuses !

Quelques instants après deux courts sons de corne, soufflés par Lizanti du haut de son cabanon, deux pirates apparaissent au loin. Ils s'avancent vers le groupe, qui a juste franchi la porte d'entrée du camp. En tête, une femme portant des espadrilles grises aux semelles épaisses, un pantalon noir moulant, une ample chemise jaune pâle et une rapière accrochée à une épaisse ceinture en cordovan. Ses yeux sont bruns et ses cheveux ondulés attachés par une queue de cheval. Ellipse estime son âge à mi-chemin entre le sien et celui de Lizanti. Ses pas sont souples et agiles. Pour l'accompagner, un homme musclé avec un visage carré et harmonieux, de petits yeux verts et de courts cheveux châtains bouclés. Il est vêtu de sandales en cuir, d'une robe blanche à manches courtes descendant jusqu'en bas des cuisses, et d'une large ceinture à laquelle est attachée une longue épée à deux mains. Il paraît plus jeune, et sa démarche est lente et altière.

— Ah parfait, voilà Gassor ! s'exclame Amaredim. On va rigoler ! Je voudrais pas rater ça !

— Tu vas retourner à ton poste, surtout ! refroidit Lizanti qui scrute l'extérieur du camp du haut de sa plateforme.

— Gabrale ! sourit Gassor en lui tendant les bras.

Il s'avance vers elle, la saisit par les bras, et approche ses lèvres de son visage.

— Attends ! s'oppose Ellipse.

— Ça n' va pas ?

— Ah ça non, ça ne va pas ! rigole Amaredim.

Gassor se redresse et prend un air peiné. La femme qui l'accompagne le coupe avant qu'il prenne la parole :

— Qu'est-ce qu'il se passe, ici ? Qu'est-ce que tu fais déjà là, Gabrale ? Et pourquoi tu es habillée comme ça ? Et le chasseur, pourquoi il est rentré ? Et… et lui, c'est qui ? dit-elle en désignant Surelason avec un ton méprisant mêlé de désarroi.

323

— Vas-y Gabrale, dit Amaredim en lui tapotant amicalement le dos, un discours !

— Ah, mais tu vas arrêter, un peu ? sourit Ellipse d'une voix pourtant ferme.

— Tu as vu ce que je dois subir la moitié du temps depuis que ton père m'a collée avec cet énergumène ? lance Lizanti.

— Calmez-vous ! proteste Ellipse. C'est pas facile à annoncer, je vous signale !

— Tu as tué Mizinar ? ose Gassor.

— Quoiii ? s'offusque la femme gracile.

— Non, apaise Ellipse ; enfin, je ne sais pas… C'est plutôt l'inverse. Taisez-vous et écoutez-moi. D'accord ?

— Ouais ! Et elle vous conseille de vous asseoir ! répond l'arbalétrier derrière elle, étouffant difficilement son rire.

— Voici le récit : on était sur la côte ouest, et lors d'une attaque, j'ai été assommée par un coup derrière le crâne. Je ne me suis réveillée que le lendemain, dans une cabane de pêcheur. Et en sortant, le groupe avait disparu.

— Oh toi, dit la femme, tu as encore essayé de monter l'équipe contre ton père… Pourtant, tu sais bien que Mizinar ne trahira jamais Dwarl. On n'a que ce qu'on mérite.

— Attends Faren, c'est pas ça l'information principale ! annonce Amaredim.

— Ah ? Alors j'attends… s'impatiente-t-elle.

— Bref, quand je me suis réveillée, après avoir été assommée, j'étais amnésique.

Un silence s'abat sur l'entrée du camp.

— Amnésique ? réagit Faren d'un air dubitatif.

— Non, c'est pas vrai ? s'inquiète Gassor.

— Et je le suis toujours… partiellement, disons.

— Mais non, c'est impossible ! conteste Gassor. Qui t'a assommée ? Mizinar ?

Il lui attrape les bras affectueusement, mais elle s'en dégage rapidement et recule en manquant de heurter Amaredim qui recule aussi.

— Laisse-moi. Je ne sais pas, je ne m'en souviens pas. J'ai oublié qui j'étais, alors Surelason m'a aidé à mener l'enquête… On a eu la chance de rencontrer Danogalk, et j'ai pu revenir ici. Mais je ne sais pas où je suis, j'ai l'impression de n'avoir jamais mis les pieds ici… Vous êtes mes pairs, mais je ne vous connais pas… Je suis venue pour me retrouver, pour savoir quel est mon rôle sur ce continent, pour reprendre ma vie où elle en était, pour réapprendre ma vie… Je sais que vous ne pouvez pas comprendre ce que je ressens, mais j'ai juste besoin d'être accompagnée un peu pour savoir qui je suis, et retrouver ma place ici…

Ses larmes se transforment en sanglots.

— Gabrale…

— Wow, je t'ai jamais vue pleurer, réagit Amaredim.

Gassor la prend dans ses bras. Elle ne se débat pas, mais ne le touche pas. Qui est cet homme pour qui elle ne ressent rien ? Comment l'a-t-elle rencontré ? Danogalk les observe avec jalousie, impuissant.

— Pour moi la solution est facile, dit Faren d'une voix monocorde. Tu n'as plus ta place ici. Merci et au revoir. Tu peux aller créer tes camps secondaires si ça te chante.

— Certainement pas ! s'offusque Gassor. J'y vais lui réapprendre sa vie, et on va renverser Dwarl !

— Ah bon, ça ne vous a pas suffi, la dernière fois ?

— Mizinar a abandonné la fille à Dwarl ! Si c'est pas d' la trahison, c'est quoi ?

— Il s'est passé quoi, la dernière fois ? demande Ellipse.

— Peu importe, répond Gassor d'une voix rassurante. Maintenant, tout va bien.

— T'as pas remarqué que tu avais des traces de fouet dans le dos, chérie ? assène froidement Faren.

Les informations qui se recoupent se bousculent dans la tête d'Ellipse. Elle ne se souvient toujours de rien, mais elle a certainement un rôle important. Est-ce que sa place est encore ici ? Qu'est-ce que ça lui apportera de savoir qu'elle est au cœur d'un conflit interne ? Est-ce qu'elle doit au moins attendre le retour du groupe de ce fameux Mizinar pour obtenir des réponses définitives ? Son esprit est confus, et elle entend sans l'écouter la conversation houleuse entre Faren et Gassor, ponctuées par les interventions d'Amaredim. Danogalk, stoïque, reste en retrait. Elle est tirée de ses pensées par la voix familière de Surelason :

— Dites-moi, Gassor, je vois que vous portez la robe de la Maison Mère.

— Oui.

— Je dois rencontrer un membre du gouvernement avec Ell… avec Gabrale, parce que la ramener ici est un exploit.

— Un exploit ? Vous avez été relégué ?

— Oui. De Repian. Et vous ?

— Pareil. De Templevue. Mais j' compte pas y retourner.

— Moi je veux y retourner, j'ai ma famille là-bas. Ça fait cinq ans que je vis sur la côte ouest. J'estime que j'ai réparé mes torts.

— J' peux pas trop juger, il faut voir ça avec Dwarl. Il a assez d'influence pour que ça soit reconnu.

— Quoi ? demande Ellipse. Les… on est en lien avec le gouvernement ?

— Oh, tu as vraiment tout oublié ! s'apitoie Gassor.

— C'est bon signe, intervient Faren. Ça veut dire que les marginaux ne se doutent toujours de rien.

— Qu'ils se doutent de quoi ? s'interroge Ellipse.

— Oh, je sais pas si on va faire quelque chose de toi, se lamente Faren. Si Dwarl n'était pas ton père, je t'aurais renvoyée dehors immédiatement. Mais c'est ton père, alors on va dire que c'est à lui de décider de ton sort, et pas à moi.

L'homme, un grand gaillard bourru et costaud doté d'une fine barbe taillée, a d'épais cheveux noirs similaires aux siens, parsemés de mèches grises. Une chemise marron ouverte sur un torse velu, il est assis sur un coussin violet posé sur un morceau de tronc d'arbre servant de tabouret. Pieds nus, il est vêtu d'un pantalon blanc en chanvre. Une dizaine de couteaux sont posés sur la table devant lui. Il en affûte un à l'aide d'une pierre. Derrière la large table, adossé au mur, un homme grand et filiforme le regarde parfois travailler, tout en taillant un bâton en pointe. Une courte barbe grise masque à peine une éraflure sur une joue. La partie supérieure de ses cheveux gris est attachée en queue de cheval, le reste pendant sur ses épaules. Il porte une longue et luxueuse robe en soie bleue parsemée d'étoiles dorées, et des bottes noires brillantes. Ses jambes sont assez écartées, lui conférant un air hautain. Les deux personnages, d'apparences très différentes, se trouvent pourtant dans la même tente en feutre, maintenue par d'imposants piquets fixés au sol et ouverte d'un côté. L'ameublement est minimaliste. Des armes de poing sont entassées en vrac dans un coffre ouvert. Faren précède Ellipse dans la structure, et interpelle d'une voix toujours monocorde :

— Dwarl…

L'homme à la robe de soie lève les yeux de son travail. L'homme bourru répond sans détourner son attention :

— Faren ?

— Ta fille est là.

L'homme bourru s'immobilise immédiatement, et affiche une expression étonnée. Il se retourne vers l'entrée, où Ellipse se tient devant ses deux compagnons de route. Gassor ferme la marche à l'extérieur de la tente. Dwarl pose sa pierre et son couteau, et se lève. D'une voix marquant la surprise, mêlée de défiance, il réalise :

— Gabrale… Tu es en avance. Tu n'as pas fait le tour. Qu'est-ce que tu fais là ? Les autres ne sont pas avec toi ? Qui sont ces deux individus ? Ah, toi je te reconnais, tu es le chasseur du golfe.

— Bonjour, glisse timidement Danogalk. C'est elle qui m'a invité.

— Alors ma petite, c'est quoi cet accoutrement ? Tu viens me dire que tu désertes ? Que tu veux aller faire la fête à Embilhen ?

— Elle est amnésique, coupe Faren.

— Elle est…

Les yeux de Dwarl, d'abord incrédule, s'illuminent. Un rictus s'affiche sur sa large bouche.

— Bien, bien, bien… dit-il en retournant s'asseoir. Asseyez-vous tous, j'aime bien les histoires. Et j'ai comme l'impression que certaines personnes ont des choses à raconter.

Faren fait signe aux trois voyageurs de s'asseoir face à Dwarl. Danogalk suit Ellipse. Surelason s'assied près de ce dernier, et Gassor contourne la table pour se mettre près d'Ellipse. Faren se pose à un bout de la table. À l'autre bout, l'homme à la robe de soie pose ses outils et met ses mains dans ses larges poches.

— Assieds-toi, Hagheza, dit Dwarl.

— Pas envie.

— Tu vas les perturber, les nouveaux.

— Je vais me mettre là, plutôt.

Il s'assied au bord de la table, tourné du côté de Gassor.

— C'est pire !

— Adapte-toi.

— Tu m'énerves ! Bref ! Alors comme ça ma petite, tu es amnésique… Tu… Tu m'expliques ?

Il essaie vainement d'adoucir sa voix, mais le ton sec qu'il emploie trahit son irritation.

— Quelqu'un m'a assommée dans le dos pendant une attaque, sur un village de la côte ouest. Quand je me suis réveillée le lendemain, le groupe avait disparu et j'étais amnésique. Je ne savais même plus comment je m'appelais. Cet homme, Surelason, m'a aidée à mener l'enquête pour retrouver le camp. J'ai rencontré Danogalk par hasard, qui nous y a conduits. C'est tout.

Il prend quelques instants pour réaliser, puis éclate de rire.

— Ha, ha, c'est la meilleure ! Tu entends ça, Hagheza ? Elle est amnésique, qu'elle dit !

— Et Mizinar ? demande l'homme en robe de soie à Ellipse.

— Ah ouais ! Mizinar ! Il t'a lâchée ? Il fait cavalier seul ?

— Je suppose.

— Ça te fera les pieds ! Maintenant, tu me donnes une raison de ne pas embrocher ces deux-là qui n'ont rien à faire ici, et tu files dans ta cahute !

— C'est moi qui ait fait rentrer Danogalk. Il ne voulait pas, mais pour le remercier de m'avoir montré l'emplacement du camp, je l'ai invité. Vous avez encore besoin de ses compétences.

— Qu'est-ce que tu as à parler de nous comme ça ? Tu désertes ?

— Elle est amnésique on t'a dit, butor ! intervient Faren.

— Attends, j'en termine avec les deux. Toi le chasseur, c'est bon, tu peux ficher le camp fissa. Toi le Sentinelle, qu'est-ce que tu veux ?

— Je suis un relégué de Repian ; je vous ai ramené votre fille et j'ai pris des informations sur les rebelles au passage. J'aimerais donc que vous reconnaissiez cet exploit par écrit pour que j'en fasse part à la Maison Mère.

— Ah ouais, t'as été relégué ? Bah moi j'ai été banni, alors qu'ils aillent se faire voir, à la Maison Mère !

— Ils ne sont pas obligés de venir constater l'exploit, réagit Hagheza. Tu lui fais ce papier et il disparaît.

— Ils vont venir, je les connais ! Hein, Gassor ? En plus, il sait où est le camp ! Qu'est-ce qui te dit qu'il va pas nous dénoncer aux rebelles ?

Surelason sort de son sac à dos le médaillon représentant sa femme et sa fille.

— Ça fait cinq ans que je vis sur la côte ouest, dit-il en montrant l'objet à son interlocuteur. J'aimerais retourner près de ma famille sur le plateau. J'ai sauvé votre fille de la mort quand elle a été abandonnée, je l'ai remise sur pied, et j'ai traversé le continent avec elle pour vous la ramener. Vous êtes bien d'accord pour dire que c'est un exploit ?

— Il faut un exploit en faveur de la Maison Mère ! Elle en a rien à faire, la Maison Mère, que ma gamine soit vivante ! Elle veut purger la plaine de ses foutus marginaux bouffeurs de poiscaille, c'est tout ce qui l'intéresse !

— Comme je vous ai dit, en chemin, j'ai glané beaucoup d'informations sur les rebelles, s'agace Surelason.

— Ouais, ouais ! Et ils en sont où, ces fainéants ?

— Ils construisent une forteresse.

— Fant de chichourle ! Ils avancent vite, les sagouins ! Vous en pensez quoi, vous autres ?

— Il faut que quelqu'un monte au plateau avec lui pour vérifier qu'il dit la vérité, répond Faren.

— File-lui son papier, dit Hagheza d'un air détaché. S'il avait ramené mon fils, j'aurais même pas cherché à négocier.

— Ah ouais ? Bah, allez, c'est bon, râle-t-il. Tu vas l'avoir, ton papier. Tu sortiras les yeux bandés et on te lâchera à Norto'. Ça te va, Faren ?

— C'est moi qui l'accompagne ?

— Qui tu veux que ce soit ?

— Je rentre pas dans Templevue, dans ce cas.

— Si ça te chante.

— Et je pars après le retour du groupe de Mizinar.

— C'est ton problème, je m'en occupe pas.

— Ça te va ? demande Faren à Surelason.

— C'est parfait.

— Bien, conclut Dwarl. La séance surprise est levée. Gabrale, tu seras fouettée cet après-midi, et aussi au retour de Mizinar.

Débarrassez-moi le plancher, vous autres ! Ça va être l'heure de grailler !

○

La cabane de Gassor, parfaitement carrée, est plutôt grande. De nombreuses armes et autres bibelots pendent de partout sur le haut plafond, à l'exception du fond de la pièce, où des bambous suspendus cachent ce qu'elle devine être un grand lit. Assise sur un confortable fauteuil à deux places, Ellipse réalise ce qu'elle craignait : elle se pose encore plus de questions qu'elle n'a de réponses. Gassor, assis auprès d'elle, entoure ses épaules de ses larges bras, écoutant attentivement les détails de son parcours.

— Mais maintenant, tu es de retour, dit-il en la serrant dans ses bras.

— À toi : dis-moi qui je suis…

— Eh bien, que veux-tu savoir ?

— Tout : qui je suis, d'où je viens, quel était mon rôle ici, comment on est organisés, pourquoi on fait tout ça… Qui est-ce que je suis sensée connaître… Et toi, qui es-tu ?

Gassor affiche une mine peinée. Il croise ses mains sur son ventre et s'enfonce dans le fauteuil.

— Eh bien… Ça m' fait tout drôle de te le dire…

— S'il te plaît.

— Oui… Alors, tu t'appelles Gabrale… Tu es la fille de Dwarl… Tu viens du quartier Ledergian. J' crois que tu étais encore à l'école quand ton père a été mis en quarantaine dans les cachots du temple… Ou bien déjà en activité, je sais plus.

— Quelle activité ?

— Maître d'armes.

332

Ellipse comprend immédiatement pourquoi Ravive-le-feu avait été impressionné par sa technique lorsqu'il l'a rencontrée, alors que fatiguée et déstabilisée, elle venait tout juste de redécouvrir le monde. Comme elle s'en était aperçue, elle est réellement plus forte que Surelason. Gassor reprend :

— Quand ta mère a été assassinée, ton père est devenu incontrôlable. Il refusait d' travailler sur le temple, il criait la nuit, et les autres exclus étaient fatigués à cause de lui. Et les membres du gouvernement le voyaient, parce que les services que les exclus devaient leur rendre baissaient en qualité…

— Pourquoi ma mère a été assassinée ?

— J' sais pas, il n'a jamais voulu nous le dire. Tu étais la seule à être au courant.

— Et lui, pourquoi il a été emprisonné ?

— Pas emprisonné, exclu. Mis en quarantaine à Templevue, pour servir le temple. On peut se sentir libre à Templevue ; simplement, tout l' monde n'a pas l' droit d'en sortir, de la même manière que tout l' monde n'a pas l' droit d'y rentrer.

— Et qu'est-ce qu'il a fait ?

— Oh, violence gratuite le plus souvent, ou insultes envers le temple, ce genre de choses…

— Et il n'a pas été banni ?

— Oui, j'y viens. À cause de son comportement, les templiers se sont dit qu'il fallait faire quelque chose. Et ils ont inventé le bannissement. Jusqu'ici, il y avait deux catégories d' sanctions : mise en quarantaine pour certains, relégation vers la plaine pour d'autres. Ça dépendait de c' qu'on faisait pour en arriver là, ou bien de c' qu'on pouvait faire pour servir le temple. Hagheza, par exemple, était un escroc notoire, donc ils l'ont simplement relégué vers la plaine. Pour avoir le droit d' revenir, il devait accomplir un exploit en faveur d' la Maison Mère. Alors il a escroqué des marginaux, il l'a prouvé en revenant, et il a été réintégré. Sauf qu'ensuite, il a continué d'escroquer les gens en se faisant passer pour un templier. Donc cette fois, il a été banni. Et en général, les bannis, ils nous rejoignent.

— Je n'ai pas compris le rapport entre les sanctions et le camp. Les bannis doivent venir ici, les relégués pas forcément ?

— Pas toujours, mais pour simplifier, c'est ça. Le gouvernement a créé les pirates pour que les bannis soient utiles pour eux, même loin d'eux. On leur demande de n' jamais remettre les pieds sur le plateau, et en échange, ils font ce qu'ils veulent sur la plaine pour pousser les marginaux à quitter leurs terres impures et intégrer Embilhen.

Ellipse est choquée par ces révélations. Elle se dit que les rebelles sont loin de se douter de ce qui se trame sur le plateau. Tout ceci n'est qu'une grande illusion.

— Et mon… père… là-dedans ?

— Ils lui ont parlé du projet, il a adhéré, et il est venu ici pour créer le camp avec Faren et Mizinar. Faren n'est que reléguée, donc elle remonte parfois. Elle a déjà accompli plusieurs exploits, mais elle veut pas retourner là-haut.

— Et toi ?

— Hum, j'ai jamais voulu te le dire, et j' te le dirai pas plus maintenant. J'ai été relégué de Templevue, c'est tout c' qu'il faut savoir.

— Et moi ?

— Toi, tu as tué plusieurs personnes pour une sombre histoire de drogue, je crois.

— Oh. Je suis bannie, alors ?

— Oui ! annonce-t-il fièrement.

— Mais pourtant j'ai traversé Embilhen sans qu'on me remarque ?

— Tu es passée par Templevue ?

— Non.

— Alors c'est normal. Tout l' monde ne peut pas te connaître. Tu es passée à Ledergian ?

— Oui.

— Et personne ne t'a reconnue ?

— Non.

— Tu as eu de la chance ! Tu n'as pas dû passer par ton secteur. Ou alors tu n'as pas trop traîné le soir…

— J'étais maquillée et habillée comme ça, je me fais appeler Ellipse, et en plus je crois que c'était un jour où j'étais malade.

— Ah bon ?

— C'était quoi mon rôle, ici ? Pourquoi mon père me déteste ?

Il rigole.

— Ton père est plutôt dur, comme tu as pu l' voir.

— Oui…

— Tu n'apprécies pas sa méthode, et tu as essayé d' liguer l' groupe contre lui, lors d'un rassemblement. En plus, tu veux créer plein d' camps secondaires pour prendre le contrôle d' la plaine plus facilement, mais ton père dit qu'il n'y a qu'ici que c'est assez isolé pour ne pas être repéré par les rebelles. Alors au dernier rassemblement, il a créé un binôme inédit : il t'a placée avec Mizinar pour conduire le groupe du tour suivant. Un binôme de tête explosif, et la plupart des soutiens de ton père avec vous !

— Oh… D'accord…

— Tu as l'air pensive, mais ça va aller. Tu m'aimes toujours ?

335

— Je suis amnésique, Gassor. Je ne te connais plus. Il faut que je me réapproprie cet endroit.

Il la contemple sans un mot. Ellipse se lève :

— Il faut aller manger je crois, non ?

— Oui, dit-il d'un air peiné.

Elle l'embrasse sur la joue.

— Merci beaucoup de m'avoir éclairée.

Le ciel est de moins en moins couvert, et la température est agréable. Le vent est nul. Ellipse contemple ce qui l'entoure à chaque pas, afin d'essayer de se remémorer un élément, en vain. De longues tables en bois sont regroupées, non loin d'un feu sur lequel rôtit un sanglier. De nombreuses bouteilles d'alcool sont disposées près des couverts. Un grand plateau comportant les restes d'un autre sanglier accompagné de quelques patates et feuilles de chêne, trône au bord de la plus grande table où se trouvent quatre personnes : Dwarl, Hagheza, un vieil homme vêtu d'une longue robe jaune, et une femme au regard sombre vêtue intégralement de noir. La configuration des lieux permet d'accueillir quarante ou cinquante personnes, mais une dizaine seulement sont attablées, et deux s'occupent de la viande. Gassor vient parler à l'un d'eux. Un autre homme costaud, aux longs cheveux noirs, se dirige vers l'entrée du camp en portant deux grandes gamelles en terre cuite empilées l'une sur l'autre. Ellipse s'approche d'une table ronde un peu à l'écart des autres, où se trouvent Surelason, Faren, et une femme aux longs cheveux blonds ondulés vêtue d'une robe bleue à gros pois blancs.

— Il est où Danogalk ?

— Renvoyé, assène Faren. Rien à faire ici.

— Je lui ai dit que tu viendrais le voir dans l'après-midi, signale Surelason.

— Après le fouet ? ricane Faren.

— C'est prévu quand, ça ? s'enquiert Ellipse.

— Tu verras bien ! rétorque la femme d'un air hautain.

— Je peux te parler rapidement, Surelason ?

— Je mange, là.

— C'est quoi, ton plan ?

— Celui que tu as entendu.

Une femme l'interrompt en la prenant par l'épaule, derrière elle. Sa voix est aiguë et assez faible.

— Gabrale ?

Plutôt jeune, sa peau est lisse et claire. Ses grands yeux en amande contrastent avec sa fine bouche. Ses cheveux sont noirs et tressés. Elle porte une chemise violette aux longues manches dentelées, et une longue jupe blanche parsemée de petites broderies jaunes dont l'extrémité déchirée traîne au sol.

— Heu, oui ?

— Il paraît que tu es amnésique… Tu ne te souviens plus de moi ?

— Non, désolée…

— Oh, ma pauvre… On mange ensemble, ou tu restes avec tes camarades ? Je suis Court-plus-loin, on est amies. Ça ne te dit toujours rien ?

— Non… Mais je veux bien manger avec toi ! Ils sont pas très accueillants, les trois, là.

— Parfait !

— Tu viendras me voir quand tu as fini, Surelason, il faut que je te parle.

— Si tu veux.

337

La femme qui l'a abordée se dirige vers une table où l'un des cuisiniers vient de s'attabler après avoir déposé trois assiettes devant lui. Avec lui se trouvent Gassor, ainsi qu'une femme aux cheveux roses coupés au carré et aux yeux bleus, vêtue d'une veste marron ouverte sur un chemisier blanc. Ellipse est épatée par la qualité apparente de la majorité des tenues vestimentaires des pirates, particulièrement visible sur Hagheza. Le cuisinier, un jeune homme dynamique aux courts cheveux bruns, n'est vêtu que d'un pantalon ocre taché de graisse, et d'espadrilles de la même couleur. Torse nu, il est le premier sur lequel Ellipse voit le tatouage de crâne similaire au sien. Un frisson la parcourt. Approchant de la tablée, des cris de soulagement et de satisfaction fusent en la voyant. Court-plus-loin l'introduit :

— La plus courageuse des voyageuses !

Gassor applaudit, timidement suivi par le cuisinier. Ellipse s'assied, et Gassor pousse une gamelle vers elle. La femme aux cheveux roses se penche vers elle, et chuchote :

— C'est vrai, ou tu joues la comédie ?

— Non non, c'est vrai. Je ne savais même pas que j'étais avec lui, répond-elle en indiquant Gassor.

Les trois autres convives vocalisent simultanément des marques d'étonnement différentes.

— Et tu as un compagnon ? demande Court-plus-loin.

— Vous ne voulez pas vous présenter avant ? sourit Ellipse. Vous me connaissez, mais moi je débarque complètement, là. Imaginez que je suis la jumelle de Gabrale et que je viens de vous rejoindre. Je m'appelle Ellipse et je voudrais prendre la place de ma sœur. Parlez-moi un peu de vous, peut-être que quelque chose finira par me revenir…

— J'ai l'impression que tu es revenue assez différente, Gabrale, dit Gassor. On dirait vraiment qu' tu es sa sœur jumelle...

— Et que tu es là parce que tu as tué Gabrale ! ajoute la femme aux cheveux roses.

— Si elle est amnésique, c'est pas très étonnant, relève le cuisinier.

— Amnésique totale ? demande Court-plus-loin. Tu ne te souvenais de rien du tout ?

— Non, je vous le dis : je ne sais pas qui vous êtes, d'où vous venez, ce que vous faites là...

— On se présente ? suggère la jeune femme.

— Vas-y, répond le cuisinier.

— Je m'appelle Court-plus-loin, je suis née à Frejar et j'ai grandi à Prellan. Tu vois où c'est ?

— C'est au sud. J'ai réappris la géographie en venant.

— Très bien ! J'ai jamais quitté Prellan, et je vivais avec mes sœurs. Je suis bannie parce que j'ai émasculé un templier qui voulait... m'apprivoiser. Maintenant je m'occupe du jardin, de la décoration, de l'entretien... et je dépèce des carcasses.

Le contraste entre la dureté de ses propos et la douce voix émanant de son visage angélique, teintée de fierté enfantine, mettent Ellipse mal à l'aise.

— Moi c'est Edelf, enchaîne la femme aux cheveux roses d'une voix assez grave, sur un ton blasé. J'ai été virée de Pian Cerega alors je suis partie à Maroupian, et j'ai été virée de Maroupian alors je suis venue ici. Officiellement, je suis reléguée pour complot, qu'ils disent... Tu sais ce que c'est pour eux des complots ? Défense des intérêts du peuple, droit à une vie différente... Tu vois le genre ? J'étais peintre, sculptrice,

339

menuisière, plein de choses... Depuis que je suis là je fais pareil, et une fois sur deux je fais une tournée de plaine avec le groupe. Et c'est beaucoup mieux ici, crois-moi.

— Lanfirou, dit le cuisinier. Relégué de Turgian, à l'autre bout du plateau. Cuisinier depuis le début. J'ai malencontreusement empoisonné des concurrents...

La légèreté du ton qu'il emploie trahit son ironie, à peine dissimulée par un air pensif.

— Mais c'est fini ! sourit Edelf la bouche pleine en montrant à Ellipse le repas qu'elle scrute dans sa gamelle. On surveille ce qu'il fait, maintenant.

— Et toi Gassor, s'interroge Court-plus-loin, tu lui as dit ?

— J' lui ai pas dit c' que j' veux pas vous dire, si c'est ta question.

— Allez Gassor, ajoute Edelf, elle veut plus de toi maintenant ! Tu peux bien nous dire ce que tu as fait, ça changera rien !

— C'est pas vrai ! Et ça peut aussi changer par rapport à vous, alors j' peux pas vous le dire.

— Tu sais ce que je pense que tu as fait, Gassor ? reprend Edelf.

— Oui, je sais, et non, je ne donnerai aucun indice.

— C'est un violeur, voilà pourquoi il ne dit rien ! assène Edelf en regardant Ellipse.

— Il peut aussi être un mangeur d'enfants, un traître infiltré, un esclavagiste... Énumère le cuisinier.

— Il n'est pas banni, ça ne peut pas être aussi grave, soulève Court-plus-loin.

— Mais c'est un templier, note Edelf, et ils ont des avantages. Pourquoi il ne le dirait pas, sinon ?

340

Ellipse écoute leur débat avec l'intérêt de la découverte. Elle a l'impression d'assister à une scène de théâtre. Elle ne sait pas trop si elle est actrice ou spectatrice. Gassor essaie plusieurs fois de changer de sujet, mais la femme aux cheveux roses y revient toujours.

— Et toi, lance Court-plus-loin à Ellipse en la heurtant volontairement du coude, tu nous racontes en détail ton périple ? Le gars qui mange avec Faren, c'est qui ?

— C'est Surelason. C'est lui qui m'a ramenée ici. Écoutez, c'est pas que ça m'intéresse pas d'être avec vous, mais là j'ai absorbé énormément d'informations en très peu de temps, alors je suis un peu fatiguée. Il faut que j'aille me reposer.

Elle se lève doucement, alors qu'elle n'a consommé que la moitié de son plat.

— Oui ça se voit, t'es pas bien, remarque Edelf.

— Tu ne finis pas ton assiette ? s'inquiète Court-plus-loin. Il faut que tu prennes des forces pour encaisser les coups tout à l'heure.

— Tu peux te reposer chez moi si tu veux, dit Gassor, je ne viendrai pas te déranger.

Hochant la tête sans un mot, elle fait un signe de la main à ses collègues. Passant ostensiblement devant Surelason, elle se dirige vers l'entrée du camp, et s'assied contre un arbre, près du ruisseau. Elle écoute le bruit de l'eau qui coule à l'infini, couvrant le bruit des conversations un peu plus loin.

Les yeux mi-clos, elle s'imagine sur une île peuplée d'aptéryx, dans une cabane en bois construite par Danogalk, jardinant avec Najarri, et avec ses amis pirates repentis. À part Dwarl et Faren, elle a été bien accueillie ici. Tout le monde la connaît, elle sait qu'elle peut exprimer sa personnalité réelle sans retenue. Construire un nouveau camp... Pourquoi pas sur une île ? Qu'est-ce qui oblige les pirates à faire le tour du continent ? Ils n'ont pas besoin de nourriture : ils chassent et ils cultivent un jardin suffisant pour les sédentaires du camp. Ils n'ont pas besoin d'armes ni d'outils, ils en ont même trop. Ils n'ont pas besoin de compétences supplémentaires, ils maîtrisent déjà beaucoup de domaines. Est-ce pour se donner un but dans la vie ? Est-ce que, quitte à tourner en rond de ne pas pouvoir retourner à Embilhen, ils préfèrent tourner en rond autour d'Embilhen ? Les pas de Surelason, qu'elle parvient à identifier sans les voir, la tirent de ses pensées.

— Je sais pourquoi tu veux me voir.

— Alors je t'écoute.

— C'était mon plan depuis le début.

— Quoi ? Tu te moques de moi ?

— Quand j'irai à Taunarga pour la dernière fois, je leur dirai que les rebelles sont sur le coup, et je retournerai tranquillement à Repian avec ma fille et ma femme. Est-ce que tu peux comprendre l'importance d'être chez soi avec ses proches, maintenant que tu es là ?

— Pourquoi tu ne m'as pas dit ça dès le début ? S'émeut-elle.

— Tu m'aurais suivie, si je t'avais dit que je ne compte pas réussir la mission qu'on vient de nous confier, que je vais plutôt les trahir et que j'ai besoin de toi pour servir mon propre intérêt ?

Elle réfléchit en croisant les bras.

— Donc tu n'en as rien à faire que je rejoigne les pirates ou pas ?

— Disons que ça ne me concerne plus.

— C'était quoi ton vrai plan, à la base ? Avant de me rencontrer ?

— Quand je voyageais pour le travail, j'essayais d'obtenir des informations sur les rebelles. Des informations cruciales, capitales. En les divulguant à la Maison Mère, j'aurais été réhabilité.

— Quoi ? C'est pour ça que tu tenais tant à aller à Honoratoga ?

— Oui.

— Pour les infiltrer ?

— Et pourquoi pas les amener dans un traquenard ici. Mais je ne connaissais ni l'emplacement, ni les pirates. Ton accident a été une vraie aubaine. Grâce à toi, j'ai pu m'absenter de Taunarga pour une durée indéterminée, sans que l'on s'inquiète de mon absence, sans avoir besoin de me justifier pour rester intégré au village. J'ai pu rencontrer de vrais rebelles à Pian Cerega, en apprendre plus sur leurs motivations… Et grâce à toi, je n'aurai pas besoin de convaincre un templier que j'ai accompli un exploit : j'aurai juste à leur montrer le papier de Dwarl, éventuellement confirmé par Faren. Pour ça, même si tu n'y peux rien, je te remercie.

— J'en reviens pas ! Tu vas trahir Najarri ? Et Banik ? Et tous ceux qu'on a rencontrés et qui croyaient qu'on allait pacifier le continent ? Auzollion, Face-de-craie ? s'indigne-t-elle.

— Ça ne change rien. On ne pouvait pas arrêter les pirates, tu le vois bien.

— C'est une raison pour trahir tout le monde ?

— Si tu n'étais pas bannie, tu comprendrais à quel point c'est difficile de réaliser un exploit.

— Gassor m'a dit que Faren en avait fait plein.

343

— Faren est à la tête des pirates. Moi j'ai été envoyé à Taunarga. À l'opposé d'Honoratoga, qui plus est. Si j'avais été un meurtrier comme toi, et que j'avais préféré passer de longues années à Templevue, ou que j'avais été jugé après la création des pirates, j'aurais très bien pu les rejoindre aussi, et j'aurais eu beaucoup plus de facilités. Mais je ne suis pas comme toi : ça me touche beaucoup de massacrer des familles. Je pourrais être à leur place.

— Mais quel menteur, quel manipulateur... dit-elle en se levant.

— Qu'est-ce que tu vas faire, maintenant ?

— Pourquoi je te le dirais ?

— Parce que je t'ai sauvé la vie.

— Tu l'as fait parce que tu avais besoin de moi vivante.

— Qu'est-ce que tu espères ? Que les prochains groupes de pirates ne tuent personne ?

— Tu viens de me dire que ça ne te concernait plus.

— Il y aura toujours des pirates, c'est le gouvernement qui les a créés. Ton père l'a dit, leur objectif est de dépeupler la plaine pour des raisons dogmatiques, et ils finiront par y arriver.

— Tu le savais, ça ?

— Non.

— Tu as un frère templier. Tu ne vas pas me faire croire que tu ne savais rien.

— Dawosalin ne dit rien parce qu'il a l'ordre de ne rien dire. Et maintenant, je comprends pourquoi.

— Et ta famille, quand on est allés les voir ? Ils jouaient un jeu, aussi ?

— Si tu te souviens bien, je suis entré chez ma sœur avant vous pour lui expliquer que je ne venais pas seul.

344

— Oh je vois, et tu en as profité pour lui dire de faire semblant d'être dans la mission du pêcheur de Taunarga, et quand on est parties avec Najarri, tu as repris ton discours actuel ?

— Voilà.

— Tu es vraiment un salaud…

— Moins que toi manifestement. Je n'ai tué personne.

— Ah oui, tiens ! Pourquoi tu as été relégué ? Trahison ?

— Mauvaise conduite.

— Ça veut dire quoi, ça ? Violence ? Harcèlement ? Ça te plaît, de brutaliser les gens ?

— Ce sont des choses qui peuvent arriver, et qu'on ne maîtrise pas toujours.

— Tu n'as jamais vraiment voulu me tuer en fait, mais ça t'amusait de me mettre la pression, hein ?

— J'ai été ravi de te connaître, malgré tout. C'était une expérience de vie enrichissante, avant le retour à la vie que je souhaite.

— Et si je retournais à Taunarga avant toi pour leur dire ?

— Ils ne croiront jamais une pirate. Ça fait cinq ans que je suis chez eux.

— Je te déteste.

— Je t'ai ramenée chez toi, on est quittes.

— Peut-être, mais moi je suis une pirate, et j'ai déjà tué !

Elle dégaine son couteau flambant neuf et place un coup d'estoc vers Surelason, qui esquive de justesse.

— Arrête, je suis blessé ! On est dans le même camp maintenant !

— Tu n'en sais rien ! Tu ne sais pas ce que je vais décider !

La voix sévère de Faren surgit derrière elle :

345

— Baisse ton couteau, Gabrale !

La femme pointe un arc bandé sur elle. Surelason s'éclipse en boitillant.

— Pourquoi tu fais ça ? On est dans le même camp, ou pas ?

— C'est à toi de me le dire, rétorque Faren.

— J'apprends à me connaître, laisse-moi du temps ! Tu verras, je serai opérationnelle quand Mizinar reviendra. J'ai juste besoin de passer du temps avec mes proches, et visiblement tu n'en fais pas partie !

— Avance, c'est l'heure du fouet.

— Et si je ne veux pas, il se passe quoi ?

— Au mieux pour toi, une flèche dans l'épaule.

— Je veux parler à mon père, avant.

— Pourquoi faire ?

— Pour qu'il change d'avis.

— Hagheza et moi, on est d'accord avec sa décision initiale, donc ça ne changera rien. Avance.

À contrecœur, elle revient vers les tables désormais débarrassées. Dwarl est assis sur l'une d'elles, le menton reposant sur un poing, l'autre poing tenant fermement une solide branche d'arbre ramifiée plutôt souple. Ses quatre convives du midi se tiennent autour de l'homme, s'adressant à lui vainement. Derrière, le second cuisinier déambule avec des gamelles et se dirige vers un petit cabanon près de la grande tente, à l'entrée de laquelle Hagheza se tient debout. Surelason a disparu. Ellipse profite de la présence de ses amis pour se défendre :

— Vous trouvez ça normal, vous ? De maltraiter ses pairs ? Sa propre fille, qui n'a rien fait d'autre que d'être abandonnée par ce traître de Mizinar ?

— Il est borné, dit Edelf. Comme d'habitude. J'allais dire que tu le connais, mais non, tu ne le connais pas…

— Je peux parler à mes amis, avant ? demande Ellipse à Dwarl.

Il l'ignore et lisse l'extrémité de la branche qu'il tient dans les mains avec dédain.

— Non, s'oppose Faren. Tu vas dans la tente.

Hagheza ouvre la voie. Il a une corde à la main. Faren range son arc et dégaine sa rapière. Dwarl reste dehors.

— Tu ne te souviens pas de la manière de procéder, n'est-ce pas ? dit l'homme en robe de soie.

— Non, et ça ne se passera sans doute pas comme prévu, conteste Ellipse.

— Allez, déshabille-toi, ordonne Faren en pointant le bout de son arme sur la robe d'Ellipse.

À peine l'a-t-elle effleurée qu'Ellipse décoche un coup de pied aussi soudain que précis en direction de la main de Faren. Surprise, elle parvient de justesse à l'esquiver sans reculer. Ellipse dégaine son couteau tandis que Faren lève le bras en baissant le poignet pour que la lame retombe sur Ellipse. Hagheza appelle Dwarl, jette sa corde à terre, et s'empare d'un bouclier.

— T'as pas le droit de me tuer ! lance Ellipse à Faren.

— Je peux te blesser, et je ne vais pas me priver ! répond la femme en visant son poignet armé.

Ellipse pare le geste. D'un mouvement sec, elle renvoie aussitôt la pointe de la rapière vers le plafond en la faisant glisser entre la lame et la garde de son couteau. Simultanément, elle s'avance d'un pas en évitant Hagheza qui tente de lui faire un croche-pied, puis pivote sur son pied d'appui pour décocher un puissant coup du pied opposé vers la mâchoire de Faren. Celle-ci se fait écraser les doigts en tentant de se protéger avec sa main libre. Hagheza tente un nouveau croche-pied, mais Ellipse attrape le haut de son bouclier, tire l'homme vers elle, et lui assène un violent coup au crâne avec le manche de son arme. Alors que Faren, sonnée, le regard empreint de folie furieuse, s'apprête malgré tout à placer un coup vers ses jambes, Ellipse bondit instantanément sur elle en se protégeant le visage. Sans hésiter, elle enfonce profondément sa lame sous les côtes de son adversaire. La femme tombe en arrière dans les bras de Dwarl, hébété. Ellipse se relève rapidement, les contourne, et se rue vers l'extérieur.

Les cinq regards qui se braquent sur elle en disent long sur ce qu'elle vient de commettre. Alors qu'à l'intérieur Dwarl hurle le nom de Faren, le second cuisinier, en retrait par rapport à ses quatre convives, ose mettre des mots sur l'évidence :

— Elle l'a tuée ?

Ellipse regarde son couteau ensanglanté et recule. Elle n'a aucun remords, mais ce moment de flottement la laisse dubitative. Sont-ils toujours de son côté ? Pourquoi ne réagissent-ils pas ? La puissante voix de Dwarl résonne dans tout le camp :

— Ramenez-la vivaaaante !

Edelf s'approche lentement d'elle au moment où Hagheza sort de la tente, terminant la boucle d'un lasso. La femme lui dit d'une voix peinée :

— Ça ne se fait pas, Gabrale. On est tous ensemble. On ne peut pas s'entretuer.

— Et maltraiter sa propre fille, ça se fait ? s'énerve-t-elle.

— C'est leur décision, ça n'arrive pas si on reste tous soudés. On n'est pas toujours d'accord, mais c'est l'intérêt du groupe qui est prioritaire. J'espère qu'elle n'est pas trop blessée, parce que c'est très grave de s'en prendre à sa propre équipe...

— Qu'est-ce que j'en savais ? Je me fais attaquer, je me défends. Ça vous paraît anormal ? s'offusque-t-elle.

— Il faut respecter les chefs, intervient Gassor, même si on est pas toujours d'accord avec eux.

— Il y a une différence de légitimité entre la reddition et la mort, résume Court-plus-loin d'une voix chantante.

— J'ai assez été malmenée comme ça ! Posez-vous les bonnes questions ! Est-ce que c'est normal d'être oppressés de la sorte par des brutes qui vous considèrent comme des petites mains ?

— Attrapez-la ! ordonne Hagheza.

Au moment où Edelf s'approche timidement d'elle pour la saisir par les bras, Ellipse bondit en arrière, et détale vers l'entrée du camp.

— Allez, poursuivez-la ! crie l'homme en robe de soie.

Elle court de toutes ses forces sans se retourner. Trois long coups de corne sonnent dans le cirque. Les protestations et les hurlements de Dwarl s'effacent progressivement. Enfin, elle entrevoit les portes du camp. Elle essuie son couteau ensanglanté sur sa robe, et le range dans son fourreau.

Lizanti et Amaredim sont chacun perchés sur leur tour. Leurs arbalètes sont braquées sur Ellipse, qui reprend son souffle.

— C'est toi qu'il faut arrêter ? demande Lizanti.

— C'était ça, la corne ?

— Oui, c'est le code qui dit que personne ne doit sortir.

— C'est la première fois que je l'entends ! remarque Amaredim.

— J'ai dû blesser Faren pour éviter d'être fouettée, mais ce sauvage de Dwarl n'abandonne pas.

— Hé bin dis-donc, s'étonne le jeune homme, il s'en passe des choses quand tu es au camp !

— Vous acceptez de vous laisser marcher sur les pieds comme ça ? Si on décide de maltraiter l'un de nous, c'est pour le bien commun ?

— Je ne suis pas d'accord avec ça, dit Lizanti, mais si je veux garder ma place ici, on n'a pas le choix. C'est le camp ou la mort. Le choix est vite fait.

— Eh bien je vais vous montrer qu'il existe d'autres solutions !

Ellipse s'avance vers la porte, crispée, attendant de se prendre un carreau à tout instant.

— Hé, on fait quoi ? On peut pas l'abattre ! soulève Amaredim.

Lizanti descend rapidement les petits escaliers qui tournent autour des pilotis de son cabanon.

— Arrête, Gabrale, ce n'est pas sérieux. Tu as bien vu… Enfin non, tu ne t'en souviens peut-être pas, mais si la dernière fois tu n'as pas réussi, c'est sans doute qu'il faut accepter les événements tels qu'ils sont.

Des pas de course se font entendre. Court-plus-loin et Gassor trottinent vers l'entrée. Leurs armes sont rangées.

— Gabrale ! appelle Gassor.

— Écoute, dit Court-plus-loin, je sais bien que tu ne maîtrises pas tout encore. Alors laisse faire les choses. On discutera des décisions de ton père plus tard. On a le temps, avant que Mizinar ne revienne. On peut refuser de travailler, on peut s'en aller pour créer un autre camp… Il y a plein de solutions. Mais pour l'instant, laisse-toi faire, tu ne maîtrises pas la portée de tes actes.

— C'est pas parce que tu as occis Faren que tu prendras sa place, précise Gassor. Ça ne marche pas comme ça.

— Tu as assassiné Faren ? s'étonne Lizanti.

— Wow, carrément ? réagit Amaredim.

— Je refuse de me faire violenter, c'est tout. Alors je sors, je laisse les esprits se calmer, et je reviens demain.

— Non, tu peux pas, dit Amaredim en la retenant. Si tu as éliminé l'un de nous, tu te feras forcément punir, alors autant en finir.

— Oui, confirme Court-plus-loin, c'est un mauvais moment à passer, mais après on pourra s'unir pour faire valoir nos revendications. Là on part sur de mauvaises bases, des bases de défiance et de mort…

— Vous êtes complètement aveugles et formatés ! Je vais vous laisser mûrir ce qu'il vient de se passer, et quand je reviendrai, vous serez courageux et solidaires avec les bonnes personnes ! Compris ? Maintenant, laissez-moi !

Elle bouscule Amaredim et pousse la porte d'entrée. Gassor la retient par l'épaule. Elle se baisse pour l'esquiver, et se retourne. Elle est dehors. L'homme essaie de l'attraper par les bras.

— Gabrale, c'est notre union qui est en jeu…

Elle balance son poing entre la thyroïde et le menton de l'homme, lui coupant le souffle.

— Et ça, c'est pour le bien commun ! Je reviens demain pour savoir si vous voulez évoluer vers de nouvelles aventures, ou si vous préférez rester soumis au joug de Dwarl. Réfléchissez !

Elle s'enfuit en longeant le cirque du côté par lequel elle est venue.

Sa course, longue et épuisante, parsemée d'obstacles naturels, l'a assoiffée. Elle se dit cependant qu'elle n'aurait peut-être pas pu venir jusqu'ici avec son sac à dos sur les épaules. Elle finit par reconnaître l'endroit d'où elle observait le cirque qu'elle découvrait, le matin même. Les branches cassées par la machette de Danogalk et les traces de piétinement au sol confirment son impression. Comme le temps passe vite, comme les événements s'enchaînent… Elle essaie de voir les mouvements à l'intérieur du cirque. Elle aperçoit un petit groupe de personnes impossible à distinguer plus précisément devant la grande tente. Elle ne voit pas les arbalétriers depuis leur cabanon. En scrutant plus précisément, son regard s'arrête sur deux silhouettes qui se dirigent vers le centre du camp. L'une des deux est plus large. Sans doute Gassor et Court-plus-loin. Soulagée de ne pas être poursuivie, elle s'assied au bord du précipice. Voici donc quel était son quotidien : de vaines tentatives de contestation du pouvoir en place, et des punitions corporelles de son propre père. Son père ? Un individu comme un autre, oublié depuis Taunarga. Elle n'a aucune affection pour lui. N'importe qui d'autre aurait pu prétendre être de sa famille, cela ne l'aurait pas touchée. Depuis trente jours, elle a appris à se débrouiller seule. Sa famille, ce sont les personnes qu'elle a rencontrées, qui les ont aidés à aller au bout de leur quête. Pourtant, elle sent que sa place est dans ce camp. Tout le monde la connaît pour ce qu'elle est réellement, et elle aurait tous les soutiens qu'elle veut si le trio dirigeant n'était pas aussi rude. Doit-elle retourner dans la plaine, pour se cacher des autochtones et risquer de se faire attaquer par ses propres collègues de piraterie ? Retourner à Embilhen, où elle pourrait se faire interpeller, et ainsi finir ses jours à servir des templiers prêts à toutes les manœuvres pour rallier le continent à leur idéologie arbitraire ? Retourner au camp, où elle devra subir des coups avant de pouvoir se réapproprier une personnalité qu'elle a renié pendant toute la durée de son voyage ? Ou bien s'isoler de la civilisation, comme Til, alors qu'elle se sent attirée par les gens et qu'elle s'imagine devenir folle en restant seule ? Existe-t-il d'autres solutions ? Peut-on créer son propre chemin ? Une voix familière la tire de ses pensées.

— Ta robe est un peu repérable, quand même !

— Danogalk !

Elle se lève et l'enlace.

— Où est-ce que tu étais passé ? Qu'est-ce que tu fais là ?

— On a un beau point de vue ici, hein ? J'étais en train de me construire un petit abri pour ce soir, un peu plus bas, vers le ruisseau. Je suis allé voir ce qui se passait quand j'ai entendu la corne, et tu m'as doublé en remontant. Tu cours vite ! Ah mais, tu as perdu ton sac. C'est facile aussi, dans ce cas !

— Il est dans la cabane de Gassor. Peu importe.

— Ah, oui. Alors, ça se passe comment avec lui ?

— Ça ne se passe pas, et c'est très bien comme ça.

— Bon. Tu me dis ce que tu fais là ?

— J'ai tué Faren.

Il semble abasourdi.

— Oui, je sais ce que tu vas me dire, je suis vraiment une pirate.

— La dame élégante avec la rapière ?

— Elle-même.

Il reste coi.

— Fais pas cette tête, rigole-t-elle, je ne vais pas te descendre !

— Non non, bien sûr, mais bon, tu es vraiment une vraie pirate.

— Il paraît que c'est pas ma première victime, en plus. Ni la deuxième, d'ailleurs...

— Oh ?

— J'ai été bannie d'Embilhen pour meurtre et trafic de drogue. Charmant, non ?

— Et ça ne te fait rien ?

— Bah, je n'y étais pas, donc non. C'est comme ça.

— Et d'avoir tué Faren ?

— Hum, j'en suis plutôt contente, pour être honnête. Elle terrorisait mes camarades. Il faudrait que j'en élimine deux ou trois autres qui soutiennent Dwarl, et je pense que le camp serait sain.

— Tu... tu comptes y retourner ?

— Je ne sais pas. Il faut que je vérifie que je sais toujours tirer à l'arc, d'abord.

— Pourquoi faire ?

— Pour avoir un avantage sur mes adversaires potentiels ?

— Hmm... Ils ne sont pas un peu en surnombre ?

— Il faut savoir se faire entendre. Apparemment, j'ai une certaine aura là-bas.

— Tu penses que tu as appris à tirer ?

— J'étais maître d'armes, avant.

— Oh. Ceci explique cela.

— Si tu le dis.

— Tu vas y retourner, alors ?

— Il faut bien. Qu'est-ce que tu veux que je fasse ?

— Je peux t'héberger à Fos en attendant de voir ce qu'on fait.

— Et faire comme si on n'avait rien vu ici ? Certainement pas.

— Bon. Alors je t'attends là.

— J'y retourne demain, je suis épuisée, là.

— Oh. Dans ce cas, tu vas m'aider à construire notre nid douillet !

●

Après avoir contourné l'entrée du camp, cachée derrière la végétation et rendant difficile le repérage, Ellipse met trop longtemps à son goût pour enfin repérer Amaredim, caché derrière un buisson.

— Pas un geste Amaredim, j'ai un arc !

L'homme sursaute.

— Si ça craignait vraiment, j'aurais crié que tu es là !

— Je suis désolée de te viser comme ça, mais je ne sais pas quels ordres tu as reçu.

— Bof, rien de neuf : on te capture vivante, on te fouette, et on reprend une activité normale.

— Tu te moques de moi.

— Bon, d'accord : on te fouette tous les jours jusqu'au retour de Mizinar.

— Qui est-ce qui remplace Faren ?

— Ça n'a pas été décidé encore. On attend le retour du reste du groupe.

— Qui décide ?

— Tout le monde. Chacun donne trois noms.

— Tu veux dire que ce bourreau de Dwarl a été désigné par la communauté ?

— Non, lui il était là dès le début, avec Faren et Mizinar. Ça se passait très mal entre ces deux-là, alors il y a eu un vote pour décider lequel devait rester dans l'équipe dirigeante, et Faren a gagné. Et c'est Hagheza qui a été choisi pour remplacer Mizinar.

— Ça fait trois ans que les pirates existent ?

— Quatre ans plutôt. Pourquoi ?

— Pour vérifier.

— Vérifier quoi ? rigole-t-il.

— Ce que m'a dit une certaine personne.

— C'est quoi ton programme ? Tu acceptes le fouet ?

— Non.

— Tu peux pas arrêter de me viser comme ça, là ? C'est un peu gênant.

— Tu le fais bien, toi.

— Oui, mais moi c'est mon poste.

— Est-ce que je peux candidater au poste de Faren ?

— Tu peux toujours, ricane-t-il.

— Mais… ?

— Bah, si tu t'étais laissée punir et que tu l'avais pas tuée, on aurait pu être de ton côté, oui.

— Si je n'avais pas tué Faren, personne n'aurait jamais rien fait.

— Hum, c'est pas faux.

— Donc là, si je retourne au camp et que je réclame sa place, qu'est-ce qu'il se passe ?

— J'en sais rien, je peux pas décider à la place des autres.

— Qu'est-ce que tu ferais, toi ?

— Moi, je tiens pas tête à Dwarl, il est trop susceptible. Je suis bien là.

— Tu sais ce qui s'est dit sur moi depuis hier ?

— Bien sûr, je ne passe pas toutes mes journées ici, ricane-t-il.

— Ils me soutiennent toujours ?

— Ça dépend ! Il y en a qui disent que comme tu es amnésique, tu ne pouvais pas savoir qu'on ne se massacre pas entre nous. D'autres ne croient pas que tu es amnésique. Certains louent ton sang-froid pour avoir envoyé Faren au malin, et d'autres veulent te fouetter à mort.

— Et Dwarl ?

— Je sais pas, mais il était pas très bien hier soir. D'habitude il rigole avec nous, mais là il est pas venu manger.

— Tu vas passer un message.

— Ah bon ?

— Je veux le voir ici.

— Le chef ? Devant le camp ?

— Oui. Tout seul.

— Je pourrai écouter discrètement ?

— Si ça te chante.

— D'accord. Mais j'ai pas trop le droit de m'absenter comme ça.

— Et Lizanti ?

— Ah, oui.

— Une dernière chose : qui est-ce qui veut me tuer, dans ce camp ?

— Pfou, aucune idée.

— Mais encore ?

— Pas moi, en tout cas.

— Pourquoi pas ?

— Je sais pas, parce qu'il y a des clans dans le camp, c'est pas très sain, et tu es la seule à oser quoi que ce soit.

Elle baisse son arc, et lui tapote le bras :

— Allez, amène-moi Dwarl. Participe à changer le monde.

○

Perchée dans un arbre, elle entend le pas lourd de l'homme qui s'approche. Elle bande son arc, et l'interpelle :

— Par ici !

Surpris, l'homme lève la tête. Sans un mot, il recule pour mieux voir Ellipse. Il a l'air sonné et d'humeur morose. Elle attend qu'il prenne la parole. Le chant des oiseaux et le son du ruisseau sont les seules réponses qu'elle obtient. Il la fixe d'abord, puis regarde autour de lui. Il s'assied sur une souche et pose ses yeux sur le sol, devant lui. Il soupire. Elle vérifie autour d'elle qu'ils sont bien seuls. Elle n'aperçoit pas Amaredim, mais il ne doit pas être loin. L'être face à elle n'est plus du tout le même que la veille. Il paraît affecté, voire vulnérable. Il contemple ses épaisses bottes de cuir marron, et semble vouloir prendre la parole à plusieurs reprises, avant de se raviser. Il lève à nouveau la tête vers Ellipse, qui a baissé son arc. Nerveux, il effectue des gestes désordonnés avec ses doigts enlacés. Enfin, des mots sortent, d'une voix caverneuse :

— J'aurais fait pareil, admet-il.

Cet aveu la soulage. Peut-être a-t-elle une chance de voir sa mission accomplie. Sa mission ? Quelle mission ? Prendre la tête des pirates ? Voilà ce dont elle avait besoin. Un nouvel objectif. C'est ce qui donne du sens à sa vie désormais.

— Je voulais t'endurcir… pour que tu prennes ma place un jour. Mais tu es impatiente. Et rancunière. Comme ta mère…

Il met un court instant sa tête entre ses mains, puis reprend en s'adressant au tronc de l'arbre sur lequel est juchée Ellipse :

— J'aurais dû m'en douter : tu as liquidé plus de péquenauds que n'importe qui ici. Sauf Mizinar, peut-être…

— On s'en fout de Mizinar, rétorque-t-elle sèchement. Je sais même pas à quoi il ressemble.

Il paraît outré, fronçant les sourcils, mais se remet rapidement à tordre ses doigts.

— J'ai dit à l'équipe que tu allais remplacer Faren jusqu'au retour du groupe de tournée. Ils sont pas tous pour, mais c'est temporaire, alors ils l'acceptent.

Il se redresse sur sa souche, et regarde Ellipse :

— Est-ce que tu l'acceptes aussi ?

Cette possibilité lui laissera le temps de réfléchir à son avenir. Avec ce retour au camp, toutes les options peuvent se réaliser. Après un court instant, elle lui répond :

— Pas de sévices physiques ?

— Non, grommelle-t-il.

— Alors je l'accepte.

— Bien, dit-il en se levant.

Il l'observe comme s'il la redécouvrait. Elle quitte sa position, et atterrit gracieusement sur ses deux pieds. Elle fait face à l'homme sensé être son père. Elle reste à distance, sur ses gardes, au cas où il tramerait quelque chose. Satisfaite de sa proposition, elle se demande toutefois si sa place est bien ici. À la tête d'une organisation qui décime des populations innocentes. Mais elle ne peut pas en partir sans clarifier sa situation. L'avenir de ce camp est aussi son propre avenir.

— À tout à l'heure, dit-elle.

Dwarl hoche timidement la tête, et tourne les talons.

○

Au fur et à mesure que la nuit enveloppe le camp, le vent s'introduit davantage dans le cirque. La journée, assez ensoleillée, lui a enfin permis d'avoir un aperçu de la vie qui l'attend si elle choisit de rester au camp. Allongée sur le lit de Gassor, qui monte la garde seul à l'entrée du camp, vexé de sa nouvelle situation d'ex-compagnon, elle réfléchit aux options qui s'offrent désormais à elle. La prise de conscience de Dwarl quant à l'extraordinarité du retour de sa fille a été aussi soudaine qu'inattendue. Passé le choc de la mort de Faren, désormais recouverte d'un broyat végétal favorisant son humusation, l'atmosphère générale s'est sensiblement détendue. La décision de Dwarl de réintégrer Ellipse a rassemblé les différentes sensibilités, ses détracteurs finissant par reconnaître que le caractère sec et cassant de la désormais défunte pouvait être l'un des vecteurs des mouvements de contestation. Ses soutiens se satisfont de son retour. Hagheza, opportuniste et manipulateur, l'a évidemment bien accueillie. Finalement, bon nombre de ses camarades ont été rassurés de la voir retrouver ses automatismes en matière de maîtrise d'armes et de techniques de combat.

Après le repas du soir, encore plus arrosé que celui du midi, que ce soit pour célébrer le retour d'Ellipse ou pour noyer la tristesse de la mort de Faren, la soirée ne s'est pas éternisée. Ellipse comprend maintenant pourquoi elle avait ce penchant pour l'alcool dès qu'elle a pu en avoir à disposition à Embilhen. Tous les pirates sont allés se coucher avant de tomber ivres. Certains, qui tiennent sans doute moins bien les doses importantes, comme Amaredim et Court-plus-loin, ont dû être transportés dans leurs cabanons respectifs. Seul Hagheza semblait lucide, bien qu'il ne se soit pas privé de liqueurs. Surelason, quant à lui, s'est contenté comme à son habitude de quelques bières. Dans un environnement qu'il ne connaît pas, il a préféré rester modéré. Ellipse, elle, s'est contrôlée en prétextant vouloir être en forme le lendemain matin, pour aller saluer Danogalk avant son départ. Elle a les idées claires. Il fallait qu'elle garde les idées claires, cette nuit, et qu'elle soit la seule à être réveillée. Car c'est la nuit où elle prendra une décision radicale sur son avenir.

○

L'entrée du camp est bloquée, les cordages servant à l'ouvrir étant sectionnés et le passage utile remblayé. La petite porte annexe, taillée dans l'un des imposants pans de bois de l'entrée et s'ouvrant à l'extérieur, est prête à être condamnée par une barre à mine qu'elle aura simplement à poser sur les œillets qu'elle a fixés de chaque côté. Elle pourra aussi essayer de faire rouler le corps de Gassor pour caler le bas de la porte.

La cabane contenant les réserves d'alcool est démesurément grande. Les alcools les plus forts, notamment les liqueurs et beaucoup de rhum, sont en nombre. Il faudra bien tout cela pour l'ensemble des habitations. Mieux vaut trop que pas assez.

Le seul moyen qu'il lui reste pour chasser l'indécision est de se retrouver dos au mur. Si elle prend la tête du camp, elle sera enfin redevenue elle-même. Mais n'est-ce pas l'occasion de changer de vie ? Est-elle prête à trahir Najarri et sa nouvelle personnalité, la seule dont elle se souvient ? Si elle détruit le camp, elle restera celle qu'elle est devenue. Mais n'est-ce pas risqué de se lancer dans l'inconnu et de tenter une rédemption aléatoire ? Est-elle prête à renier son passé et son ancienne personnalité ?

Les vapeurs d'alcool, éparpillé dans tout le camp, aspergé sur les cabanes et sur les tentes, sur le foin et sur les feuilles, sur les tables et sur les herbes, sur quelques troncs en amont du vent qui souffle, ne risquent pas de déranger les dormeurs déjà bien imbibés.

Son sac à dos harnaché, le parcours est clair. Elle allumera sa torche, fera rapidement le tour du camp, et brisera sa lanterne. Les conditions sont optimales. Est-ce ce qu'elle souhaite ? Réfléchissant à sa décision, elle sent une pointe contre le haut de son dos, puis une voix basse familière la fait sursauter :

— J'en ai encore besoin.
— Qu'est-ce que tu fais là ?
— Tu crois que je ne t'ai pas vue ?
— Je ne sais pas encore si je vais le faire.

— Tu n'as presque pas bu d'alcool aujourd'hui. Ce n'est pas ton état normal. Tu manigançais forcément quelque chose.

— Tu me surveilles encore ?

— Je surveille tout le monde tant que je ne suis pas sorti d'ici.

— J'ai une lanterne dans les mains. Tu ferais mieux de me laisser me retourner tranquillement pour qu'on discute, sinon je te la balance dessus.

Après un instant d'hésitation, il retire la pointe de son épée de la peau d'Ellipse. Elle se retourne en dégainant son couteau, et lui fait face. Son regard est noir et déterminé.

— C'est comme ça que tu décides ? dit l'homme.

— Pour prendre une décision radicale, il faut une situation radicale : soit je détruis le camp, soit je l'épargne.

— Qu'est-ce que tu es partie faire à l'entrée du camp ?

— J'ai préparé le blocage des portes.

— Et Gassor ?

— À ton avis ? dit-elle en montrant son couteau. C'était malsain et gênant, la situation avec lui.

L'homme reste silencieux. Son bras armé est hésitant, comme s'il se retenait de placer un coup d'estoc. Elle reprend :

— Si j'épargne le camp, je pensais dire que c'est Gassor qui a voulu se venger par désespoir amoureux. Je peux aussi dire que c'est toi.

— Moi aussi, je peux dire que c'est toi.

— Non. Toi tu es Surelason, un quidam sans tatouage originaire de Taunarga qui est venu ici pour arrêter les pirates en brûlant leur camp. Et moi, je suis Gabrale, une pirate qui n'hésite pas à tuer ses ennemis. Donc tu confirmeras que tu as vu Gassor répandre de l'alcool partout, et tu auras ton papier demain.

— Et tu brûleras le camp plus tard si ça te chante.

— Non, c'est trop tard. C'est maintenant que je décide.

— Je t'ai aidée à venir ici, Ellipse. Sans moi, tu serais un pantin carbonisé.

— Alors je veux bien t'aider à fuir si je mets le feu. Et je t'évite aussi de devenir un pantin carbonisé.

Il réfléchit.

— Je résume : si tu choisis Ellipse, tu mets le feu. Je fuis avec toi et je rentre au plateau en dénonçant les rebelles.

— Voilà.

— Et si tu choisis Gabrale, tu dénonces Gassor. Je soutiens ta version et je pars demain avec la preuve de mon exploit.

— Exactement.

— Ça me va.

— Très bien.

— Et maintenant ?

Ils se toisent. Elle replace son couteau dans son étui.

— Range ton épée. J'ai choisi.

●
○